文春文庫

向田邦子を読む

文藝春秋編

文藝春秋

向田邦子を読む　目次

第1章 愛され続ける作家の軌跡

第2章 思い出交遊録

第3章 人々を惹きつける作品の魅力

第4章

家族が見た素顔の邦子

向田邦子を読む

第1章

愛され続ける作家の軌跡

対談

弱き者への優しい視線

向田和子×原田マハ

向田邦子の生き方に憧れる原田マハさんと、原田さんの愛読者だという邦子さんの妹・和子さん。家族に見せたその素顔から、作品に流れる愛情の源泉までを語り合う。

原田　向田邦子さんの著書がほんとうに大好きで、学生時代から影響を受けてきました。小説を書こうと思う前から、自分の中にベースとしてあるのは、一人の女性としての「向田邦子スタイル」なんです。

向田　ありがとうございます。そんなに褒《ほ》められたら、邦子さん、喜んで宙を舞っちゃいますよ（笑）。

原田　邦子さんのあの文体から、作品にメッセージを込める手法まで、向田文学から全部学んだ気がしています。だからこそ、妹の和子さんが私の本を読んでくださっていると聞いて、ぜひお目にかかれたらと思いました。どんなきっかけで、手に取ってくださったんですか。

向田　今年になって直木賞や本屋大賞にノミネートされるような話題作を、全部読んでみようと思い立ったんです。もうすぐ私も八十になるので、だんだん長編を読めなくなると思って、今のうちになんでも読んでやろうと。それで、最初に買った二、三冊の中に、原田さんの『暗幕のゲルニカ』があったんです。

写真◎石川啓次

前にも、原田さんの『本日は、お日柄もよく』を読んで、やたらに面白かったことは記憶にあったんですが、今回改めて『ゲルニカ』を読んだら止まらなくて……。夜十二時過ぎても物語に見通しがつくまで寝られなかったんです。

原田　ありがとうございます。

向田　すっかりハマって、原田さんの本を続けて七、八冊読んだころ、「なんで短期間にこんなに読めるのかな」って不思議に思った。そのころ、「あ、邦子さんの小説を読んでいるリズムと同じだからだ」と気付いたんです。

原田　ええ！　それはうれしいです。私がベースにしてきた邦子さんのリズムを、和子さんに嗅《か》ぎ取っていただけるなんて光栄です。タイムマシーンに乗って、デビューした頃の私に伝えたい（笑）。

私が向田作品と出会ったのは、学生時代に読んだ『父の詫び状』でした。それからエッセイを中心に拝読していたんですが、しばらくたって『あ・うん』でノックアウトされました。

向田　ドラマもご覧になりましたか。

原田　もちろん遡《さかのぼ》れば、子どもの頃は「時間ですよ」「寺内貫太郎一家」を観て育った世代です。当時は子どもでしたから、とにかく夢中でした。「寺内貫太郎一家」の終盤には、終わって欲しくなくてテレビ局に電話しようと思ったくらい（笑）。物語の楽しさを、テレビから自然に植え付けてもらった、豊かな少女時代でした。邦子さんがお書きになったホームドラマは昭和の空気感にピッタリ合っていて、時代と呼吸を合わせるようでした。

今回、和子さんにお目にかかれるということで、向田作品をいくつか再読してきたんです。

向田　すみません。貴重なお時間をいただいてしまって。

原田　とんでもない。読んでいる間、私、すごく変な人だったと思います。一人でニヤニヤしてましたから。こんな体験は本当に久しぶりですよ。物書きになった眼差しで読むと、無駄がない文章はもちろん、人の心をキュッと摑《つか》んで、クスッと笑わせ、グッと涙腺を刺激するように見事に作られている。そして、導入部からオチまで、すべての場面の映像が見えてくる。この人にはかなわない、修業し直そうって思いました。こんな文章、最近の小説にはないですね。

向田　映像が見えてくるのは、テレビ出身だからでしょうね。姉は、映像の世界から抜けきらないままに、小説を一年か一年半くらいしか書いていません。そこでパタッと終わってしまった。そう考えると、もっと長く小説を書き続けて、映像が抜けきっていたら、どんな作品を書いたのかな、という思いがありますね。

写真写りが良かった？

原田　和子さんのご著書も再読しましたが、邦子さんは人生の中でアクシデントがあっても、そのたびに別の可能性を見出していますよね。乳がんの手術の後遺症をきっかけにエッセイを書き始めて、さらに発展して小説を書いた。普通に考えれば、病気というネガティブな出来事なのに、それに抗《あらが》わず、受け止めながら別にできる何かを見つける。そういう生き方、ぜひ見習いたいです。

私は、姉の一言で人生が変わったり、生き方が変わったりしましたよ。

むこうだかずこ◉一九三八年東京生まれ。短大卒業後、会社勤務を経て、小料理屋「ままや」を二十年間営む。著書に『かけがえのない贈り物』ほか。

私は作家になる以前から、自分の中で目標とする女性が年代ごとにいました。いわば人生のロールモデルです。美術館を辞めてライターとして独立した四十代の目標が向田邦子さん。四十代って女性にとって一番輝く年代だと思うんです。そのためには、当時は大きな美術館でそれなりの立場に就《つ》いていたけど、邦子さんのように輝くには、会社を辞めて新しいことに挑戦しようと思いました。

向田　すごく大きな決断ですね。

原田　はい。でも、邦子さんがやったことは、私も絶対にやりたいと心に決めていたんですね。さらに言うと、五十代のロールモデルは女優の由美かおるさん。それ以降は、マルグリット・デュラス、宇野千代さん……。

向田　すごいメンバーですね（笑）。

原田　いま五十代で入浴シーンは無理ですから、残念ながらすでに夢は閉ざされていますが（笑）。向田さんに憧れ過ぎた私は、ポートレート写真を撮ってもらうときに、邦子さんの素敵な写真を見せて、「こんな風に撮って下さい」とお願いしたこともあるんですよ。

向田　姉は、格好付けているわけではないんですけど、実際よりも写真写りがいいんですよ（笑）。

原田　いやいや。実際も、魅力的だったと思います。

向田　女優の加藤治子さんからも言われましたよ。姉と雑誌の仕事があって、ツーショットの写真を撮ってもらったそうなんです。そしたら、加藤さんに引けを取らない出来栄えだったそうで、加藤さんから「お姉さんはズルい。写真写りがいいと思わない？」って。

原田　でも、それも何か美徳のひとつですよ（笑）。

向田　映画雑誌の編集者をしていたので、どういう角度で撮られるとキレイに写るか、知っていたんでしょう。そのための顔の向きや表情などを探すのがとても速かった。本

文体から作品にメッセージを込める
手法まで、向田文学から
全部学んだ気がしています。

はらだまは◉一九六二年東京生まれ。美術館勤務などを経て、作家デビュー。二〇一二年『楽園のカンヴァス』で山本周五郎賞。一七年『リーチ先生』で新田次郎文学賞。

当は背も低いんですが、高く見せるのもうまいんですよ。

原田　写真を拝見している限り、スラッとされている印象がありますけど。

向田　そのときに、おなかを凹《へこ》ませて、ベッコベコにしているはずですよ（笑）。そういうことを、上手にスカッとやるから、横から見ていると、おかしくって笑えちゃう人でもあるんです。

原田　自分がどう見られるか意識しているのもテレビ的ですよね。いまでこそスマホで自撮《じど》りしたり、SNSに自分の姿をアップするのが普通ですが、当時から新しい時代のメディアの特性を、しっかり捉《とら》えていたんですね。

向田　いえいえ。目立ちたがり屋だっただけだと思いますよ（笑）。

家の中の邦子さん

原田　邦子さんは幼いころから作家になる雰囲気をお持ちだったんですか？

向田　私が知る限り、姉が物書きになるなんて、家中だれも思っていなかったと思いますよ。一方で、作家になったことは不思議には思わなかったですね。姉は、いわゆる「長女としての資質」を、たくさん持っていましたから、何かをするだろうと。

原田　子どものころから、しっかりされていたんでしょうね。

向田　しっかりというか、おせっかいというか（笑）。「あの人は放っておいても、何かやる」と家族みんなから思われていました。正反対だったのは、四人きょうだいの末っ子だった私。なにか問題を抱えていると、こちらが何か言う前に、長女の邦子さんが「和子、今日なにかあった？」と声をかけてくる。

原田　邦子さんは、何かピンとくるんですかね。

向田　そうなんでしょうね。相談すれば、即答でアドバイスが返ってくる。私は、姉の一言で人生が変わったり、生き方が変わったりしましたよ。

原田　和子さんのエッセイを読んでいても、ときに助け合い、ときに意見を言い合って、お互いに成長を続けられた姉妹なんだと、素敵に思っていました。

向田　私が短大を出た後、姉の紹介で美容家のアシスタントをしたことがあった。あまりに大変で家に帰って愚痴をこぼしたら、姉は一言こう言ったんです。「そんなに嫌なら、辞めてもいいわよ。でも、自分で本当に苦労して探していないから、そう言うのよ。自分で仕事を探したのだったら、そこまで苦情を言わないかもしれないよ」。その言葉を聞いて、本当だなと思いました。

原田　敷かれたレールの上に載ってしまったからこそ、ということですね。

向田　そういうことだと思います。それ以来、就職は自分で探さなくてはダメだと分かった。後年、その言葉に気付かされたと姉に伝えると、「あら私、そんなこと言った？」と。相手がショックを受ける言葉でも、本人はさりげなく言っているようです。

原田　その一言が、ずっと心に残るのは、物事の本質を突いていたからでしょうね。

向田　本質突きすぎですよ（笑）。でも、相手を咎《とが》めたり、追いつめたりはしない。就職の件でも「いつ辞めてもいい。お小遣いもあげるし、家にもあなたの分の生活費を入れてあげる」とまで言うの。「ええ！」となりますよね。そこで、逆に目が覚めます。

相手にはそこまで目配りする一方で、自分のことをほとんど語らないし、何も説明しない。仕事でも私生活でも、姉に「いま何をしているの」なんて聞けなかった。質問してはいけない訳ではないんですが、私自身が、相手が説明してくれるまでは何も聞かない主義ということもあって。だからうちの家族は、姉の行動について事後報告ばかりなんです。

原田　自分のことは、自分で判断されていた。

向田　珍しく自分のことを語ったのは、姉が直木賞を受賞した直後のときです。私がお祝いをしたいと言ったら、逆に有名な料亭でごちそうしてくれたんです。そのとき姉が、「何も知らない書く世界にきて、すごく大変だったけど、やっぱり茨《いばら》の道を選んでよかった」とポロッと言ったんです。そして「私もやっと小説家として、スタートラインに立てたかな」って。

姉は、映画雑誌をやっていましたから、映画評論家にならないかと、ずいぶん誘われたそうです。良くしてくれた小森和子さんら先輩もいるし、なりやすい道だろうけど、知っている世界だけにやりにくかった。それで、あえて別の道に進んだ。「先が見えない仕事だから面白かったのかもしれない」とも言ってましたね。

原田　いまのお話を伺っていて、和子さんの著書にある、邦子さんの言葉を思い出しました。

〈五十歳にして、新しいスタートラインに立つ、いくつになっても捨てたもんじゃないと思う。今、八十で仕事をしているのを九十にする、その間は、大変と思っても、少し努力してなれると、それが自分の基本になる。そして十アップする。それを繰り返していくうちに、百しかないと思う自分が、百二十にはなれるものよ。いくつになっても、可能性があるっていいもの〉（『かけがえのない贈り物』）

和子さんのエッセイでこの言葉を知って、私は、ずいぶん励まされて、美術館を辞めて作家になろうと思ったときも、この言葉に後押しされたんです。

向田　そうでしたか。あの言葉は、私が呑気《のんき》だから、いくつになっても出発点に立てるってことを言われたんでしょうね。その言葉も、その料亭に連れて行ってもらった帰りに、車の中で聞いた言葉だったように思います。

うちの姉、すごく変な人で、正面を向いているときは、ろくな話をしないんですよ。バカバカしい話をして、次は何を食べに行こうか、ということくらい。本当に大事なことは、それこそ車の中で呟いたり、横断歩道を一緒に渡っているときにポロッと一言残して、そのままサッと立ち去ってしまったり。

原田　それも邦子さんらしい。かっこいいなぁ。

向田　言われた方は「いきなり何？」って思うから、余計に耳に残っちゃいます。とくに、弟妹に対してはシャイだったのかもしれませんね。バカみたいに面倒見がよくて、私たちを喜ばせることが生きがいでしたから、その裏返しで照れたのかもしれません。

そういえば、終戦から間もないころも、姉が新聞紙に包まれた乾燥バナナをもらってきたことがあったんです。弟妹で「わぁ、これが乾燥バナナっていうの？」なんて言いながら、ほんの少しずつだけど、みんなで等分して大喜びで食べた。後日、家に遊びに来た姉の友人に乾燥バナナの自慢をすると「え、お姉さん、食べないで持って帰ってきたの？」って。物がない時代に、自分では口を付けずに、弟妹のために学校からこっそり持ち帰ってきたんです。私が聞かなければ気付かないことでした。

原田　嬉しさのあまり聞いてしまったんですね。

向田　そうなんです。決して自分からは、我慢して持って帰ってきたなんて言わない。当時は、そういう振る舞いが当たり前だと思っていたけど、いま振り返ってみると、姉は常にそうやって気遣いをしてくれていた。これは、姉のちょっといいところかなって思いますね。

家族を描くということ

原田　なんだか姐御《あねご》っぽいですね。余計なことは言わず、家族のためにひと肌脱ぐ。

向田　そこまでしてくれた分、私のほうからお返しできなかったことが心残りですね。食事をごちそうすることすら、できなかった。小さな買い物して渡しても、姉がすごく遠慮するんですよ。もう少し時間があれば、お礼ができたかもしれませんが。あの飛行機事故の前日も、台湾からの電話で「台湾料理がうまくて安いから、皆で食べに行きましょう」というから、私が「いつも、お姉ちゃんに奢《おご》ってもらってばかりだから、今度こそご招待するから」と言ったんです。「ありがとう。皆で行きましょう」という返事が、私に対しての最後の一言でした。

原田　和子さんがこうやって邦子さんのお話をされていることで、一二〇%のお返しになっていると思いますよ。

シャイなところや押し付けがましくない愛情など、邦子さんの家族への姿勢が、向田作品の中でも生きていますよね。邦子さんがお持ちだった心根が、そのまま作品にピュアに浮かび上がっている。実は私の作品の中で、「向田先生のように書いてみたい」という思いを真正面からぶつけた作品が『キネマの神様』なんです。

向田　そうでしたか！　もちろん読みましたよ。

原田　ありがとうございます。あの作品では、父のことを思いきれない家族に小さな奇跡が積み重なって、最後にホロッとくるというホームドラマを描いてみたかったんです。作中、ギャンブル依存症で借金を繰り返すゴウちゃんという登場人物が出てきますが、これは私の父がモデル。「また、うちのオヤジが……」って苦々しく思う出来事がいつも起こるんですが、なんだか憎めない人なんです。いつかちゃんと邦子さんのようなスタイルで、父について文章に残したいと思っていました。

もちろん向田家のお父様は、うちの父とは正反対の性格だったのでしょうね。作品にたびたび登場しますが、厳しくて、愛情ある方ですよね。

向田　私は四番目の末っ子で、長男長女がかばってくれてましたから、父に怒られた回数は少なかったはず。それでも、不満には思っていました。

私が中学生のとき、思い切って邦子さんに聞いたことがあるんですよ。「このうちに生まれてどう思う？」って。私以上に叱られていた姉なら、「本当にうるさいお父さんだよね」などと不満タラタラかなと思ったら、「私、このうちに生まれて幸せでした」って言ったの。年齢差が九歳あるとはいえ、そのギャップに本当に驚きました。

さらに「だってね、私たちが産まれてきた時、お父さんからもお母さんからも、歓迎されたんだよ。こんな幸せなことないでしょ」と。おそらく、うちの父が私生児だったことが念頭にあったんだと思いますが、私は目が覚めました。

原田　普通であることの豊かさ、その普通が一番幸せだということを、おっしゃりたかったんでしょうね。

向田　東京に引っ越した小学校六年生のときには、慣れない先生のことで私がしょぼくれていると、「先生も人間だよ。今日はちょっと虫の居所が悪かったんじゃない？」と諭《さと》されました。そして、大人だからいつも〝良い感性〟を持っているわけではないし、子どもだから〝悪い感性〟を持っているというわけではない、とも話してくれました。感性のことなんて、いくら本を読んだって、辞書を引いたって分からない。それを姉から学んだんです。うれしかったですね。

原田　人間の本質をキャッチするのが本当に上手。さらに、その本質を性善説に基づいて捉えている。誰に対しても、その人のサニーサイドを見つめるという、人生における「良い癖」のようなものを持っていたんですね。

弱き者を助けるという感性

向田　私は美術に詳しくはないのですが、原田さんの作品を読んでいると、美術館に行きたくなりますね。

原田　ありがとうございます。

向田　もちろん作品で紹介された内容を全部覚えているわけではないんです。でも、読む前とは違った角度で観ることができる。これからは美術館に行くと、原田さんの書かれた一行を、ふと思い出したりするんじゃないかと。

原田　すごく昔に誰かが言った一言や、小説で読んだ一文が蘇《よみがえ》るとき。心の中にふと言葉が浮かぶ瞬間って、得した気分になります。

向田　自分だけの玉手箱を開けたような感じがあります。人の記憶は面白いですね。姉の作品を読んでいても、いつも「なんで、姉はこんなこと覚えているんだろう」とか、「姉にはこういう風に見えていたんだ」とか、改めて気づかされることが多々ありました。

たとえば、「字のない葉書」（『眠る盃』収録）というエッセイ。学童疎開する私に、父が「元気な日はマルを書いて、ポストに入れなさい」と言って、自分の宛名を書いた葉書を大量に持たせた話です。当時まだ私は字が書けなかったんです。

原田　教科書にも紹介されている、素晴らしいエッセイですよね。

向田　その文章で、次姉（迪子《みちこ》）が疎開先の私に会いに来るシーンがあるんです。私が次姉の姿を見て、それまでしゃぶっていた梅干しの種を吐き出して泣いてしまうんですが、なんで邦子さんがこのことを知っていたのか不思議でした。というのも、家族の間で戦争当時の話などした記憶はないし、本人に確認したら「あなたは鈍感ね」って言われそうで悔しくて聞かずじまいだったんです。

でも、邦子さんが事故で亡くなって、夜中に次姉と話をしていた時になにげなく聞いたら、物書きになる前に、集団疎開で何が記憶に残ったか邦子さんに聞かれたそうなんです。それで私の梅干しの話をしたと。それがずっと、姉の頭の中に残っていたんでしょう。

原田　そういう経緯で生まれた文章だったのですね。

向田　もうひとつは「ごはん」（『父の詫び状』収録）。当時中目黒に住んでいて、空襲に遭ったんです。空は真っ赤で、父と邦子さんが家に残って火を消し、六つ上の兄（保雄）と私が逃げることになった。その時のことをこう書いています。

〈次々に上る火の手に、荷を捨ててゆく人もあった。通り過ぎたあとに大八車が一台残っていた。その上におばあさんが一人、チョコンと坐って置き去りにされていた〉

私も、このおばあさんの姿は強く瞼《まぶた》に焼き付いていたんです。私が十代のころ、姉から「戦争で一番記憶に残っていることは何？」と聞かれて、「おばあさんの背中」って答えたんです。そしたら姉はとても驚いて「私も同じよ。あなた、それを覚えていたの」と。私はその時、お姉ちゃんと同じものを見て覚えていた感性が滅茶苦茶うれしかったですね。姉は当時のことを私より覚えていて、おばあちゃんの息子が帰ってきたときに、うちの父が「君はなんてことをするんだ」と、物凄く怒ったことも教えてくれました。

原田　胸に迫ります。

向田　今にして思うと、戦争当時はまだ子どもだった私たちの話を、姉はインタビューさながらに、しっかり聞いてくれていたんですよ。

原田　そうやって、いつも見守ってくださっていたんですね。

向田　姉には「子どもだからって、その感性を侮《あなど》ってはいけない」っていう思いもあったのではないでしょうか。そうやって姉は、私たちを自然に認めてくれていました。

原田　お話を伺っていると、邦子さんには〝小さき者〟〝弱き者〟に対する暖かい眼差しがありますね。決して、弱者を突き放さない。それが向田作品にもにじみ出ている。

向田　突き放せないんだと思います。それを計算ではなくやっていました。

原田　自然な振る舞いになっているんですよね。自分を差し置いても弱き者を助けるって、人間が人間たる理由だと思います。

向田　そういった思いが、現代社会の中で薄らいでいかずに、伝わっていくといいですね。

原田　何もかもデジタル化され、世界の誰もがネットで繋がることは素晴らしいけど、そのために失っているものもあるはず。邦子さんが描いた、戦争などの有事の時に隣人を助けようという感覚を失ってしまわないか心配になります。

向田　でも人間の本質は、どんな世の中でも変わりませんよ。大切な感性は、きっと皆さん持っている。それを誰かが突いたり揺すったりして、気付かせてあげなくてはいけない。それが小説であり、音楽であり、アートなんでしょうね。

原田　向田作品が大切に描いてきた弱き者への眼差しを、次の世代の作家が引き継いでいかなくてはいけません。今日は、バトンを渡されたような気分です。

「オール讀物」二〇一七年十月号

対談

向田さんのバトンを受け継いで

合津直枝（テレビマンユニオン）×松永綾（WOWOW）

ふたり芝居『家族熱』、連続ドラマ『春が来た』。
向田作品に新たな命を吹き込もうとした、
女性制作者が語り合うその魅力と可能性。

合津　実は私、向田邦子さんとほんの一瞬、直接お話ししたことがあるんです。

松永　そんな機会が！

合津　向田さんが直木賞をお取りになったのは一九八〇年、この年に「とらばーゆ」という女性の就職・転職雑誌が創刊されたんですが、翌年創刊一周年記念号を出すということで、知り合いの編集者が、前年直木賞を受賞された向田さんから、働く女性に応援コメントをもらえないか——もしそのアポイントがとれたら、私にインタビューさせてくれるというので、お願いの電話を差し上げたんです。

同じ業界にいてももちろん面識はなく、企画の趣旨を一生懸命ご説明したんですが、向田さんは「あ、わたくし、そういうことはやっておりませんの。ごめんください」と、電話を切られて。たったそれだけで終わってしまったんですけれど、〝ナマ向田〟の印象は、やっぱり強烈でしたね。徹底した男性社会の中で、映画雑誌の記者をされ、ラジオで森繁（久彌）さんの脚本を書かれたことからテレビでもご活躍され、初めての短篇小説が単行本になる前に直木賞を取られてと、ものすごい気迫と勢いで駆け抜けていく感じ。短い電話でも、とにかくその疾走感が強く印象に残っているんです。

写真◎山元茂樹

松永　向田さんの亡くなられたのは、八一年の夏ですから、それからたった数か月後ですよね。私はまだ三歳でしたから、何も当時の記憶はないんですけれど……。

合津　じゃあ、久世（光彦）さんの手がけたお正月のテレビドラマは？

松永　それも何となく、母親が見ていた、くらいでしょうか。

合津　むちゃくちゃ若い（笑）。

合津直枝さんのおすすめ

『思い出トランプ』（新潮文庫）
『夜中の薔薇』（講談社文庫）
『家族熱』（文春文庫）

ごうづなおえ●早稲田大学卒業後、テレビマンユニオンに参加。映画『幻の光』を企画制作、『落下する夕方』で監督デビュー。ふたり芝居『乳房』『檀』『悪人』『家族熱』では企画・台本・演出。二〇二一年一月の没後40年特別イベントの総合プロデューサー。

松永　いやそれほどでも（笑）。昭和の最後の方の生まれですから、電話は黒電話のダイヤル式ではないまでも、固定式で受話器をガチャッと切るタイプでした。向田さんの描かれている昭和の香りというのは、自然とわかりますね。

合津　私は向田さんの亡くなられた年、父ががんを患《わずら》って地元の病院に入院していて、泊まり込みで看病をしていたんです。ＮＨＫの七時のニュースで向田さんの飛行機事故を知った父が、「お前も（東京に）行かなくていいのか？」と言うので、同じテレビ業界にいても、とても一緒に仕事ができるようなレベルの方じゃないことを説明したのを覚えています。その一か月後に父は亡くなり、一九八一年という年は、向田さんとの数秒の出会いがあり、父との別れの時期に向田さんも逝かれてしまったという、特別な思いが重なる年でした。

ホームドラマで性を描く

松永　私にとって向田さんとの出会いは、最初は教科書の中でした。「字のない葉書」（『眠る盃』所収）を教科書で読んで、エッセイなのですごく短いんですけれど、非常に心に残りました。テストで問題を解いていても、感動で胸が詰まってしまうんです。教科書に載っているんだから作家さんだとばかり思っていて、その後、向田さんが脚本家だと知りました。

「字のない葉書」は、今読んでもシンプルだけど味わいが深い。本当に慈愛に満ちた、余韻が残る作品で、子供心にも他のものも読んでみたいと思ったんですが、結局、本格的に向田作品を読みはじめたのは、やはり大学生になってからでしょうか。特に『阿修羅のごとく』は、私自身、姉妹がいないせいか古今東西の「姉妹もの」に惹かれるんですが、もうすっかりはまってしまいました。

合津　NHKドラマの『阿修羅のごとく』は、七九年～八〇年の放送でしたから、リアルタイムではないんですね？

松永綾さんのおすすめ
『阿修羅のごとく』（文春文庫）
『眠る盃』（講談社文庫）
『向田邦子　暮しの愉しみ』（新潮社）

まつながあや◉九州大学卒業後、WOWOWに入社。宣伝部を経てドラマ制作部へ。『人質の朗読会』がモンテカルロ・テレビ祭で「モナコ赤十字賞」と「SIGNIS賞」をダブル受賞。『向田邦子イノセント』『ふたがしら』など制作多数。

松永　ずいぶん後になってから見たんですが、これも強烈な印象でした。いわゆるホームドラマというか、ほんわかしたものとは違う切れ味の鋭さが、生臭くて本当にリアル。突き刺さる感じがすごいんですよ。テーマ音楽に使われたトルコ軍楽隊による「ジェッディン・デデン」も効果的で、それも含めて実に鮮やかでした。

合津　向田さんは仕事の打ち合わせはほとんど、南青山のご自宅でされていて、そこでNHKディレクターの和田勉さんが、「次はどういうものを？」と聞いた時、向田さんが「私、セックスが書きたいの」っておっしゃって、それがドラマ『阿修羅のごとく』になったらしいですね。

それを聞いた和田さんは驚かれたそうですが、向田さんは「コップのお水を自分が飲ん

向田邦子　略歴

昭和4年（1929）
11月28日、東京府荏原郡世田ヶ谷町若林に長女として生まれる。

昭和5年（1930）**1歳**
4月、栃木県宇都宮市に転居。

昭和6年（1931）**2歳**
10月、弟・保雄誕生。

昭和10年（1935）**6歳**
妹・迪子誕生。

昭和11年（1936）**7歳**
宇都宮市立西原尋常小学校入学。東京市目黒区中目黒へ転居し目黒区立油面尋常小学校に転校。以後、父の転勤に伴い転校を繰り返す。

昭和12年（1937）**8歳**
肺門リンパ腺炎と診断され1年ほど休学。目黒区下目黒へ転居。

昭和13年（1938）**9歳**

だ後、相手の男にそのまま差し出して飲ませるのもセックスだと思うのよ」って。お茶の間でセックスはタブーだけれど、向田さんは生々しい情愛という意味でのセックスをお書きになりたかったんでしょう。けれど、それをあえて「セックスが書きたい」と表現するのも、向田さんらしい気がします。

松永　ホームドラマで性を扱うのは、今でもタブー視されますよね。制作者側としては、そういう意味でも向田さんの革新性というか、パイオニア的なところが恰好いいんです。文体も恰好いいし、感性も恰好いいし、それにビジュアルも含めて全部、恰好いい。今も昔も、唯一無二の存在だと思います。

合津　私の好きな一冊に挙げた『夜中の薔薇』の中でカッコいいと思ったのが、「手袋をさがす」というエッセイに書かれた、向田

7月、妹・和子誕生。

昭和14年（1939）**10歳**
1月、鹿児島県鹿児島市へ転居。

昭和16年（1941）**12歳**
4月、香川県高松市へ転居。

昭和17年（1942）**13歳**
高松市立四番丁国民学校卒業、香川県立高松高等女学校入学。一家は目黒区中目黒へ転居し邦子は高松で下宿。9月、両親の元へ転居し東京市立目黒高等女学校に編入。

昭和18年（1943）**14歳**
目黒区下目黒へ転居。

昭和20年（1945）**16歳**
終戦。

昭和22年（1947）**18歳**
目黒高等女学校卒業、実践女子専門学校国語科入学。一家は仙台市へ転居、邦子と弟・保雄は母方の祖父宅（東京都港区麻布市兵衛町）に寄宿。

さんの生き方ですね。自分は本当は何になりたいのか、何に向いているのか、ずっと考え続けている。結婚だってお見合い話もたくさんあったし、この辺の男で手を打てば、両親も喜ぶし、昭和一桁生まれの女として幸せも全うできるかもしれない。でも、そんなことで自分は満足しない。気に入らない手袋をはめるくらいなら、寒くてもポケットに手も入れずに颯爽《さっそう》と歩く方がいい、という。最後に「私はまだ合う手袋がみつからないけれど、一生ほしいものを探して歩く」と。安易なところで手を打たないのが、ものすごくカッコいいと思う。

松永　その通りですよね。直木賞の選考会で、向田さんは一回目の候補で、単行本にもなっていないことだし、もうちょっと見た方がいいんじゃないか、ということになった時、選

昭和25年（1950）**21歳**
実践女子専門学校卒業、財政文化社入社。一家は東京都杉並区久我山へ転居し、邦子も再び家族と同居。

昭和27年（1952）**23歳**
雄鶏社に入社。洋画専門誌「映画ストーリー」編集部に配属。

昭和32年（1957）**28歳**
雑誌記者のアルバイトを始める。

昭和33年（1958）**29歳**
新人シナリオライター集団「Zプロ」参加。『ダイヤル110番』（日本テレビ）用のシノプシスを発表。

昭和34年（1959）**30歳**
ラジオ番組『森繁の奥様お手はそのまま』（毎日広告社制作）の台本を書き、森繁久彌に認められる。

昭和35年（1960）**31歳**
女性フリーライター集団「ガリーナクラブ」に参加し「週刊平凡」「週刊コウロン」等に執筆。雄鶏社退社。

考委員のどなたかが、向田さんももう五十歳を超えているからとおっしゃったとか――とてもお若くみえますから、周りはそんな年齢だとは思っていなかったんでしょう。この発言で流れが変わって、受賞にいたったそうですが、今になって思えばまだ五十歳で、いよいよこれからという時に、亡くなられてしまいました。

女の激情を短篇で解禁

合津　直木賞受賞作の「犬小屋」「かわうそ」「花の名前」の三本が収められているのが、『思い出トランプ』ですけれど、この一冊は、実はほとんどが不倫の話なんです。編集者の方からのお題だったのかもしれませんけれど。二〇一一年にNHKの番組（『おまえなしでは生きていけない～猫を愛した芸術家の物語～』）で、

昭和36年（1961）**32歳**
「新婦人」に初めて向田邦子の名でコラム『映画と生活』を連載。
昭和37年（1962）**33歳**
杉並区本天沼へ転居。3月、『森繁の重役読本』（東京放送・毎日放送）開始。市川三郎に師事し、本格的に台本執筆に取り組む。
昭和39年（1964）**35歳**
『七人の孫』（TBS）の脚本執筆。港区霞町（現西麻布）のマンションで独立生活を始める。
昭和43年（1968）**39歳**
初の海外旅行（タイ、カンボジア）。
昭和44年（1969）**40歳**
2月、父・敏雄が急性心不全で急死。
昭和45年（1970）**41歳**
港区南青山のマンションへ転居。
昭和46年（1971）**42歳**
12月、澤地久枝と世界一周旅行へ。
昭和47年（1972）**43歳**

向田さんの人生と作品をたどる番組を作った時に改めて思ったんです。向田さんは非常に強い方だったけれど、人知れず泣いたことだってあったはずだ、って。
私が思うに、いちばん最後に大きな涙を流したのは、四十六歳で乳がんになった時。ご自身でももう長くないかもしれないと思われたのでしょう。遺書のようなつもりで『父の詫び状』も書かれたとおっしゃっています。お父さまもすでに亡くなられていましたし、秘めていた女としての激情の蓋《ふた》を一気に解禁したんじゃないかと思うんです。乳がんの手術後、もうとり繕《つくろ》ったようなものではなく、生々しいものをお書きになろうとした結果、『思い出トランプ』が生まれたのではないか、と。それにしても全編が不倫というのはすごいですよね（笑）。

11月、ケニア旅行。『だいこんの花・第3部』（NET）放映開始。

昭和49年（1974）**45歳**

1月『寺内貫太郎一家』（TBS）、9月『だいこんの花・第4部』（NET）、10月『時間ですよ・昭和元年』（TBS、共同執筆）放映開始。

昭和50年（1975）**46歳**

初の単行本、小説『寺内貫太郎一家』刊行（サンケイ出版）。10月、乳癌が発見され手術。

昭和51年（1976）**47歳**

「銀座百点」に連載開始。

昭和52年（1977）**48歳**

1月、『冬の運動会』（TBS）放映開始。

昭和53年（1978）**49歳**

5月、東京赤坂に「ままや」開店。7月、『家族熱』（TBS）放映開始。11月、初のエッセイ集『父の詫び状』刊行（文藝春秋）。

松永　今から四十年近く前の時代ですしね。でもちっとも古びていなくて、響いてくる作品ばかりで驚きます。

合津　愛人は地味なんだけれど、その思いの深さたるや……というね。本当にナマの女の感情がここまで出てくると、むしろ気持ちいい。『寺内貫太郎一家』でも、梶芽衣子さんの演じる長女が、妻子ある方と恋愛したりもしますが、初期はその程度で。乳がんの手術後、『家族熱』で少し抑えめに、そして『思い出トランプ』で女の激情を解禁、ついにそれが『阿修羅のごとく』で爆発、って、勝手に自分の中では思っているんですけど（笑）。

私が面白いと思うのは、向田さんより四歳上の橋田壽賀子さんは、東京五輪のあった六四年に『愛と死をみつめて』というドラマの脚本を書いてメジャーになられた。難病の

昭和54年（1979）**50歳**

1月、『阿修羅のごとく』（NHK）放映開始。2月、38年ぶりに鹿児島へ。5月、『無名仮名人名簿』（「週刊文春」）連載開始。9月、ケニア旅行。10月、エッセイ集『眠る盃』刊行（講談社）。11月、家族と鹿児島旅行。

昭和55年（1980）**51歳**

1月『源氏物語』（TBS）放映。連作短篇小説『思い出トランプ』（「小説新潮」）連載開始。モロッコ・チュニジア・アルジェリアを旅行。3月、再びモロッコを旅行。『あ・うん』（NHK）放映開始。5月、『霊長類ヒト科動物図鑑』（「週刊文春」）連載開始。『阿修羅のごとく』『あ・うん』等の創作活動によりギャラクシー選奨受賞。7月、連載中の『思い出トランプ』の中の「花の名前」「かわうそ」「犬小屋」で直木賞受賞。

昭和56年（1981）

恋人に尽くすストレートな感動物語で、今にいたるホームドラマの型をつくられ、今もご活躍されている。それに対して、やや遅れてテレビの世界に入った向田さんは、家族にも謎も嘘もあるということを承知した上で、家族を描いている。スタイルが対照的な気がしていて。もし向田さんがご健在だったら、どのようなものを書かれていたのか……。

「春が来た」のアレンジは

松永 向田さんのドラマによく出てくるのは、やはり昭和の典型的な日本人のお父さんですよね。今は女性も働くし、昔のように家族全員を統制できるような権威ある父親像というのは、なかなか描きにくくなっているけれど、向田さんの作品の中には、その父親のちょっとした弱みとか、情けないところが描かれて

5月、『隣りの女―現代西鶴物語』（TBS）放映。長篇小説『あ・うん』刊行（文藝春秋）。ベルギー旅行。6月、ブラジル・アマゾンを旅行。同月、『女の人差し指』（「週刊文春」）、7月、『男どき女どき』（「小説新潮」）連載開始。8月、四国旅行。同月22日、台湾取材旅行中に航空機事故により死去。9月21日、東京青山葬儀所にて葬儀。同月、エッセイ集『霊長類ヒト科動物図鑑』（文藝春秋）、10月、小説集『隣りの女』（文藝春秋）、エッセイ集『夜中の薔薇』（講談社）刊行。12月、『向田邦子TV作品集』（大和書房）刊行開始。

昭和57年（1982）

3月、放送文化賞受賞。10月、TV脚本の優れた成果に対して贈られる「向田邦子賞」が制定される。

（脚本は、主要作品のみを掲げました）

いますよね。すごくシャイなところもあったりして、そういうところに惹かれるんですね。今、制作しているドラマ『春が来た』（二〇一八）では、父親の人間臭さを前面に出して、向田作品らしさを踏襲できたらと思っているんです。

合津　確かに「春が来た」の親父は情けない（笑）。向田さんはお父さまがご健在の時には、「はいはい」って従っていたけれど、長じるにつれて、昭和の男は本当は弱いから、あんな風に虚勢をはるんだと、包み込むような、愛おしいような気持ちでいたんじゃないかと思います。作品でも、夫に愛人がいることを知っていながら、それを知らないふりをする妻に比べ、不倫している男の方が弱いですよ。

松永　その辺りの情けなさが、今の時代に読んでも、自然にフィットするところなんです。でも、そんな父親がいざというときに、弱い部分をさらけ出して必死に家族をつなごうとする強さも描いています。

合津　私にとって「春が来た」の印象は、父親が三國連太郎さんで母親が加藤治子さん、娘が桃井かおりさん、その相手役が松田優作さんだったドラマ（編集部注・一九八二年放送の久世光彦演出版。二五二頁〜参照）の印象が強いんだけど、原作は『隣りの女』に入っている短篇ですよね。

松永　合津さんが向田邦子さんの猫の番組を撮られた後、向田さんの没後三十年のタイミングということもあって、『向田邦子イノセント』というオムニバスドラマを作らせていただいたんです。「隣りの女」「きんぎょの夢」「三角波」「愛という字」の四作品をドラマ化しました。その際に『隣りの女』の文庫本の最後に収められている、短篇「春が来た」を読んでビビッときたんです。家族がひとりの来訪者によって変わっていくというのが、すごく魅力的なテーマでずっと頭にありました。

合津　いい作品ですよね。ちょっとした見栄をお互いに張り合ったり、色んなことが連鎖して起きていく。家族ってきれいごとだけでは済まされない、陰りや闇や嘘があった上で、家族ならそれを全部許せるかという……。絵空事にならない、様々な人間のナマの感情をみせてくれるのが、向田さんの世界ですから。

松永　向田さんは「禍福《かふく》は糾《あざな》える縄の如し」とおっしゃっていましたけど、幸せと不幸は表裏一体だと思うんです。それを踏まえた普遍的なメッセージをドラマで伝えていきたい。安易なハッピーエンドにしてはいけない、という自分の価値観、人生観は、向田さんの作品を読んできて、知らず知らずのうちに形成されてきたような気がします。

　脚本打ち合わせをしていると、脚本家や監督の方と、自分の主観、たとえば登場人物の幸せについてどう考えるかをぶつけ合ったりするわけですが、そういう時に向田さんの作品を通じてその神髄に触れたことは、自分の中で血となり、肉となっていることを制作者の立場として実感しますね。向田さんの作品には、根底に人間の品格がきっちり描かれているので、そこに対する絶対的な安心感があるんです。

「連続ドラマW　春が来た」©2018 WOWOW INC.

　一方で向田さんの生きた時代、テレビがいちばん面白かった熱のようなもの――ハチャメチャだった時代の冒険心や遊び心みたいなものを受け継ぎたいと思うこともあります。そこで今回のドラマ『春が来た』では、原作の風見という来訪者の役を、韓国人のイ・ジウォンというキャラクターに変更しました。

合津　松田優作さんが演《や》った役でしょう？　なかなか大胆ですね。

松永　現代リメイクにあたって、家族と来訪者の距離感に現代性をもたせようとひらめいたんです。一見、違う価値観が家族に侵入してくることで、かえって現代の家族の実像や失われたものがみえやすくなるのではないか、そして違いの先にある普遍的で本質的な人間の姿が鮮明に浮かび上がるのではないかと考えました。

私自身、今、東京で暮らしながら感じること、例えば外国の方と肩を並べて働いていること、よく行く行列のできる讃岐《さぬき》うどん屋さんには日本人スタッフがひとりもいないことなど、そんな現代社会の身近な感覚が「春が来た」とぴたっとシンクロしたので、向田さんの持っていた冒険心に勇気をもらって、大胆にアレンジさせていただきました。

実際、カイさんという韓国の方に来訪者のジウォン役を演じていただいたんですが、多少つたなくても、真っ直ぐに言葉を紡《つむ》ぐ姿が、かえって心の奥までセリフが響く。彼が、家族ひとりひとりの心を揺り動かしていくストーリーに、リアリティをもたらしてくれました。そんな変化が、実際の撮影現場でも起こったのは、すごく面白かったです。

合津　外から異邦人がやって来て、そこから家族が変容していくという話だから、構造的にも正しいわけですね。

松永　さきほどの普遍性の話ではないですが、互いの国の現場の違いを話していても、最後は万国共通で現場は大変（笑）、そして一生懸命にいいものを作ろうとする姿勢は、文化的背景が違っても変わらない。カイさんにみんなが虜《とりこ》になって、『春が来た』のドラマで伝えようとしていることと、実際の撮影現場がオーバーラップして、最初から意図したわけではないですけれど、色んな発見がありました。それも向田さんの作品をお借りしたからこそできた挑戦だったと思います。

計算された『家族熱』

合津 東日本大震災以降、私は上《うわ》っ面《つら》をなでるようなものを、わざわざ作る必要はないと思っているんです。それはテーマ的なことですけど。

一方で向田さんの作品はテクニック的というか、表現にも痺《しび》れるものがたくさん詰まっています。たとえば、今度、演出する（企画・台本も）ふたり芝居『家族熱』（二〇一八）の中に、「不幸は幸福と同じくらい、女を酔わせるものがある」というセリフがあるんです。色んな事情で一度は家を出た後妻の女主人公が、亭主が贈賄で捕まって仮出所で出てくる日、家に戻って「私はこの男のためにご飯を作ってやっている」という場面で、女として不幸に酔っている、と書けるなんて、もう本当に「邦子、やるな！」って（笑）。

松永 痺れますよね（笑）。

合津 この『家族熱』という作品は、ドラマシナリオですけれど、私の考える向田さんの生々しさ解禁の直前にあたる作品になるんです。そこでは、三國連太郎演じる亭主をめぐって先妻（加藤治子）と後妻（浅丘ルリ子）、三浦友和演じた長男をはさんで実の母と育ての母、後妻から見た男としての亭主と息子といった、いくつもの三角関係が描かれ

ふたり芝居『家族熱』は 2018 年 5 月に公演

ていて、それがお互いにお互いを引っ張り合っているんですね。

先妻は結婚十三年目に離婚して家を出ていて、そこに後妻が入って十三年目に、再び先妻が家族の前に現れる。両者が同じ年月、結婚生活をしているわけで――『家族熱』は物語の構造上も見本のようにうまく作られているんですよ。

長男は歳の近い継母に、実は恋愛に近い感情をもっているんだけれど、それを決して言葉にはしない。家族という、決められた枠組みの中での寸止めの恋情のようなもの、お互いに意識しながらも一歩を踏み出さない微妙な良識や理性をブラウン管越しではなく、俳優がナマで舞台で演じたら楽しめるんじゃないか――もともとのドラマの十話目くらいのところから三年後という設定で、自由に脚本を書かせてもらいました。

松永　『家族熱』も大胆なアレンジを加えられているじゃないですか！　そのお話を聞

いて安心しました（笑）。

合津　もともとは二〇一六年、沢木耕太郎さんの『檀』のふたり芝居を、向田和子さんが観に来て下さって、「よかったわ。向田のもやって」と言ってくださったのを真に受けて（笑）。

後妻役の美村里江さんは、実は一一年のＮＨＫの番組に向田邦子さん役でご出演いただいたんですが、その時も素晴らしくて。本当によく向田邦子さんの世界を理解している、伝道師のような方です（笑）。長男役の溝端淳平さんは屈託《くったく》がないまっすぐな青年で……。エリートの麻酔医で、十二歳しか年の離れていない綺麗な義理のお母さんへの気持ちを抑えているという難しい役に挑戦してもらいます。もちろん向田作品は初で。

松永　まあ、私も勝算があるわけではないですけれど、むしろ両方が向田さんの世界を熟知しているより、ナマの舞台だからこそ違う火花が飛び交《か》って、お互いに発見があった方が、お客様にも楽しんでいただけるのでは、と思うんです。どんな化学反応が起こるか楽しみですね。

向田邦子の品格をつなぐ

合津　以前、テレビの企画に『家族熱』を上げたことがあるんですけれど、そこでは「合津さん、それはもう古いですよ」って言われてしまったんですよ。絶対にそんなことはないと思っていたので、気合い入っています。女性にとってドキドキするのは、好きだけれどそれを伝えてはいけない、我慢している恋心こそ、すごく色っぽい。ストッパーのかかった恋って、いちばん燃えるじゃないですか（笑）。

松永　一般的に映像の企画を決定するポジションの方は、向田ドラマの最後の方を見ていた世代ですから、「それはもう昭和のホームドラマでしょう」みたいに残念ながらとらえられてしまうこともあるんでしょうね。どうしてもサスペンスだったり、警察ものの方が派手に見えるし、企画が通りやすいということもあるような気がします。

でも、私個人としては、合津さんがおっしゃった三角関係の話はすごく緻密に計算されていて、キャラクター像も深くて、鋭くて、ものすごい緊張感が根底に流れていると思います。本当にドラマのお手本ですよね。もっともその分、難易度が高くて、普通に昭和のホームドラマとして撮ってしまっては、本来の魅力がなかなか伝わらない。

合津　大事件は起こらないですからね。向田さんは実は世間の大事件より、人間の心の中こそがいちばんすごい宇宙だと考えていらっしゃったと思うんです。

松永　だからこそ、不倫が事件でしょ、と（笑）。それがゾクッとしちゃうんですけどね。

合津　『家族熱』で前妻が後妻に無言電話をかけるところを、向田さんは「電話の向こうとこちらで優勝カップを争うように、あの方と私は争っている」って表現するんです。

後妻に入っても家は同じだから、前の奥さんの好みのカーテンや食器を変えようとしたりするんだけど、この食器はちょっと高いから止めようか、と考えるところなんかは、本当に女心をつかまれます。

松永　そういうヒリヒリするところが、私もたまらないんですけれど、男性は生理的にちょっと怖いと思うみたい。脚本上でもロマンが混ざってまろやかになるというか、体《てい》のいいおとなし目の人物像になるというか。そういう風に向田作品を作っていくと、本質的なところで全然、違うものになってしまいますよね。

たとえば『春が来た』でも妹の女子高生の描写なんか気をつけないと、すぐに可愛くなってしまいます。妹の嫉妬やひねくれた感情をひっぱり出したり、情けない父親の不恰好なひたむきさを描いたりと、全員を奥行きのある人物にするための旗振りはしましたね。

合津　昔に比べたらずいぶん女性が増えましたけれど、テレビもまだまだ男性社会ですからね。私は向田さんからバトンを渡されたつもりで、〝向田脳〟になって台本を書いて、演出もするので、向田さんの険しさと毒味をちゃんと出していくというか、マイルドには決してしないと思います。

もっと女性の演出家が出てきてもおかしくないですよね。べつに力仕事じゃないんだし。女性の方が衣装にしても、セットにしても、日常を描くことにかけては男性よりずっと丁寧でしょう。

松永 そうですね。実は向田さんの原作をやるのは、スタッフの勉強にもなります。向田さんは暮らしの匂いのようなものを書かれている。それをト書きやセリフから読み取って想像して膨らませて、衣装や美術、小道具で心の機微を表現していくことは、すごく勉強になるし、非常に豊かな表現だと思うんです。

そういう意味で私は『向田邦子 暮しの愉しみ』をお薦《すす》めしますね。色んなビジュアル本が出ていますが、この一冊で向田さんの審美眼に触れ、向田作品の暮らしの匂いを紐《ひも》解く手がかりになると思います。丁寧に暮らしを愉しむというのは、今でこそ注目が集まっていますけれど、そのはしりの向田さんのスタイルは、ぜひ若い方に見ていただきたいです。

合津 仕事でも趣味でも師匠を持たず、自分の目で器を選び、あんなに忙しいのにパパッとお料理を作ってしまう。そのスタイルも含めて素敵です。向田邦子の品格というか、不倫を扱っても下卑《げび》たところが全くないところが素晴らしいですよね。

松永 やはりその品格を、向田さんの作品を作る時には絶対に大事にしたいです。

合津 もしご健在なら九十歳近くになられていたでしょうけど、五十一歳で台湾の空にパッと散ってしまわれた。けれど、自分にいちばんフィットする手袋を生涯探し続けた向田さんが遺されたものを、私たちの世代が受け止めて、表現し続けていけば永遠に不滅ですよね。

松永 いつか『阿修羅のごとく』も自分で作ってみたいと虎視《こし》眈々《たんたん》と機会を狙っています（笑）。

合津 私は『冬の運動会』。それぞれが知らないうちに違う家族を持つようになっているのが深い。向田好きチルドレンとして、これからも向田作品を新しい形につなげていくことが、クリエイターとしての務めだと思っています。

この対談は二〇一七年十一月に行われたものです。

傑作小説選

春が来た

向田邦子

コーヒーの黒い色には、女に見栄をはらせるものが入っているのだろうか。それとも銀色に光る金属パイプとガラスで出来ている明るい喫茶店のせいなのか、直子は自分の言っていることが上げ底になっているのに気がついていた。

「父はPR《ピーアール》関係の仕事をしているの」

「広告の会社かなんか？」

向かいに坐っている風見隆一の長い指が、「キャビン」の箱から一本抜いて口にくわえた。

「大学時代の親友と共同経営でやってるの」

「じゃあ重役ってわけ？」

答の代りに、直子は喫茶店の紙マッチを一本むしって、火をつけた。こういう真似は滅多にしたことがないものだから、もたついて危く指先が焦げそうになる。

「アチ」

灰皿まで間に合わず、マッチの燃えかすは風見の水を入れたグラスに落ちて、ジュッと音を立てた。

「ごめんなさい」

取り替えを頼もうと片手を上げかける直子に、風見は笑いかけると、黙って直子の飲みかけのグラスに手を伸し、ひと口飲んでみせた。

頬に血がのぼってくるのが判った。

二人だけでお茶を飲むようになってまだ五回かそこらだが、もう恋人と呼んでもいいのだ。

「そうお、広告の会社やってるの」

意外そうな風見の目を見るともうあとへは引けなかった。

直子の父親は、確かに広告会社に勤めていた。失業してブラブラしているところを夜学仲間に拾われ、町の小さな印刷屋の下請けをしているのだ。スーパーなどが新聞の挟み込みに使うチラシ類の文案を考えたり割りつけをする仕事である。

「元値が泣いてる山積み大奉仕！」

などという書き損いを、今朝も横目でにらんで出勤してきたばかりである。

壁が鏡になっていて、直子と風見の姿がうつっている。

風見は二十六歳である。朝のラッシュに、地下鉄大手町あたりから地上に吐き出されてくる、社名入りの封筒を抱えた代表的な若手サラリーマンである。格別美男でもないし切れるという感じでもないが、育ちがいいせいか直子とくらべると姉と弟に見えた。

直子はどう自惚《うぬぼ》れても燻《くす》んでみえた。

十人並みの姿かたちだが、化粧映え着映えのしないたちだった。結婚式などに出ても、あとで「あれ、あのとき君もいたっけ？」と言われることが多かった。おもてで逢っても、紺の上被《うわっぱ》りを着ているみたいな女の子、と上役に言われたこともあった。華《はな》のない影のうすい存在だったのであろう。片思いが二つ三つあっただけで二十七になってしまった。諦めていたときに、取引先の風見と口を利くようになったのだ。

自分のまわりを飾って言うことは、あとになって大きな実りを自ら摘み取ることになる。結婚ということになれば、辻褄《つじつま》が合わなくなるのは判っていた。それでもよかった。いま、この瞬間が惜しかった。

父親の趣味は謡で、自分も幼い頃習わされたこと。稽古のたびに笑うので、遂にあきれて勘弁してもらったが、いまでも少しはうたえるのよ、と、

「これは西塔《さいとう》の傍に住む武蔵坊弁慶にて候」

「橋弁慶」のひと節をうたってみせたりしてしまった。

いったん走り出すと、とめどがなくなった。

母親は父親とあい年の五十三で、お茶とお花の心得がある。そのせいか、いまでも行儀作法にやかましい。麦茶を軽蔑して、「あんなものをのむくらいなら、冷たい水でお薄をお点《た》てなさい」というのよ、と顔をしかめてみせた。

「最高だなあ」

風見のため息はますます大きくなった。

十八になる妹は、詩を書くのが好きで、ミニコミ誌へ投書して一等になり五万円の賞金を貰ったことがある、と話した。

「マンション?」

と聞かれたので、庭つきの一戸建てだというと、風見の吐息はまたひとつ切実になった。

「じゃあ畳の部屋もあるの?」

「あるわよ」

「いまや最高の贅沢《ぜいたく》だなあ」

独身寮にいるせいか、畳や縁側と聞くとそれだけでしびれると言った。

「子供の時分夏休みに田舎へ連れてかれて、縁側に坐って足をブランブランさせながら西瓜を食べたことがあったなあ。従兄《いとこ》たちと種子の飛ばしっこをしてさ」

畳の上で昼寝をするとき、足を壁にくっつけると気持がいいので、よくやった。小さい足の型なりに黒く汚れてあとで叱られたとはなした。

「庭には木やなんか植わってるわけ？」

「木のない庭はないでしょ」

松、楓《かえで》、八つ手。手洗いのそばには南天もあると言ってしまった。

「南天！」

風見は目を閉じてみせた。

「俺、南天なんて何年も見てないなあ」

ぼくから俺になっている。嬉しさで耳たぶが熱くなった。

「君は最高の贅沢してるんだよ」

それから、

「自分のうち？」

とたずねた。

ごく当り前、といった感じで、直子は小さくうなずいた。

「でも、坪数は大したことないのよ」

三十坪足らずの借地で、地主との間にゴタゴタがあり、立ち退く立ち退かないでもめていることは勿論《もちろん》言わなかった。小さな棘《とげ》が胸に刺さったが、酔いのほうが大きかった。

鏡には、直子と風見のほかにも幾組かのカップルがうつっている。このなかで本当のことを語り合っているのは何人いるだろうか。

暮しの匂いとは無縁の、白いピカピカする喫茶店のなかで、恋人たちは自分を飾って語り合い、束の間の夢を見ているのだ。

「フランス料理でも食べようか」

気のせいか、風見の言い方が丁寧になったような気がした。

広告会社の重役の娘で、お茶やお花の心得のある母親を持った、庭のある立派な家に住んでいる娘と思っているのだ。

直子はゆったりとうなずいた。やましさを忘れるためには、酔いに溺れるほかない。喫茶店を出るとき、ごく自然に風見の腕につかまった。背骨のあたりが、甘だるく溶けそうになった。生れてはじめての気持だった。

風見がタクシーをとめた。

フランス料理を食べさすビストロではなく、もっと別のところへ誘われても、いまの自分ならついてゆくだろうと直子は思った。礼儀正しく先にどうぞとすすめる風見に、

「タイト・スカートだから、あなた先に」

と言ってから、風見さんがあなたになったことに気がつき、今度は首すじのうしろが、スウッと熱くなった。

すこし気取って、先にお尻をシートにつけ、ハイヒールの足を揃えて坐りかけたとき、

せっかちな運転手だったのか、ひと呼吸早くドアが閉った。あ、と思わず声が出て、左足首に痛みが走った。

風見は家まで送ってゆく、と言って聞かなかった。

左足首は痛みと腫れの割りに大したことはなかった。最寄りの診療所の診立《みた》てでは、骨に異常はないから、二、三日で腫れも引くということである。

一人で帰れるからと頑張ったのだが、風見は自分にも責任のあることだからと、強引にタクシーに乗り込んできてしまったのだ。

ネオンのまたたきはじめた街の景色が、タクシーの窓からトランプのカードを切るようにうしろへ飛んでゆく。

飛んでいってしまったのはフランス料理だけではなかった。生れてはじめて味わった恋も、一月で終りになるのだ。直子はぐったりとシートに寄りかかり、ぼんやりと外を眺めていた。

小学校へ入りたての頃、桔梗《ききょう》の蕾《つぼみ》がポンとかすかな音を立てて開くのを見たことがあった。神様は本当にいるのだなと思った覚えがあるが、今夜の神様は薄情である。直子の見栄を許さず、すぐさま、しっぺ返しをなさる。

いま出来ることは、うちの前にタクシーをとめないことだけだ。口実をつくって、露地の入口でとめ、うちをみせないようにすれば、夢を見る時間をもうすこし引き伸すことが出来る。

だが、期待は空しかった。

風見は、歩くと足に障ると言い、運転手も「大丈夫、入りますよ」とうちの前につけてしまった。

直子は、はじめて、自分のうちを眺めたような気がした。うす暗い街灯の下で、手入れをしていないケチな生垣は伸び放題に伸びていた。形だけの門のすぐ奥に、半分腐った小さな二階家があった。

玄関の屋根の上に、飴色《あめいろ》になった若布《わかめ》のようなものがぶら下っている。父親のアンダー・シャツらしい、二階の物干から洗濯物が飛んだのがそのままになって雨風にさらされたのだ。

「ここで失礼します」

言いかけたとき、玄関の戸があいて、母親の須江が風呂道具を持って出て来た。

足首に繃帯《ほうたい》を巻き、風見の肩を借りている直子を見て、

「お前、どしたんだい」

と言った。

浴衣《ゆかた》地のアッパッパの裾から、シュミーズがのぞいていた。父親の男物のソックスに

突っかけサンダルという格好だった。

万事休すである。

こうなったら、中途半端はかえって惨めだった。自分の頭を滅茶苦茶にブン殴るように、風見にうちの中をみんな見せて、綺麗サッパリ忘れることにしよう。

「ちょっとお上りにならない？」

せいいっぱい陽気に言ったつもりだったが、言葉尻はすこし震えていた。

口に出しては言わなかったが、風見はかなり驚いた様子だった。

下が六畳四畳半に三畳。二階が四畳半に三畳。たしかに畳敷きの部屋ばかりだが、根太がおかしくなっているのと、ここ何年も畳替えをしていないので、歩くと、キュウキュウ鳴いたりブクブクと凹《へこ》んだりする。雨戸も、最後の一枚は、どうしても戸袋から出てこない。

おしるしばかりの庭には、松も楓も八つ手もあることはあるが、人間の背丈に毛の生えた情ないものである。手洗いに立ったから風見にもすぐ判っただろうが、南天は隣りの庭のものである。

「お風呂場もあることはあるんですけどね、タイルが駄目になったもんで、ここのところずっと銭湯なんですよ」

母の須江は風呂道具を下駄箱の上に置きながら言いわけがましく言っていたが、そんなことはもういいのだ。

暗い電灯の下に並んだ家族を見たら、大抵の男は嫌気がさすに違いない。

「直子がいつもお世話になってます」

てっぺんが里芋になった頭を下げて挨拶した父の周次は、ダランと伸びた、玄関の屋根にひっかかっていたのと五十歩百歩のアンダー・シャツ姿だった。娘の男友達が来ているのに、シャツを羽織ろうということも思いつかないのだろうか。人は好いのだが、口下手なたちで、挨拶が済むとあとは陰気に押し黙っている。

母親のいれてくれたお茶は、安物のせいか会社のよりひどい茶色をしていた。茶碗も無神経な代物である。父親の羽振りのよかった頃、母親がお茶とお花をやっていたのは事実だが、床の間には茶箱は積み上げてあっても花一輪ない暮しでは、ホラを吹いたといわれても弁解は出来なかった。

一番恥を掻《か》かせてくれたのは妹の順子だった。高校三年生だが、風見がお愛想のつもりだろう、詩が入選したときのことを話題にした。

「賞金の五万円、なんに費《つか》ったの？」

順子の、ねずみ色のねずみみたいな顔が、上目遣いに風見を見た。

「あたし、五万円なんて貰わないわ」

可愛気のない固い声だった。

「賞金は一万円です。やだな、あたし、ゴマかしてるみたいで」

出前の寿司が届いた。

近所でも一番安い「松寿司」のナミである。マグロは、解凍が間に合わなかったのか、口に入れると、生臭いシャーベットのようにジャリッとしていた。これでみんな終った。

直子は、帰ってゆく風見の背中に、

「さよなら！」

大きな声でそう言った。

風見は黙って頭を下げ、何も言わずに玄関の戸をしめた。建てつけの悪い戸は一度ではしまらず、母親の須江が土間におり、ガタピシいわせて、やっとしまった。

一週間たったが、風見から音沙汰がなかった。

それで当り前と諦めてはいても、気持のどこかで待っているとみえて、直子は金曜の夜はわざと仕事をつくり残業をした。金曜の夜にデイトをする習慣になっていたからである。

八時まで待ったが、遂に電話は鳴らなかった。階段ののぼりはいいのだが、くだりはまだ少し疼《うず》く左足をかばいながら、うちへ帰った。門をあけながら見上げると、若布のアンダー・シャツはまだそのままになっている。急に腹が立って来た。

「だらしがないにも程があるわよ。あんまり人に恥搔かせないでよ」

母親の須江も負けていなかった。

「人、連れてくるならくるって、言っときゃいいじゃないか。あたしだって遊んでるんじゃないんだから」

須江は、乳酸菌飲料の配達を内職にしていた。朝のうちに自転車で廻るのだが、外仕《そとし》事《ごと》のせいか髪は脂気をなくしてそそけ髪になり、皮膚も灼《や》けて粗くなっていた。

「こうなったら木の幹にクリーム摺《す》り込むようなもんだわ」

一切手入れをしないので、夫婦揃って坐っていると、首筋や手の甲だけ見ると、須江のほうが男に見えた。足許は、この間と同じ周次のお古の靴下をはいている。今日はダンダラ縞である。

「お客さんが来たときぐらい、それ脱いだらどうなの？」

「足許がキヤキヤするの」

更年期にさしかかったせいか、須江は足が冷えると言っていた。

「キヤキヤって何語よ」

「お母さんが英語使えるわけないだろう」

もう理屈は何でもよかった。やり切れない気持をぶつける相手が欲しかった。

「嫌がらせしてるんじゃないかな」

「あたしのことかい」

「あたしが結婚すると、困るもんね」

月給の半分をうちに入れていることをあてこすりにかかると、須江が先手を打ってきた。

「誰も困りゃしないよ。遠慮しないでどんどん行っておくれ」

母親のくせに、娘のさわられたくないところをグサリと突いてくる。粗くなったのは皮膚だけではないのだ。

「貰ってくれる人なんかいるもんですか。親の顔みたら、さっさと逃げ出すわよ」

「親はいつまでも生きちゃいないよ。本人の魅力の問題じゃないの」

ちゃぶ台の茶碗に手が伸びかけた。

思い切ってぶつけたら、すこしは胸も晴れるかと思ったが、直子の気をそらすように父の周次が空咳《からせき》をした。

「お母さんだって、好きでこうやってンじゃないよ」

あとは言わなくても判っていた。お父さんがちゃんとしていて、毎月入るものさえ入ってりゃ、もっとうちの中も自分も構えるのに、ということなのだ。

話がそこへゆくと、周次は決って碁盤を出し、石を置きはじめる。

周次は仕事運のない男だった。

神武景気も高度成長も周次の横をすり抜けて通っていった。ひと頃は須江に稽古ごとをさせ、自分も謡を習うゆとりがあったが、転がる石のたとえ通り転がり落ちて、いまは須江の内職のほうが収入《みい》りが多い。

周次がいじけた分だけ須江のしぐさが荒っぽくなっていった。うちのなかも、目に見えて荒れてきた。

周次が、そっと石を置いた。

「お父さん」

今度は父に喰ってかかった。

「碁石ぐらい、パチンと置きなさいよ」

あたし、そういうの嫌いなのよ、と言いかけたとき、玄関で声がした。

「ごめんください」

風見の声だった。

「あれからすぐ北海道へ出張してたもんだから……」

くじいた足の具合を聞いてから、大きな四角い箱を突き出した。

「じゃがいも、嫌いかな」

大好き、と言おうとしたが、直子は鼻がつまって声が出なかった。いったん玄関に出てきた須江が、手洗所の前でダンダラ縞の靴下を脱いでいるのが目に入った。

風見が帰ってから、直子は掃除機の先のほうを使って、玄関の屋根にブラ下っていた、若布のアンダー・シャツを取った。

「なにも夜中にやらなくたって、明日の朝だっていいじゃないか」

須江はそう言ったが、直子は朝まで待てなかった。妹の順子が小馬鹿にしたような顔をしたが、直子は少しも気にならなかった。

週末ごとに風見が遊びにくるようになった。

直子は、二人きりで外で逢いたいと思ったが、どういうわけか風見はうちへ来たがった。

ビヤホールで生ジョッキをあけると、直子を送りがてら寄って上ってゆく。お茶漬やカレーライスの残りものを出すと、お代りをしてよく食べた。

「近頃の若い人はしっかりしてるねえ。うちで食べりゃお金がかからなくていいものねえ」

「どういうつもり、してるんだろう」

須江は陰口を利いていたが、口ほど腹を立てていない証拠に、週末になると、独身の男の喜びそうな、煮〆めやおでんを用意するようになった。今までは、用にかまけて、おかずは出来合いのお惣菜やで間に合わせていたのだが、出汁《だし》をとって物を煮る匂いが台所から流れるようになった。

「もう来ないと思ったわ」

二人だけのときに、直子は思い切って言ってみた。

「どうして」

「だって……あたし、見栄はったから」

「見栄はらないような女は、女じゃないよ」

おぞましいとは思わず、可愛いと思ってくれているんだわ。直子は、嬉しいときには、白湯《さゆ》を飲んだように胸のところが本当にあったかくなることが判った。

夏が終って、庭や縁の下で虫が鳴くようになると、金曜日の晩は風見が来て食事をするのが習慣になった。

いつの間にか、風見の席が決っていた。今まで父の周次が坐っていた場所である。周次は横にどき、まだ開いていない夕刊を先に風見にすすめた。

風見は、ゆったりとあぐらをかき枝豆や衣《きぬ》かつぎでビールを飲んだ。

相手をするのは、もっぱら直子と母の須江だった。はじめは、二階へ上ったきりだった臍《へそ》まがりの順子も、話し声に誘われたのかだんだんと下へ降りてきて、コップ半分のビールをなめるようになった。

酒の飲めない周次だけは、形ばかりのコップを前に、音をほとんど消したテレビのお笑い番組に見入っていた。

話相手といっても、直子も須江も陽気なたちではないし、取り持ちも上手なほうではなかったから、話に花が咲くという具合にはゆかなかった。

風見も、そう口数の多いほうではなかったから、話の跡切れることもあった。はじめのうち、直子は気をもんだが、すぐに取越苦労だと判った。

「ここへくると気が休まるなあ」

一日中コンピューターの音を聞いていると、ぼんやりした時間が一番のご馳走だと言った。

「それと、この匂いがいいんだなあ。田舎のうちと同じ、鰹節《かつおぶし》の匂いがするんだ」

「うちが古くなるとこんな匂いがするんじゃないんですか」

須江が言った。

「今や貴重ですよ。どこへいったって、目に染《し》みるようなアンモニア臭い新建材の匂いだから」

食事を終えると、「失礼」と言って、そのまま体をうしろへ伸し、畳に寝そべって深呼吸をした。

根太のゆるみはそのままだったが、風見のからだの下には飴色の古畳の上に新しい花ゴザが敷かれていた。

床の間の茶箱は消えて、安物の一輪差しに花があった。茶の間の電球が明るくなっていた。

「風見さん、ひとりっ子なんですって」

直子は、須江が、話しかけながら、黒い茶筒の底に顔をうつし、脂の浮いた小鼻のあたりを、指の腹でそっと押えているのに気がついた。

母のこんなしぐさを見るのは初めてだった。

浴衣地のアッパッパに変りはなかったが、髪は小ざっぱりとまとめられていたし、男物の靴下はなく素足だった。

「お母さん、足許がキヤキヤするんじゃないの」

というと、

「ビールひと口飲んだせいかしら。血の循環がよくなったみたいよ」

こんな言葉遣いも、何年ぶりに聞くものだった。

内職仲間の手前、一人だけお上品な言葉だと気取っているみたいで仲間外れにされるからといって、乱暴な物言いをした。

小さな容器に入った乳酸菌飲料を、決められた場所に配達するという仕事のせいか、皿小鉢の置き方も手荒だったのが、此の頃は音を立てずに茶碗を置くようになった。

なんのかんの言っても、母親なんだなあ、と直子は思った。娘が恥を掻かないように、せいいっぱい努力してくれているのだ。

妹の順子がプイと立っていった。

二階へ上って勉強するんならするで、風見にひとこと、声をかけてゆけばいいのに、と思っていたら、すぐにもどってきた。隣りの部屋へいって、座布団をとってきたのだ。怒ったような顔をして二つ折りにした座布団を風見の頭の横に置き、またプイと出ていった。こんなしぐさも、順子としては上等の部類なのだ。

風見がくるたびに、この家は目に見えて明るくなっている。

取り残されているのは周次ひとりだった。


茶の間の柱時計が八時を打った。

「遅いわねえ」

須江が柱時計を見上げた。

直子と順子も、母にならって、時計を見た。

「直子。あんた風見さんと喧嘩でもしたんじゃないの」

「するわけないでしょ」

二人きりで逢っていないのだから喧嘩出来るわけもないのだ。

毎週金曜の六時半から七時の間に必ず来ていたのが、今日に限って連絡もなしで、顔を見せない。

すっかり用意の整った食卓を前に、三人の女は時計を見上げては気をもんでいた。

「まさか交通事故じゃあないだろうねえ」

「やだなあ、お母さん。縁起でもないことを言わないでよ」

散々気をもんでから、そういえば、お父さんもどうしたの、ということになった。

「煙草を買ってくる」

六時ちょっと前に、周次はそう言ってうちを出ていった。

風見がくるので、「キャビン」を買いに出たのだ。一度だけだが、風見が煙草を切らしたことがあった。そのときは、周次に「セブン・スター」をもらってのんでいたが、

「お父さんは、ほかのことはいいから、風見さんの煙草の心配だけしてて下さいな」

と須江に言われて以来、律義にその役を引き受けている。

「そのへんでパチンコでもしてるんじゃないの」

「二時間もパチンコしてるかねえ」

直子と須江の間に、いきなり順子が割って入った。

「お父さん、家出したんじゃないかな」

「家出？」

「なんだって風見さん、風見さんだもの。お父さん、面白くなかったのよ」

順子は、ちゃぶ台の上の布巾《ふきん》をめくり、おかずのつまみ食いをしながら、こう言った。

たしかに、初物の松茸《まつたけ》を貰えば、風見さんがみえたときまで取っておこうという按配で、ただでさえ影のうすい周次は、このところ居候扱いだった。

「お父さんにそんな度胸がありゃ、お母さん、こんなに苦労してやしないわよ」

須江はもう一度柱時計を見上げ、本当に遅いねえと言いながら、台所へ立っていった。

順子も玄関へ立ってゆき、おもてをのぞいているらしい。直子がひとり茶の間にポツンと残った。

あたしより、お母さんや順子のほうが気をもんでいる、と思った。悪い気持はしないが、自分の取り分を齧《かじ》り取られているような、ヘンな気分もすこしあった。

散々心配させたあげく、二人は十時を少し廻った頃、一緒に帰ってきた。

「ただいま！」

風見のどなり声と、玄関のガラス戸を叩く音に三人が飛び出すと、風見が周次を背負うようにして、揺れながら立っていた。周次は正体のないほど酔っていた。

「駅前でばったり逢ったんですよ。偶然だなあ、軽くひっかけてゆきませんかって誘われて……」

焼鳥屋でつい調子が出てしまった、と風見は弁解しながら、須江に手を貸して、マリオネットのこわれたようになった周次を寝床へ運んだ。

「偶然だなんて。お父さん、待ち伏せしてたんでしょ。風見さん、ひとり占めにしようと思って……」

文句を言いながら、須江は目ざとく風見のズボンの汚れをみつけていた。

「おズボン、どうなすったの」

ファスナーのあたりに、吐瀉物《としゃぶつ》の乾いたものがこびりついていた。直子は、すぐ目についたのだが、何となく言いそびれていたのだ。

「帰る途中で、お父さん、気分が悪くなって」

「申しわけありません。ちょっと浴衣、羽織ってて下さいな。すぐ始末しますから。直子、風見さんに浴衣！」

主役は須江だった。

縁側に出て浴衣を羽織り、ズボンを脱いだ風見は、そのへんで酔いが一度に出たらしく、壁に寄りかかって舟を漕ぎはじめた。

風見は泊ってゆくことになった。周次の横に須江の布団を敷き、そこへ寝かせた。茶の間の隣りの六畳なので、襖《ふすま》をたて切っても、二人のいびきが聞えてくる。

直子と順子は、食べ損った遅い夕飯を食べはじめた。その横で、須江が風見のズボンの始末をしている。

「ひとがご飯食べてる鼻先でやることないじゃないの」

小さい声で直子は文句を言った。

本当に言いたかったのは、風見の身のまわりの世話は、あたしがするほうが自然じゃないの、ということだが、正面切って言いづらかった。

「そんなこと言ったって、すぐやらないと布地に滲《し》み込んで落ちなくなるもの」

ぬるま湯をしめした布で丹念に汚れを叩き出し、それからアイロンを掛けた。濡れたところに熱いアイロンをのせると、ジュウと音がして、酸っぱいような脂臭いような匂いが立ち昇った。

この家にはない若い男の匂いだった。

さりげなく箸を動かしてはいるが、順子もこの匂いを意識していることは、すぐに判った。

須江がアイロンの位置を変えるたびに、その匂いがした。

須江は真剣な顔で、人差し指にツバをつけ、アイロンの温度をためしている。色が白くなったような気がして、よく見ると、鼻の下から口許にかけてのひげみたいな濃いうぶ毛が消えていた。つながっていた眉のあたりもすっきりしている。剃刀で顔をアタったらしい。

「風見さんよォ。風見さんよォ」

周次が寝言を言っている。

言い方に馴れと甘えがあった。いままで、女たちの話題に加わらず、一人でテレビを見ていたのに、今晩一晩で何を話したのだろうか。直子は、また少し、自分の持ち分を翳り取られた気分になった。

アイロンをかけ終った須江が、

「あ、そうだ。枕もとにお水、置いとかなくちゃ可哀相だわ」

腰を浮かした。

「あたし、やる」

直子は一瞬早く立ち上り、台所から薬罐《やかん》に水を入れ、コップを二つ盆にのせて持ってきた。

「はい、ありがと」

当然のように須江は受け取ると隣りの部屋へ入っていった。

音を殺して沢庵を噛んでいた順子が、上目遣いに姉の顔を見た。知らん顔をしていたが、直子は、またまた自分の持ち分を翳られた気分になった。

布団の余裕がないので、その晩、須江は直子とひとつ布団で寝ることになった。

背中合わせに横になり、目をつぶったとき、須江が寝返りを打った。

あ、と思った。

「お母さん」

低い声で言っていた。

「お母さん、あたしの化粧品、使っているんじゃないの？」

このところ、減りが激しいと思っていた。妹の順子かと疑っていたが、須江だったらしい。

須江は答の代りにあくびをひとつすると、すぐに寝息を立てはじめた。

たしか火曜か水曜の夕方だった。直子は風見のオフィスを覗いてみた。

格別用があったわけではない。あと二、三日待てば、金曜になり、風見は夕飯を食べにうちへやってくる。だが、たまには二人きりで逢いたかった。金曜以外の日は、うんともすんとも言ってこないこともすこし寂しかったからだった。

退社五分前に受付で呼び出してもらうと、来客と一緒に下の喫茶室にいるという。

「仕事のお客様ですか」

「いえ、若い女の人です」

うしろから、鞭《むち》でひっぱたかれた気がした。

金曜以外の日に、逢ってくれないのはこのせいだったのか。

このまま帰ろうとゆきかけたが、これだからいけないんだ、と思い返し、顔だけでも見て帰ろうとビルの地下にある喫茶室をのぞいて仰天してしまった。

風見の前に坐っていたのは、妹の順子だった。文芸部の仲間だというクラスメート二人も一緒で、一人は男の子である。

テーブルの上には、若い人に人気のあるミニコミ誌の最新号が置かれていた。

「また詩が入選したの。今度は佳作だから賞金千円だけど」

この近所にあるホールへ映画を見にきたので、ついでに風見さんに見せに来たのよ、という。

食べているのがショート・ケーキと子供っぽいが、両側に男の子と女の子をしたがえて、足を組んで坐っていると立派な大人である。

うちにいるときは、小さな声でボソボソと話すのに、今日はいやに晴れやかである。頬が上気しているせいかねずみそっくりだと思っていた顔まで女っぽく見える。知らない間に、胸も腰も、分厚くなっていた。

「順子ちゃん一人だと思っておりてきたら三人だものなあ。これじゃあ伝票で落せないよ」

ぼやいてはいるが、風見も満更ではない様子である。

それにしてもいつの間に順子ちゃんと呼ぶようになったのだろう。

ミニコミ誌のページを開き、順子の詩をさがした。愛とセックスをテーマにした、ひどく観念的なものだった。

姉の恋人を自慢に思うからこそ、級友を引っぱって来たのだと思いながら、またしても直子は、自分の持株を一部別の名義に書き替えられたような、妙な気分を味わった。

朝から祭りばやしのテープが流れている。今までお祭りには、知らん顔で通してきた。寄附のほうもご免こうむる代り、御神灯もつるさない、お神酒所のまわりはよけて通っていたのだが、今年はご宗旨を替えたらしい。一見して素人の手入れと判るが、とにかく、鋏を入れた生垣と門のあたりに、御神灯が揺れていた。

金曜ではないけれどお祭りだから、と誘われて夕方やってきた風見は、自分のために新しいお祭り浴衣が整えられているのをみてびっくりしていた。

風見より直子のほうがもっとびっくりした。須江がこんなことをしたのは、はじめてのことだった。お金のかかること、手間のかかることは一切お断わりで、ここ何年も暮してきた筈である。

ただし浴衣は家族全員というわけではなかった。

「お父さんはお祭り好きじゃないから」

周次だけはなしである。

周次も、ごく当り前といった風で、

「留守番のほうが気が楽でいいよ」

ゆっくり行っておいで、と碁盤をひっぱり出して、石を置きはじめた。

揃いの浴衣に着替えた三人の女たちは、風見を囲むように人ごみの中を押されて歩いた。

須江も順子もよく笑った。

大して面白いとも思わなかった金魚すくいも、風見が一人加わると別のものになった。

順子はイカヤキを買い、風見はこんにゃくを三角に切って串に刺し、味噌をつけたおでんを懐しがって買い、食べながら歩いた。直子も、人ごみを幸い、風見にブラ下るようにして腕を組んだ。母と妹に見せたいというところもあった。

人ごみに押されたのか、着物を着つけない風見は、浴衣の裾前《すそまえ》が開いてだらしのない格好になってしまった。

「なんですよ。これじゃ七五三だわ」

須江は笑いながら、屋台のならぶ裏手の暗がりに風見を引っぱっていった。

くるくると帯を解くと、手早く浴衣を着せ直した。

「はい、ちゃんと立って。はい、よし！」

子供を扱うように、自分より首ひとつ大きい風見の尻をポンと叩いた。

騒ぎは、すぐそのあとに起った。

四人が固まって人の波に押されながら歩いていたとき、いきなり須江が金切り声を上げた。娘のような華やいだ声だった。

「あたしのこと、幾つだと思ったのかしら。五十三ですよ、五十三」

須江は痴漢にあったのだ。

「さわり方は図々しかったけど、痴漢としちゃ素人だわねえ。夜道一人で歩いてたわけじゃないのよ。そばにこんな若い娘二人もいるってのに、なにも選りに選って、五十三のお尻なでることないじゃないの」

くくくと鳩が鳴くような声で笑って、

「女を見る目がないわよ」

を繰り返した。風見も直子と順子もおつき合いに少し笑ってみせた。

須江の上気した頬には、化粧のあとがあった。蒸れて匂い立った香料の匂いは、直子の化粧台から失敬したものではなかった。須江は、自分で化粧品を買っていたのだ。何年ぶりのことだろう。

お揃いの絞り浴衣の衣紋を抜き加減に着て、風見にビールをつぎ、直子や順子にもついでくれた。また、くくくと笑った。

「いくらお祭りだって、娘の手前、きまりが悪いわよ。ほんと、人のこと、幾つだと思ってるのかしら。五十三よ、五十三」

「何べん同じこと言ってるんだ！」

どなったのは、周次である。

縁側で碁石をならべていたのが、突然びっくりするような大声で叱りつけた。

「いい加減にしないか」

周次のこめかみには青筋が浮き、碁石を持つ手が震えていた。

「やだ。お父さん、あたしに嫉妬《やきもち》やいてる」

シラけた雰囲気を救おうというつもりなのだろう、須江は笑いごまかして、またみんなにビールをついだ。

「お父さんこそ、いい年して、なんですよ」

嫉妬といわれてみると、周次は頭こそ里芋だが、男の顔をしていた。オドオドして、母の機嫌を伺い、風見に気を遣っていたいつもの周次ではなかった。この二人は夫婦だったんだな、と直子は気がついた。

気がついたことは、ほかにもあった。

夜風に乗って祭りばやしが聞えているせいか、うちの中が明るく弾んでみえた。自堕落だったうちの中は、片附いていた。

床の間には菊があり、ビールのグラスも酒屋のおまけではない、客用のカットグラスを使っていた。

庭の松や楓や八つ手も、座敷の電灯が明るくなったせいか、勢いよくみえた。手洗所の前に南天こそなかったが、手水鉢《ちょうずばち》のところにひるがえる手拭いは、おろしたての新品である。

浴衣では肌寒い秋祭りだが、うちにはやっと春がめぐってきたのだ。

「春が来た　春が来た
どこに来た
山に来た　里に来た　野にも来た」

春は須江だけではない、周次にも、陰気だった順子にも、うち中みんなにやって来たのだ。

どなって大人気《おとなげ》ないと思ったのか、周次が碁石を置き、風見にビールをつぎに立ってきた。

「お父さんも、お相伴したくなったな」

グラスを持たせ、風見が酌をした。

「こうやっていると、家族だわねえ」

須江が風見を見て呟くように言った。

それから、ちょっと改まって、

「風見さん、そう思ってはいけないかしら」

直子は、のどがつまりそうになった。

こんな形で、こんなところで持ち出されるとは思っていなかったからだ。

風見は、すこし眩しそうな顔をして、三人の女を見てから、こくんとうなずいた。須江と順子、そして直子が詰めていた息をフウと吐き出した。

「じゃあ、来年の春でしょうかねえ」

須江のついだビールの泡が、風見のグラスいっぱいに溢れた。

周次は、三人の女を順に見て、それから低い声で呟いた。

「あんたも、大変だなあ」


次の木曜日の夕方。直子は喫茶店で風見を待っていた。

鏡に人待ち顔の自分の姿がうつっている。父は広告会社の重役だの、母はお茶お花の心得が、とつい見栄をはってしまったあの店である。

自惚れを差し引いても、あの時分にくらべると、少しは女らしく華やかになったような気がする。着ているものも、前みたいにドブネズミ色ではなくなったし、何よりも、相手が決ったという落着きが、内側から髪の毛や肌に艶を与えてくれるらしい。

風見が入ってきた。

煙草に火をつけるのを待って、直子は切り出した。

「毎週金曜日にうちへご飯食べにくるの、一週置きにして欲しいの」

風見が何か言いかけたが、直子はかまわずつづけた。口下手なのは自分でも判っていたが、これだけはどうしても言っておかなくてはいけない。

「うちへくると、どうしても、家族ぐるみでつき合うことになるでしょ。でも、それは結婚してからでいいと思うの。考えてみたら、あたし、あなたと一対一で、ちゃんとご飯食べたり話したりしたこと、なかったような気がするの」

風見はしばらく黙っていた。

鏡に、向き合った二人の姿がうつっていた。

「ぼくのほうが先に言わなきゃいけなかったんだけど……」

煙草の煙を吐いて、

「血液型がAB型のせいかな、どうも決断力がないんだ」

直子の目を見ず、鏡の方を見て、

「このはなし……」

あとはピョコンと頭を下げた。

「自信がなくなった」

「ぼくには荷物が重過ぎる」

理由はその二言だった。

直子はぼんやりと鏡を眺めていた。

あの日、見栄をはって自分を飾って言ったときから、何だかこうなるような気がしていた。

父親の周次が、女たちを順に見て「あんたも大変だなあ」と言ったのは、三人の女を、花嫁を三人引き受けて大変だなあ、という意味だったのか。

鏡には、幾組かのカップルがうつっていた。

本心を言い合っている二人もいるんだなあと、また他人ごとのような気がしていた。

駅からうちまでは、のろのろと歩いた。

風見は、なぜ毎週うちへ来たのだろう。結婚する意志もないのに。見栄をはった直子を哀れに思ったのか。

根太のゆるんだ、ブクブクの茶色い畳。鰹節の匂いがするといっていた、古さ汚なさで、かえって気が休まったのだろうか。エリート揃いより、口下手で陰気な家族のほうが気が楽だったのか。

ひとりっ子だといっていたから、母や妹の味が嬉しかったのかもしれない。

ぼんやりと玄関の戸をあけると、順子が飛び出してきた。

引きつった顔で、

「お母さんが変なのよ」

須江は、茶の間の鏡台の前にうずくまっていた。

いつもの洋服の上に、新しい留袖を羽織った格好で頭を押し、

「頭が割れるみたいだ」

といって、潰れるように前のめりに倒れ、そのまま意識がなくなった。蜘蛛《くも》膜下出血だった。意識がもどらぬままに三日後に駄目になった。

羽織っていた留袖は、デパートで見たててきたばかりの安物だった。ヘソクリで買った早過ぎたこの買物は、納棺のときそのまま須江の経帷子《きようかたびら》になった。

初七日が終った頃、直子は大手町の駅で、ばったり風見に出逢った。

「お」

バツが悪そうに手をあげた。

「みんな元気?」

実は、母が、と言いかけて、直子は口をつぐんだ。この人のおかげで、束の間だったがうちに春が来たのだ。

「直子さん、どうしたの。此の頃綺麗になったわねえ」

と言われたことがあった。

頑なな蕾だった妹も、花が開いた。

いじけていた父は男らしくなったし、母は女になった。

死化粧をしようと母の鏡台をあけた直子は驚いた。新しい口紅や白粉がならんでいた。

濃い目に化粧して、留袖を着せられた須江は、娘の結婚式に出かけるときのように美しかった。

「元気よ、みんな元気」

風見のなかで、もう少し母親を生かしてやりたかった。

「そうお。お母さん、あれから痴漢のほう大丈夫かな」

「大丈夫みたいよ、もうお祭り終ったから」

「そうか」

風見も笑い、直子も少し笑った。

「さようなら！」

自分でもびっくりするくらい大きな声だった。

『隣りの女』（文春文庫）より転載

傑作エッセイ再録①

字のない葉書

向田邦子

死んだ父は筆まめな人であった。

私が女学校一年で初めて親許を離れた時も、三日にあげず手紙をよこした。当時保険会社の支店長をしていたが、一点一画もおろそかにしない大ぶりの筆で、

「向田邦子殿」

と書かれた表書を初めて見た時は、ひどくびっくりした。父が娘宛の手紙に「殿」を使うのは当然なのだが、つい四、五日前まで、

「おい邦子!」

と呼捨てにされ、「馬鹿野郎!」の罵声や拳骨《げんこつ》は日常のことであったから、突然の変りように、こそばゆいような晴れがましいような気分になったのであろう。

文面も折り目正しい時候の挨拶に始まり、新しい東京の社宅の間取りから、庭の植木の種類まで書いてあった。文中、私を貴女と呼び、

「貴女の学力では難しい漢字もあるが、勉強になるからまめに字引きを引くよう

に」

という訓戒も添えられていた。

褌《ふんどし》ひとつで家中を歩き廻り、大酒を飲み、癇癪《かんしゃく》を起して母や子供達に手を上げる父の姿はどこにもなく、威厳と愛情に溢れた非の打ち所のない父親がそこにあった。

暴君ではあったが、反面テレ性でもあった父は、他人行儀という形でしか十三歳の娘に手紙が書けなかったのであろう。もしかしたら、日頃気恥しくて演じられない父親を、手紙の中でやってみたのかも知れない。

手紙は一日に二通くることもあり、一学期の別居期間にかなりの数になった。私は輪ゴムで束ね、しばらく保存していたのだが、いつとはなしにどこかへ行ってしまった。父は六十四歳で亡くなったから、この手紙のあと、かれこれ三十年つきあったことになるが、優しい父の姿を見せたのは、この手紙の中だけである。

この手紙も懐しいが、最も心に残るものをと言われれば、父が宛名を書き、妹が「文面」を書いたあの葉書ということになろう。

終戦の年の四月、小学校一年の末の妹が甲府に学童疎開をすることになった。すでに前の年の秋、同じ小学校に通っていた上の妹は疎開をしていたが、下の妹はあまりに幼く不憫《ふびん》だというので、両親が手離さなかったのである。ところが三月十日の東京大空襲で、家こそ焼け残ったものの命からがらの目に逢い、このまま一家全滅するよりは、と心を決めたらしい。

妹の出発が決まると、暗幕を垂らした暗い電灯の下で、母は当時貴重品になっていたキャラコで肌着を縫って名札をつけ、父はおびただしい葉書に几帳面な筆で自分宛の宛名を書いた。

「元気な日はマルを書いて、毎日一枚ずつポストに入れなさい」

と言ってきかせた。妹は、まだ字が書けなかった。

宛名だけ書かれた嵩高《かさだか》な葉書の束をリュックサックに入れ、雑炊用のドンブリを抱えて、妹は遠足にでもゆくようにはしゃいで出掛けて行った。

一週間ほどで、初めての葉書が着いた。紙いっぱいはみ出すほどの、威勢のいい赤鉛筆の大マルである。付添っていった人のはなしでは、地元婦人会が赤飯やボタ餅を振舞って歓迎して下さったとかで、南瓜《かぼちゃ》の茎まで食べていた東京に較べれば大マルに違いなかった。

ところが、次の日からマルは急激に小さくなっていった。情ない黒鉛筆の小マルは遂にバツに変った。その頃、少し離れた所に疎開していた上の妹が、下の妹に逢いに行った。

鹿児島の平之町で一家そろって記念撮影。右端が邦子（昭和 16 年）

下の妹は、校舎の壁に寄りかかって梅干の種子《たね》をしゃぶっていたが、姉の姿を見ると種子をペッと吐き出して泣いたそうな。

間もなくバツの葉書もこなくなった。三月目に母が迎えに行った時、百日咳を患っていた妹は、虱《しらみ》だらけの頭で三畳の布団部屋に寝かされていたという。

妹が帰ってくる日、私と弟は家庭菜園の南瓜を全部収穫した。小さいのに手をつけると叱る父も、この日は何も言わなかった。私と弟は、一抱えもある大物から掌《てのひら》にのるウラナリまで、二十数個の南瓜を一列に客間にならべた。これ位しか妹を喜ばせる方法がなかったのだ。

夜遅く、出窓で見張っていた弟が、

「帰ってきたよ!」

と叫んだ。茶の間に坐っていた父は、裸足《はだし》でおもてへ飛び出した。防火用水桶の前で、瘠《や》せた妹の肩を抱き、声を上げて泣いた。私は父が、大人の男が声を立てて泣くのを初めて見た。

あれから三十一年。父は亡くなり、妹も当時の父に近い年になった。だが、あの字のない葉書は、誰がどこに仕舞ったのかそれとも失くなったのか、私は一度も見ていない。

『眠る盃』(講談社文庫)より転載

第2章

思い出交遊録

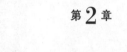

向田邦子は戦友だった

友人として向田邦子をこよなく愛し、
作品を高く評価した先輩作家が送った惜別の辞。

山口 瞳

「直木賞をとらなければ、写真集を出そうなんて物好きな出版社もなかったろうに……」というテレビのほうの人の談話があった。その人は、こうも言っている。「バカな死に方をして！」

私もそう思う。その通りだと思う。そう思うのだけれど「直木賞をとらなければ」という言葉には辛い思いをした。

去年の七月十七日の午後八時ちかく、意外にも向田邦子は劣勢だった。私は築地の新喜楽で開かれていた直木賞銓衡《せんこう》委員会に出席していた。私にとって最初の銓衡委員会だった。

その少し前、芥川賞の銓衡委員である丸谷才一さんに、こんなことを言われていた。

「銓衡委員になって、いちばん辛いことは、候補者に自分より小説がうまい人がいるときね」

向田邦子は、あきらかに、私より上手だった。その向田が落ちそうになっている。私に衝撃をあたえた数少い作品のひとつである「かわうそ」が落選しそうになっている。

委員会は最終段階に入っていて、志茂田景樹の『黄色い牙』と向田邦子の『思い出トランプ』のうちの三作が残っていて、志茂田を七点とすれば向田は四・五点から五点という状況だった。○△×で票を集めるので、そんな点数になるのである。

文学賞の銓衡では、一作受賞というのが望ましい形である。二作では、どうしても印象が弱くなるし、スッキリしない。志茂田の七点というのは満票に近い成績である。その場の情勢は一作受賞に傾いていた。みんな疲れていて、ヤレヤレ終ったというムードが漂《ただよ》っていた。私は、しかし、体から血の気が引くような思いをしていた。
新参者だから、出しゃばってはいけない。しかし、たとえば、色川武大は『怪しい来客簿』で落選して二度目の『離婚』で受賞したのであるが、そんなことはさせないぞという気負いもあった。その、そんなことが実現しそうになっていた。そ

のとき、水上勉さんが、そっぽをむいて、ぼそっと、

「おい、文学はコンピューターか」

と呟いた。いかにも水上さんらしい言い方だった。

「そうなのかなあ」

そう言って、豊かな髪を手で掻《か》いた。水上さんは、向田邦子の三作のなかでは「犬小屋」を評価していた。文学はコンピューターか、というのは作品の価値を票数だけで点数だけで決めていいのかという意味である。まことに月並みな言い方だけれど、私は地獄で仏に逢ったような思いをした。

直木賞銓衡委員会は『オール讀物』編集長が司会をするのであるが、その編集長のTさんが、

「それでは、水上さんのご発言もありますし、志茂田景樹さんと向田邦子さんのお二人の作品で、もう一度ご検討いただきたいと思いますが……」

と言った。良いタイミングだった。水上さんは誰にともなく呟いたのであって、挙手をして抗議を申しこむという形ではなかった。Tさん、うまいなあ、と思った。

しかし、向田邦子に反対する委員の考え方も、妥当なものであった。直木賞は、五回も六回も候補になってから受賞する人が多い。それでも受賞しない人もいる。あるいは相当な高齢での受賞者もいる。色川武大が二度目なら、五木寛之も野坂昭如も二度目で

受賞した。まして、向田邦子の候補作は、まだ『小説新潮』に連載中の読切短篇の一部だった。候補になることが異例中の異例であって、受賞すれば空前絶後ということになる。だから、今回は見送って、一本になってから再検討しようという考え方のほうが、すくなくとも穏当であり無難だということができる。

私は、委員に任命されたとき、こんな決意をしていた。

「私情をまじえてはいけない。候補作を熟読して公平に評価しよう」

誰でも考える当然のことであるが——。

では、ここで向田邦子が落選することは公平であろうか。いや、絶対にそれは不公平である。最初であろうが異例であろうが、良いものは良い。

候補作を読むときに、すでに雑誌で読んでいる向田作品を最後に読むことにした。再読して、また圧倒された。

「こいつは凄《すげ》えや」

本田靖春さんが、

「ぶつかって抜き合えば、肉の厚い剛刀でこちらが斬《や》られる」(『別冊文藝春秋』157特別号)

と書いているが、私にも初めからそんな感じがあった。

水上さんとTさんの言葉に勢いを得た。

「水上さんは向田さんを強力に推していますね。そういう一点と他の一点とは重さが違うんじゃないですか。それから、阿川さん……」

私は隣に坐っている阿川弘之さんの膝を突っついた。

「あなたは、たしか、向田邦子一作受賞と言いましたね」

「うん、そうだよ」

「私を含めて、水上さん、阿川さんの三点は、比重が重いんじゃないでしょうか」

出しゃばり過ぎかと思ったが、引きさがるべき場合ではない。私は、すでに、向田支持の長広舌を撲《ぶ》ったあとなので、そんな言い方しかできなかった。

それで決まったというのではなかった。その後のことをそんなに細かく記憶してはいない。言うだけのことは言ったのだから、あとは成り行きにまかせるより仕方がない。

「私の耳に間違いがなければ、山口委員の稀に見る大型新人という発言もあり……」

水上さんが盛んに支持してくれている。私は酒を飲むだけだ。

「小味なんだよねえ」

「そうそう。うますぎるんだよ。うまいことは認めるが」

「一回は見送っていいんじゃないか」

「そうかもしれない。そのほうがいいか」

キレギレにそんな声が聞こえる。収拾がつかないという感じの時が過ぎた。

どんなキッカケだったか、それは忘れた。

「向田さんは、もう、五十一歳なんですよ。そんなに長くは生きられないんですよ」

と、私が言ってしまった。

「えっ？　向田邦子は五十一歳か？　本当に」

「そうですよ」

大衆作家として一本立ちするには、三十代の半ばまでに直木賞を受賞するのが理想とされている。私の発言は、カウンター・パンチのような効果があったらしい。向田邦子は非常に若く見えるのである。とくに写真の場合――。

大山康晴と中原誠の名将戦決勝の観戦記を書いたことがある。その将棋は中原が勝った。感想戦のとき、いまの優勝回数を伸ばすことがひとつの目的になっている大山さんは、さすがに険しい顔になっていた。私が、この将棋、大山さんの飛車は横にしか動きませんでしたねえ、と言った。大山さんが、そうか、気がつかなかった、おかしな将棋だねえ、アッハッハアと笑って緊張が解けたことがある。

それに似ていると思った。

「じゃあ、二作受賞にしようか」

と、誰かが言い、Tさんが、すかさず、一座を見廻して目で確認し、有難うございますと言って頭をさげた。

そういう経過だったので、別室の発表記者会見の席へは新参者の私が行った。

「向田邦子さんという人は、私より小説が上手です」

記者たちの笑い声が起った。

「それから、随筆も私より上手です。いやんなっちゃうねえ」

ドッという笑声が湧いた。

その夜、銀座の「まり花」という小さな文壇酒場で飲んでいた。野次馬根性のある私は、芥川賞のほうの経過も知りたかったのである。

受賞者の記者会見の席上から、文藝春秋の人たちが戻ってきた。Tさんもいた。

「どうだった、向田さん」

「いやあ、戦争中の女学生というか、女子挺身隊《ていしんたい》みたいな恰好でした」

「黒のスポーツシャツにパンタロンか。構わない人だからね」

「挨拶《あいさつ》も確《しっか》りしてましたよ」

私は向田邦子に会いたかった。彼女もそう思っているに違いない。しかし、そういうわけにはいかない。彼女には、週刊誌のカメラマンが朝からピッタリとマークしているという話を聞いていた。銓衡委員と受賞者とが、当日の夜、酒を飲んでいるような写真が週刊誌にでも発表されたら、地方都市に住む文学青年に申しわけないことになる。色川武大のときは記者会見にも駈けつけることができたのに——。

丸谷才一さんは、自分の推した芥川賞の候補者が落選したために、やや荒れ気味だった。

「つきあってあげようよ」

Tさんに言って、丸谷さんの馴染みの小さなバーへ行った。

「向田さんのところへ行きましょうよ」

Tさんが、しきりに誘う。

「厭だよ」

「自宅じゃないですよ。ままやにいるそうですよ」

ままやというのは、向田邦子の妹の和子さんが経営している赤坂の一杯呑屋である。

「厭だ、厭だ」

そのTさんが盛んに何度も電話を掛けている。ままやの電話が、なかなか通じないのである。十二時を過ぎた。Tさんの自宅は、私の家から歩いて五分のところにある。一緒にタクシーで帰ることになるのである。Tさんとすれば、向田邦子と仕事の打ち合わせがあるに違いない。

「カメラマンは、もう帰ったそうですよ。新潮の川野さん（『小説新潮』編集長）とか横山さんとか初見さんとか、講談社の福ちゃんとか、（残っているのは）それぐらいだそうですよ」

「じゃ挨拶だけで、すぐに帰ろう」

文藝春秋出版部の鈴木琢二とTさんに拉致《らち》される恰好になった。

冷夏で寒いくらいの夜だった。ままやに着くと、向田邦子は電話に出ていた。白い顔で、ちょっとだけ頭をさげた。喜んでいるのか、そうでないのか、よくわからない。落ちついた声（やや甲高《かんだか》い）で話をしている。昂奮と緊張と疲労とが体にあらわれている。

その瞬間に、どういうわけか、この女《ひと》は戦友だなと思った。

「お姉ちゃん、とても喜んでます。先生のおかげだって」

和子さんが飛びつくように近づいてきて言った。私が強力に推したということが伝わっていたらしい。

「そんなことはない。水上さんが頑張ってくれたんです」

実際に、水上さんは、長老格の委員に嚙みつくようなことも言ったのである。私には、まだそれはやれない。

向田邦子が電話口から離れ、まだ立ったままでいるときに、私は彼女の耳もとで囁《ささや》いた。

「すぐに逃げなさい。どっかへ行っちまいなさい」

「………」

「都内のホテルでいいんです。川野さんとTさんぐらいに居場所を教えて、消えちまいなさいよ」

「イヤだわ、私、そんなこと」

特別扱いされることが厭なのだろう。どうやら、向田邦子は、直木賞を受賞したらどういうことになるかがわかっていないようだった。

私もそうだった。サントリーを退社するつもりはなかった。中間雑誌では、直木賞作家の特集号を組むことがある。そのときには書かせて貰えるだろう。だから、一年に一篇か二篇の短篇小説を書けばいい。こいつはいい。あとは高見の見物だ。ぐらいに考えていたのである。ところが、サラリーマン論、宣伝の話、酒の話、将棋、野球、相撲、競馬、麻雀《マージャン》……などが、どっと押し寄せてきた。断りきれるものではない。

あるとき、川端康成に言われた。

「ヒトミさんは駄目ですよ。短い文章が面白すぎる。もっと下手にならなくちゃ」

その結果、受賞後三カ月ぐらいのときに、某社の社長に、きみの顔には死相があらわれていると言われる状態にまで追いこまれた。午前三時まで外で飲んで、帰宅して二時間ばかり眠り、朝、医者を呼んでビタミン注射を射ち、原稿を書いて午前十時までに新聞社に届けるというようなこともあった。

その私が言うのである。

「私、だいじょうぶなの。断るのがうまいのよ」

怒りに似た感情がこみあげてきた。

「何を言っているんだ。婦人雑誌だけで何誌あると思っているんだ」

女は、もっと大変かもしれない。そのうえ、向田邦子は、私と同じように雑誌編集者出身である。昔一緒に働いていた連中が、いま、働き盛りでヤリテの編集者になって残っているはずである。その仕事を断れるか。マスコミの誰もが小説家を育てようと思ってくれているわけではない。あんなものを書いてしまった作家を、マスコミが放っておくわけがない。時には承知で潰しにかかってくるのである。この女、何もわかっていない。

向田邦子は平然としていた。平気の平左で客の相手をしている。その気《き》っ風《ぷ》がこわい。その度胸がこわい。あぶない、あぶない。

少し後のことになるが、私は彼女にこんなことも言った。

「僻《ひが》み、猜《そね》み、妬《ねた》み、これが怖いよ」

「ああ、そうなの？　脅迫電話が掛ってくるのよ。苦節十年、二十年という文学老年らしいの。お前みたいな駆けだしに掻《か》っ浚《さら》われてたまるかって調子なの」

「そうじゃないんだ。それは恨みだ。もっとね、自分に近しい人間で、僻み猜み妬みがあるんだ。思いがけない人が陥穽《おとしあな》を造ってくる。これが怖い」

「そうかしら」

「インテリ美人が特に狙われる」

「私、インテリでも美人でもないわ」

また、こうも言った。

「あなたは、半年辛抱すればいいと思っているんじゃないですか。次の直木賞作家が出てくれば御用済みだって。そんなもんじゃないんですよ。ますますひどくなる」

彼女が、

「山口さんに言われたこと、みんなその通りだったわ」

と言ったのは、ごく最近のことである。そのときは疲れはてていた。ある人は、最後まで元気一杯に飛び廻っていたと言うかもしれないが、私はそうは思わない。

とにかく傷々《いたいた》しくって見ていられない。

「こういうとき、連れあいがいないっていうのは困るでしょう」

「そうなのよ。後妻のクチないかしら」

「とりあえず、秘書を雇うんですね」

「秘書を?」

バカバカシイという顔で吹きだした。

「私が秘書を? 何様でもあるまいし」

「だけどね、今夜か明日の昼、マンションの隣の奥さんが、お祝いにお鮨《すし》の大きな桶を持ってきたらどうします？　お向いの奥さんだって持ってくるかもしれない。ありがとうだけではすまないんだよ。そこで立ち話になる。そこへ電話が鳴る。電報がくる。花束が届く。電話だって、新聞で名前を見たっていう鹿児島時代の小学校の同級生からも掛ってくる」

「どうしたらいいの」

「原稿を断るのがうまいって言ったってね、引き受けるのは、ハイ、ハイで済むのよ。断るときは、どうしたって十五分か二十分はかかるんですよ」

「……………」

「だから逃げるんですよ。ねえ、川野さん、それがいいでしょう。あなた匿《かく》まってあげてください」

誰かが、山口さんが頑張ったんで受賞したんだという意味のことを叫んだ。

「そうじゃないんですよ。それは間違いなんだ。だけど、こういうことはあったな。向田邦子は、もう五十一歳だって。これは効《き》いたようだね。そのことは本当だ」

「あら、私、まだ五十よ。イヤだわ」

そのとき、実践女子専門学校で同級生だった川野黎子が言った。

「私も迷惑してるのよ。同級生だから五十歳だろうって言われるの。私は四十九歳なのよ」

「ごめんなさい」

発表記者会見のとき、向田邦子については、小説も随筆も私よりウマイと言った。私は電話取材には一切応じないし、インタービュウもめったには受けないことにしているので、翌日の新聞には私のその談話がそのまま掲載された。新聞によっては翌々日や三日後にそれが載った。来る日も来る日もそれだった。それが終ると週刊誌だった。小説も随筆も私よりウマイ。これは、かなり鬱陶しいことだった。自分の発言なのだから仕方がない。また、実際に、いまでもそう思っているのである。誰かが作風が違うとでも言ってくれればいいのだが、誰も言わない。

十月十三日に、東京プリンスホテルで、向田邦子の直木賞受賞を祝う会が開かれた。文壇には一人も知人がいないということで、小説家の祝辞は私がやらされた。その日は東京会館で谷崎潤一郎賞の授賞式が行われていた（受賞者は河野多惠子）。そこで、新聞の談話の話をした。

「まったく、向田さんには酷《ひど》い目にあわされました。今日は東京会館のほうに良い小説家が集まってしまいましたので、私のようなヘッポコが祝辞を申しあげることになったのです。しかし、本心を言うならば、向田さんの『思い出トランプ』という作品は、東京会館のほうで賞を貰っても少しも不思議はないと思っています」

また、こうも言った。

「あるとき、二人の編集者をまじえて向田さんとお酒を飲んでいるときに同時に受賞した志茂田景樹さんの話になったんです。彼は国立《くにたち》高校の出身でありまして、ご承知のように西東京大会で優勝して甲子園へ行きました。今年は悪い年で多くの作家が亡くなりました（文壇で言えば、新田次郎、五味康祐、立原正秋が死去している）が、どうも運が特定の人に集中するらしい。そんな話になりまして、国立高校のことをクニコーと言うんですが、さかんにクニコーがクニコーがと言っておりますと、向田さん、ぱっと顔をあげまして、私だってクニコよ……」

ＴＶ関係の客が多いせいもあり、洒落がすぐに通じて皆が笑ってくれた。

「その意味は、彼女自身にも今年中に、もうひとつ幸運があるはずだ。すなわち、後妻のクチです。彼女、結婚するつもりです。それも年内に……。今日のお客様は向田さんのファンであるわけですが、後妻のクチに該当する方は、どうか積極的にお申しこみになってください」

そう言うつもりが、該当する方は、どうか充分に警戒を怠りませんように、と言ってしまった。私のなかにも、いくらかの嫉妬心が生じていたのかもしれない。

向田邦子という存在は、私にとって少し鬱陶しいものになってきていた。

私は、ある週刊誌に、十八年にわたって、見開き頁の随筆を連載している。向田邦子もライヴァル誌である『週刊文春』に、同じものを連載していた。「無名仮名人名簿」、「霊長類ヒト科動物図鑑」がそれである。

正直に書こう。

左端より向田、川野黎子、塩田ミチル、市橋明子
（1978年「同級生交歓」より）

私自身の原稿の出来の悪い週は、まことに憂鬱だった。これは向田邦子出現以後のことである。それまでは、そんなことはなかった。そうして、子供みたいに、向田邦子より面白いものを書かなくては駄目だと決意したり悩んだりしたものである。むろん、それは私の励みにもなった。まことに有難い存在だった。彼女を戦友だと言うのは、このためである。

私のやり方は、七枚余という短い原稿を五つか六つの話に割って書くという式のものである。この書き方を、私は扇谷《おうぎや》正造さんから学んだ。昔、朝日新聞に「季節風」という匿名の囲み記事を書いているときに、一枚半の原稿を三つに区切って書くようにと言われた。ずいぶん無茶なことを言うと思ったが、やってみると、すこぶる具合が良いのである。締《し》まるのである。

向田邦子は、あきらかに私の書き方を踏襲していた。それだけに始末が悪い。私は、ぶっとばされたと思った。いま、週刊誌には、見開きの随筆がツキモノのようになっているが、私だけでなく、すべての随筆欄がぶっとばされ、色褪せたと思った。その面白さにおいて――。そう言い切っては野坂昭如、井上ひさしに対して失礼になるので、軟派の随筆という制約をつけよう。

向田邦子の随筆は面白いのだけれど、あまりに張りつめていて、何もかも叩きこんでしまうので、息苦しい感じがするときもあった。律義にオチをつけようとするので、アザトイ感じになるときもあった。

あるとき、私は彼女に手紙を書いた。

「週刊誌の見開きの随筆を長続きさせる方法をお教えします。三打数一安打をこころがけることです。毎回が面白いと、読者はそれに馴れてしまって、もっと高度なもの、もっと密度の高いものを要求します。これは決してツマラナイものを書けと言うのではありません。いや、ときにはツマラナイものを書いてもいいのです。そのかわり、これは面白いと思ったら、その材料を蔵《しま》っておくのです。面白い材料をある回に集中して発表します。三打数一安打のヒットというのがその意味です。それが二塁打、三塁打になれば、五打数一安打でも、読者は許してくれるものです」

彼女を戦友だと思っていなければ、どうしてこんな手紙を書くものか。張りつめている彼女が傷ましくもあり、危険なものを感じていた。

あるときは、彼女の小説や随筆集のタイトルについて文句を言った。

「題名というのは、一度で覚えられるようなものでなくては駄目ですよ。『無名仮名人名簿』、『霊長類ヒト科動物図鑑』なんて覚えられますか。本屋へ行って言えないでしょう。第一、長ったらしい。『思い出トランプ』、『眠る盃』なんのことかわからない。『あ・うん』も駄目。女の子が本屋へ行って、あ・うんコレくださいなんて言えますか」

彼女がそれをどう受け取ったかわからない。いつのときも笑って聞き流していたように思われる。私の危惧《きぐ》にもかかわらず、彼女の本はよく売れたのである。従って、売行きに関しては、私は慰められ役だった。

向田邦子は何でも知っていた。特に昭和初期から十年代にかけての東京の下町、山の手の家庭内での独特の言い廻しについてよく記憶していることは驚くべきものがあった。それが彼女のＴＶドラマ、小説、随筆における武器になり魅力になっていた。戦中派の男性が、たちまちにしてイカレテしまうのはそのためだった。

しかし、向田邦子にはわからないこともたくさんあった。彼女は、家庭内の機微、夫婦生活のそれについて、わかっているようで、まるでわかっていない。特に夫婦生活については、皆目駄目だった。

たとえば、

「夏服、冬服の始末も自分で出来ない鈍感な夫」

というような描写があった。家庭内では、通常、夏服、冬服の出し入れは妻の役目である。

「宅次は勤めが終わると真直ぐうちへ帰り、縁側に坐って一服やりながら庭を眺めるのが毎日のきまりになっていた。」(「かわうそ」)というのもおかしい。

会社から家まで一時間半。田舎の町役場に勤めているならいざしらず、ふつう、小心者の文書課長である夫は暗くなってから帰宅するはずである。

「あら、そう……」

どのときでも彼女は笑って聞き流していた。

向田邦子は、都心部の高層マンションに、ずっと長く一人で暮していた。未婚である。夫婦のことに暗いのは無理もない。

私は、向田邦子にいろいろ教えてもらいたいことがあった。私もまた、向田邦子に、たくさんのことを教えてあげたいと思っていた。

八月二十九日、初めて南青山のマンションの向田邦子の部屋に足をいれた。彼女は、
芳章院釈清邦大姉
になってしまっていた。「かわうそ」のラストシーンがそうであるように、彼女は自分自身にも残酷な幕切れを用意した。

マンションの住人に迷惑を掛けるということで、通夜の酒肴はままやで供されることになっていた。

私がままやへ行くのは、開店の日と、直木賞銓衡委員会の夜と、これで三度目だった。そこにも菊の花に縁どられた向田邦子の写真があった。

私は、その写真のある奥の席に坐った。酒を飲めるような状態ではなかったが、飲まずにはいられない。

十一時が閉店であるという。十時半になっていた。和子さんを早く寝かせなければならない。

「何か歌いましょうよ」

と大山勝美（東京放送・TVプロデューサー）に言った。

梶山季之の通夜の席で、私は『戦友』を歌った。隣に坐っていた野坂昭如の助けを借りた。野坂は歌手であり、かつての軍国少年であり、抜群の記憶力の持主である。

「戦友を歌いましょう、みんなで」
こんどはTさんが頼りだった。
〽ああ戦《たたか》いの最中に
隣に居った此の友の
俄かにはたと倒れしを
我はおもわず駈け寄りて
「お姉ちゃんは私の戦友でした」
私は遺影を指さして和子さんに言った。
〽戦いすんで日が暮れて
探しにもどる心では
どうぞ生きて居てくれよ
ものなといえと願うたに
威勢のよかった歌声が、だんだんに心細くなっていった。私は、声を張りあげて歌っている自分一人が薄情な男に思われてきた。
〽肩を抱いては口ぐせに
どうせ命はないものよ
死んだら骨を頼むぞと

言いかわしたる二人仲

なんだかおかしい。歌っているのが私一人になっている。私はTV関係者の席を見た。吉村実子もいしだあゆみも目を赤く泣き脹らしている。これはいけない。Tさんだけが頼りだ。

そのTさんを見た。彼は、ぶわっと頬をいっぱいにふくらませた幼児の顔になっていた。怒っているのかと思ったが、そうではなくて、絶句しているのだった。何かに耐えている顔つきだった。

「直木賞をとらなければ……」

Tさんもまた、そう思っているのかもしれない。

「直木賞をとらなければ死なずにすんだかもしれない」

そのとき、遺影が私に話しかけてきた。

「あなたがいけないのよ。私のことを五十一歳なんて言うから」

その写真も笑っていた。

「おい、Tさん、頼むよ、俺、このあと知らないんだから」

歌詞は諳《そら》んじているのだけれど、Tさんは声が出ないらしい。

「おい、頑張ってくれよ」

私は、辛うじて、次の歌詞を思いだした。

〽思いもよらず我一人
　不思議に命ながらえて
「Tさん、それから何だっけ。……おおい、神山、助けてくれよ」
神山繁も中学の後輩である。
「ああ、そうか、わかった」
〽赤い夕日の満洲に
　友の塚穴掘ろうとは
その夜の軍歌『戦友』は、だから、そこまでで終った。

「オール讀物」一九八一年十一月号 (了)

やまぐちひとみ◉一九二六年東京生まれ。六三年「江分利満氏の優雅な生活」で第四十八回直木賞受賞。同選考委員を向田が受賞した年より務める。エッセイ「男性自身」のファンも多く、七九年菊池寛賞受賞。九五年逝去、享年六十八。

向田邦子は一九八〇年、「花の名前」（「小説新潮」四月号）「かわうそ」（同五月号）「犬小屋」（同六月号）で、第八十三回直木賞を受賞。二月から発表を始めた連作短篇小説『思い出トランプ』のうちの三篇で、連載中の短篇で受賞に至るには、山口瞳氏が書いたように様々な紆余曲折があった。

以下に、直木賞選評（「オール讀物」一九八〇年十月号）を全文再録する。

（新潮文庫）

第83回

直木三十五賞決定発表

正賞（時計）及び副賞五十万円――日本文學振興会

〈受賞作〉

花《はな》の名前《なまえ》　かわうそ
犬小屋《いぬごや》　向田邦子《むこうだくにこ》

黄色《きいろ》い牙《きば》　志茂田景樹《しもだかげき》

■選考経過

第83回直木賞は、昭和54年12月から昭和55年5月までに諸雑誌に発表された作品および刊行された単行本のなかから、下記の七氏の作品を候補作として、さる7月17日午後6時より、東京築地の新喜楽において選考会を開きました。

出席の委員は、阿川弘之、五木寛之、源氏鶏太、今日出海、水上勉、村上元三、山口瞳の七氏（城山三郎氏は欠席）。七委員による慎重審議の結果、右のように向田邦子氏の「花の名前」「かわうそ」「犬小屋」および志茂田景樹氏の「黄色い牙」が受賞作と決定いたしました。くわしくは各委員の選評をごらんください。

■候補作

「野づらの果て」「土くれ」「赤蝦夷松」（作品社刊）　米村晃多郎
「サムライの海」（文藝春秋刊）　白石一郎
「黄色い牙」（講談社刊）　志茂田景樹
「花の名前」（小説新潮四月号）「かわうそ」（同五月号）
「犬小屋」（同六月号）　向田邦子
「ミセスのアフタヌーン」（別冊文藝春秋151号）　中山千夏
「戻り川心中」（小説現代四月号）　連城三紀彦
「上役のいない月曜日」「禁酒の日」「徒歩十五分」（文藝春秋刊）　赤川次郎

向田邦子氏

・本名＝同じ。
・昭和4年11月28日東京都生れ。
・実践女子専門学校国語科卒業。
・映画雑誌記者を経て、現在、放送作家、エッセイストとして活躍。

〈受賞のことば〉

五年前に癌を患ったとき、もうこれから先面白いことは起きないだろうなと思いました。このへんで止まりだなと思っていました。

ところが、わが人生で一番面白いことが起ったのです。

候補になったことも望外でしたし、受賞は更に望外でした。五十を過ぎて、新しい分野のスタートラインに立てるとは、何と心弾むことでしょうか。用意の姿勢をとり終らぬうちに突然ドン！ とピストルが鳴ったようで、選手はいささかあわてておりますが。

志茂田景樹氏

・本名＝下田忠男。
・昭和16年3月25日静岡県生れ。
・中央大学法学部卒業。
・保険調査員、週刊誌記者などを経て、第27回小説現代新人賞受賞。

〈受賞のことば〉

難聴というほどではないが、ぼくは少し耳が遠い。そのぶん雑音が聴こえなくてよかろう、と言ってくれる人もいるが、そうではない。聞き損じまいと耳を傾けすぎて、他人の一言半句に振りまわされるくせがついた。かえってものが聴こえすぎるのである。

もの書きになって部屋にこもることが多くなったせいであろう、近ごろはいい意味で聴こえない耳になった。その耳にひょっこりと大福音が飛びこんできた。夢か、と頬をつねるかわりに耳朶をつねった。ありがとうございました。

選評（到着順）

感想

源氏鶏太

志茂田景樹氏の「黄色い牙」は、マタギの世界を描いて、その人情、風習、環境をどうして調べたのかを感じさせない程、見事にとらえている。大正末期から戦時までを背景にそれぞれの登場人物を的確に摑んでいる。主人公が次第に成長して、まことに魅力ある人物となっていくところにも興味を感じた。独特の才能の持主として、嘱望される。

白石一郎氏の「サムライの

海」にも高点をつけた。高島秋帆の三男の数奇な運命を描いたものであるが、幕末の志士たちを組み合わせ、適当な色模様も配して、飽かせずに読ませた。この人の実績から考えても授賞にしたかったのだが、大方の賛同を得られなかったのは残念であった。

　向田邦子さんの三作は、何れも気が利いているが、私には感動が不足しているように思われた。しかし、他の選考委員の話を聞いているうちに納得するところがあった。

　米村晃多郎氏の三作のうち「赤蝦夷松」は、人間の生涯を感じさせる深さがあり、殊に最後が感動的であった。

　連城三紀彦氏の「戻り川心中」は、モデルがあるのかと思って読んだのだが、創作と聞かされて、その才能に感心した。二重の推理になっているのだが、ぜんたいとしてやや古風であった。

　中山千夏さんの「ミセスのアフタヌーン」は、テレビ界の内幕を描いたものであるが、登場人物が多すぎているのと、肩に力の入った文章のために、作者が狙ったであろう面白さが感じられなかった。

　赤川次郎氏の三作のうち、「徒歩十五分」がいちばんよかったのだが、何としても軽過ぎた。

土の匂い　コンクリートの匂い

山口　瞳

向田邦子さんの『思い出トランプ』は連作であるが、第一作、第二作を読んだときの新鮮な驚きを忘れることができない。今回受賞したのは、第四、五、六作であるが、特に「かわうそ」が勝れている。嘘つきで情感に乏しく、そのために娘も夫も殺してしまうが、反面、愛嬌、頓智《とんち》、活力があり、「夏蜜柑の胸」を持つ、そこらへんにいそうな「厚かましいが憎めない」女の典型を、ほとんど完璧に描ききっている。（しかるが故の夫の悲哀！）
　向田さんは比喩の上手な作家であり、「かわうそ」というタイトルがすでに比喩であるが、そこへ「獺祭図《だっさいず》」を持ってきたのが実によく利いている。その他に、どんな比喩が用いられているかを探しだすのも短篇小説の読者の楽しみのひとつだろう。

意外にも反対意見が多かったが、それは、小味で、うますぎると見られたためだろう。しかし、向田さんは同時期に『あ・うん』という中篇を書いていて、これはスケールの大きな骨太の作品であり、新しい視点による反戦文学の傑作だった。私は『あ・うん』を参考作品として読んだので、文句ナシに推すことができた。

志茂田景樹さんの『黄色い牙』は、秋田の山奥のマタギの生活と歴史を描いたものであるが、次々に出てくるマタギだけの言葉が、自然に効果的に使われているのにまず感心した。調査を自家薬籠中のものとしてしまうのが、この作者の身上だろう。恋愛、冒険、闘争に種々の社会問題をからませた上々の娯楽小説であり、私はわくわくしながら一気に読み通してしまった。

志茂田さんは、やや泥臭いけれど真直ぐに突進する型の作家であり、向田さんはマンションの密室で、向う鉢巻でひねりにひねり、抉りに抉るというタイプの作者である。二人とも勝負気配がよく、二作の受賞を心から喜んでいる。

惜しい「サムライの海」

村上元三

やはり直木賞は、職業作家として立って行ける人を作品本位で選ぶ、というのが本来の目的だと思う。こんどは、それに適した作品が二つあった。

「サムライの海」は前回に予選作品になっていたら、すんなり該当作になったに違いない。フィクションの人物を中心に、実在した人物をうまく扱い、歴史を背景に幕末の捕鯨業を明確に書いている。一票の差で見送られたのは惜しい。次作を期待する。

「黄色い牙」は、マタギの生活をよく書いている。山へ入って体験したのかと思ったが、取材だけでこれだけの作品を仕あげた努力には敬服する。熊と闘う場面など、迫真力がある。この作者の、ぴりっと締った五十枚くらいの作品が読みたい。

「花の名前」ほか二篇は、才筆だとは思うが、読後感が脆《もろ》い。短篇だからというのではなく、二十枚は二十枚なりに凝縮した面白さがあってほしいと思ったが、慾張った望みだろうか。

「ミセスのアフタヌーン」は、作者がなにを書こうとしたのか、合点が行かない。
「野づらの果て」ほか二作は、間違って直木賞の予選作品に入れられたような気がする。
「戻り川心中」はフィクションなのかどうかわからないが、これだけでは作者の実力は、はっきりしない。
こんどは「黄色い牙」のように、手ごたえのある作品が受賞と決ってうれしいが、「サムライの海」は、くれぐれも残念であった。新聞の連載小説なので流して書いてあるのが欠点、という評もあったが、わたしは逆のことを席上で言った。この作者は手だれなのだから、もっと読みやすく書くべきではなかったか、と思う。

雄勁と繊細

今日出海

直木賞候補作品を読むことは気楽な仕事ではない。八十三回も繰り返していると、今や何れも粒が揃い、容易に甲乙はつけ難く、毎回なかなかの力作というか、大作があり、これ亦選ぶのに骨の折れる仕事である。

従って、この難関を切り抜けて入賞するのだから、作家も作品も質的に秀れていることは明らかである。これはかかる賞を設定した故菊池寛の夙《つと》に願うところで、それには四十年の歳月が必要だったとは、驚くべきことでもある。

さて、志茂田景樹氏と向田邦子氏が入賞したが、志茂田氏の「黄色い牙」は力作でもあり、熊狩の猟人とその部落を書いたものだが、私は東北（青森県）の出身だけに、猟人（マタギ）の話は子供の頃から聞かされていたが、一般の社会から隔絶した秘境ともいうべき部落の伝統やら習慣をどうして調べたか、文字通りの力作でもあり、雄勁な筆致、描写力もなかなかのもので、これを推すのに躊躇する人はなかったようだった。

向田邦子氏の短篇はこれと全く反対の一篇二十枚前後の短篇で、この繊細にして精確な筆は日本の短篇小説の典型ともいうべきもので、今回の二人の作家の二作を得たことは喜ぶべきことだと思っている。

精神の律動

阿川弘之

向田邦子さん「花の名前」他二篇

雑誌のページ数にして二段組み僅か六ページ、その中にそれぞれ一つの人世模様を繰りひろげてみせ、場面の転換、間の取り方、人物描写、小道具への目くばり、心憎いばかりのわざに感服した。これだけの枚数では、余分なことは書けもしまいが、書かないうまさというものがあると思う。あざやかとしか申し上げようが無い。この種のうまさは、手馴れて来るにつれ、くささに化けるのがよくある例であるけれど、それも全く感じさせない。作者が小説家としては新進で、精神の律動強く若々しいせいであろう。

志茂田景樹氏「黄色い牙」

向田さんの場合と反対に、書きこみ書きかさねた力作で、終りの方の数場面には感動する。ただし、書きこみ過ぎて間の取り方を忘れ、説明冗長に、言葉の選びようも粗雑になった点を惜しむ。

白石一郎氏「サムライの海」

幕末長崎の町、五島の鯨漁風景、新しい時代を迎えようとする人々の動きがよく描けていて面白かった。史実もしっかり調べてあるようで、これ亦力作だが、作中人物が興奮すると、「た、たいへん」「そ、それは」——みんな必ずどもる癖、私にとっては最大の目ざわりで、何とかやめてもらえぬものかと思った。

向田さんを推す

水上　勉

今回候補作中、向田邦子「花の名前」「犬小屋」「かわうそ」の三作が抜群の出来上りだと思えた。さきに私は「父の詫び状」を読んで、向田さんは小説を書かれるといいな、と思ってきた。そんなことを誰に云ったわけでもないが、今度三作が廻ってきて、格別の関心があった。確かな世界がここにある。向田さんの同性を見る視線は、男の私などにもちあわせぬ鋭さだ。表現に、独自の云いまわし

があって、納得がゆく。簡潔でしかも小気味がいい。某委員が大型新人の出現といったのは、ここを買ったのだろう。私も賛成である。だが、向田さんを推す委員は三名で、志茂田景樹氏の「黄色い牙」推薦の四名と激突して、数の上で敗けた。そこで志茂田さん一人授賞となるわけだが、向田さんを捨て切れない私たちが、二人授賞へもっていった。それが今回の経過である。

志茂田さんの「黄色い牙」は三角寛の山窩物を読んで胸をときめかせてきた私には、この世界は面白かった。とくに舞台が、秋田の秘峡である。鉱山残滓が雨で流れて汚濁する川、社会性もあって、主人公の壮烈な生き方、それが快い。きけばまったく空想の所産だとか。途方もない作家の出現だろう。私事をもう一ついえば、森吉、阿仁へ行ったことがあり、そこを舞台に推理小説を書いて、直木賞候補になったことがある。私の場合は落ちたが、志茂田さんの空想力にはまいった。スケールも大きい。授賞につよく反対する気はない。ただ向田さんの世界に魅かれたために、私の気持がゆらいだのである。向田さんにも、ひとりよがりのつけ加えが気になる箇所が一つ二つあった。また志茂田さんにも、表現に大げさすぎると思える所がいくつかあった。そういうことも各委員から出て、珍しく活発にもめた選考だったと思う。二人授賞でほっとした。さらにつけ足しを承知でいえば、向田さんの出現で、現代小説の袋小路が一つ口をあけたろう。脂の乗り切ったところで、どんどんおもしろい現代話をきかせて下さい。

中山千夏さんはこんども、「文学をやるぞ」という構えのような肩が気になった。もう少し力をぬいて削りとってほしかった。

〝さらに激しく〟

五木寛之

今回受賞のお二人は、共に力量十分の作家である。志茂田氏の長篇に関しては、どの選考委員も、その実力を認めておられたし、また向田氏の短篇は熱狂的にこれを支持する声も多く、両氏の受賞は自然な流れの結果であったと思う。

人間が集って行う選考であるから、そこになにがしかの運、不運が作用するのは当然である。そして、その運を背おうことも、また、職業作家としての才能の一つだと言えよう。

　その意味で、志茂田、向田の両氏とも、強い星のもとにある作家だと思う。作風も、作家としての印象も、これまでの経歴も、それぞれ対照的なお二人だけに、今後の活躍がたのしみである。

　と、言っても、かつてのように、受賞、即、多作、という図式は、そろそろ崩れかけているのではあるまいか。またその必要もないだろう。小説という形式や、文芸ジャーナリズムのありよう自体が、根本から大きく問われようとしている時期だからである。お二人とも、たぶん、それぞれのスタイルで書き続けて行かれるにちがいない。

　毎回くり返して同じことを書くようで気がひけるが、選考の対象となる作品を、もっと広く、大胆に取りあげる必要がありはしないか。そのためにどういう方法があるかは、私にもわからない。まだまだ、と、いまさら、の二つの枠に押されて、惜しい作品や作家がこの賞の横をかすめて流れ去るのを見ていると、どうも落ち着かないところがある。力のある受賞者を得たことをよろこびながらも、次回はさらに激しい選考の場を期待したいと思う。

授賞式でスピーチする向田さん（1980年東京會館にて）

花こぼれ なお薫る

脚本家としての成功の出発点となった、
ラジオ番組「森繁の重役読本」を巡る日々——。

森繁久彌

去る者、日々に疎《うと》し——。

この古人の箴言は、向田さんにはあてはまりません。

「台湾上空で行方不明になった飛行機に乗ったらしい」というTBS・久世光彦《てるひこ》くんの第一報から本当にそんな年月が流れたんでしょうか。

三周忌の前に、弟の保雄さんから多磨墓地に姉の独立した墓を建立したいので墓碑銘を考えてほしいと依頼されました。

娘と生まれて、同じ姓のまま同じお墓に入るのは親不孝だとご両親から言われたことを生前、とても気にしていたそうですね。駄文を刻むのは恥を千載に残すことになりますが、決意して、こう記しました。

花ひらき　はな香る
花こぼれ　なほ薫る

今度はもう、

「こんなの、嫌い」

「三週間かかって絞り出した文句なんだけどなあ」

なんてケンカのしようもなくなりましたな。

そして今、改めて噛みしめるのは、初めて出会ったラジオ番組「重役読本」のころの思い出です。


昭和三十七年春から始まった向田邦子作「森繁の重役読本」は二千四百余回続きました。週に一度、十回分ほどを録《と》りだめするのですが、台本のあがりが毎回、収録ぎりぎりになるんです。おそらく渡す直前まで考え抜いて、喫茶店はもちろん途中の駅のベンチ、電話ボックスのなかでまで書いていたんじゃないですか（笑）。

しかも大変な悪筆で、字はぐじゃぐじゃ。向田さんの筆跡なら絶対大丈夫だというガリ版切りの職人さんが放送局にひかえていて、原稿をもって向田さんがとび込んでくると、素早く台本づくりに入る。それでも「手紙」が「牛乳」に、「嫉妬」が「猿股」になってしまう。男みたいな、ひん曲った字でタタッと連ねて書いてあって、我々には読めない文字なんです。

男まさりは文字だけじゃありません。一回五分の帯ドラマで、二百字詰め原稿用紙七枚程度の掌篇が八年にわたり放送されたのですが、その間始終、ケンカばかりしていましたなあ。

「また、以前、オンエアしたのと同じ趣旨じゃないか」

「そうよ。それでいいのよ。毎回違ったものを書いちゃ駄目なの」

——てな調子で、まさに楽しいケンカです。

五分間のラジオ番組というものは、キャラクターがはっきりしていないと良くない。そこから、ある種の〝マンネリの魅力〟が発生しそれが聴く側を安心させ、固定客を摑むことにつながるのだというのが向田さんの持論なんだな。

もうひとつ、持論があって、台本作家コールガール論。彼女曰く「電話一本で呼びだされて、ハイハイと注文先のテレビ局に駆けつけ、自分をさらけ出す台本を書く。失業しても病気になっても何の保障もない。声が掛かるうちが花なのよ」と……。

後年、彼女が手がけた「だいこんの花」というテレビ番組でも「マンネリでいいの」

が口癖でしたなあ。お茶の間の皆さんが途中トイレにたって戻ってきて、「ああ、やっぱりこうなってたか」と納得するのがベストなんだという主義だった。

森繁節のアドリブに反発

それでも私は遠慮なく、万年筆で台本に手を入れました。バー・エスポアールとあったら、バー・ベロベロバアといった具合に。すると、

「余分なアドリブは入れないで。私の書いたとおりにしゃべって頂戴よ」

と叱られる。

先月、東京宝塚劇場での「夢見通りの人々」でも、

（ここで最後に、もうひと笑い欲しいな）

と思うと、私は白楽天とか李白、杜甫の詩を昔、習ってましたいい加減な支那語で適当にアドリブを入れます。観客席はワァと沸く。もちろん、宮本輝さんの原作にそんな台詞はありゃしません。この場でダダーンと強烈なクレッシェンドが欲しいと感じたら本能的に演じてしまうんですね。

だから、今でも向田さんは「森繁さん、不真面目ひどい」と随分、恨んでいるかもしれません（笑）。

しかし、「重役読本」の台本に取り組んでいる間に彼女は隆々とした基礎を築き上げ

たと思いますね。当時、彼女は映画雑誌の編集部を退職して一、二年目あたりで、まだ文筆で生計を立てていく確固たる自信はなかったんじゃないかな。

たしか、アルバイトで始めた脚本の処女作が「火をかした男」というタイトルで、日本テレビの人気ドラマ「ダイヤル百十番」の何作目だかで放映され、続いて同じ番組に数本が採用されたと思います。昭和三十三年二十九歳ごろでしょうか。

翌年から、だんだんとテレビの世界を離れ、ラジオに比重を移して、「重役読本」が始まったころは、これ一本に専念していましたね。

ですから、向田文学の初期のエッセンスが「重役読本」には詰まっているのです。最初に彼女のもってきた台本を一読して、文才の冴えを感じましたよ。作品の構成力は弱いが、イキイキした会話に私をはじめスタッフは目をみはりました。

また、日常生活のなかで見過してしまいそうな機微やディテールの捉え方が素晴しい。鮮明に昔の日常茶飯を記憶していて、巧みな比喩、上質のユーモアを交じえて再現してみせる、手品ですね。

後年は省略と飛躍が一段と上手になった。テレビの台本読みの最中に、

「ここからスパッと二枚切りましょう」

なんて、平気で恐しいことを言う。

「何もいらないの。これ以上」

予定していた役者が一人、宙に浮いてしまうんです（笑）。「ここから、あっちへ飛んだほうがリズムが出るでしょ。ねっ」

仲の良かった澤地久枝さんと同じ気質。大陸的で実におおらかな心ばえだから、まあ、何も角が立たない。自然と彼女のペースになっている。やっぱり手品です。

「重役読本」の開始早々から、良質の台本を量産するので、二、三の方面に推薦してみました。

ラジオばかりじゃなく、映画や、再びテレビの仕事もやらそうと。やらそうと言うと大変失礼な言い方だけど、得難い才能だから、一箇所で隠しておくのはもったいない気がしたわけです。

東宝の専務だった藤本真澄さんに推薦しました。「社長」シリーズの台本を一本書いてもらって見せたら、即座に駄目だと宣《のたま》う。何を寝ぼけてるのか。藤本さんはプロデューサーでもありましたから、「あなたの書いてこさせる他のライターの作品より、向田さんのほうがずっと面白いじゃないか」と詰め寄ると、「そうじゃないんだ。毎回、同じような展開の作品がいいんだ」とおっしゃる。奇しくも、私が向田さんに「マンネリがいいのよ」と説教されたのと同じことをるる説かれる始末です。

渥美清さんの「寅さん」シリーズもそうなんでしょうが、人気長寿ものは、そうそう筋が変わっちゃいけないんですね。「社長」シリーズは終始、私がドジを踏み続けるほうが受けるわけです。そこへ向田さんが都会的、知的な森繁の登場する台本をひっさげてきた。才能のしたたり落ちるやつを……。でも、結局ボツになりました。今、どこにあるんだろうな。あれも幻の名作ですね。

向田作品は戯曲に等しい

それでその頃スタートしたテレビ・ドラマ「七人の孫」のピンチライターに紹介したのですが、ここで彼女は自分向きの土壌を見つけて、「寺内貫太郎一家」「冬の運動会」と次々に大輪の花を咲かせていったのは、ご存知のとおりです。

「重役読本」の重役氏の原型は、向田さんのお父さんでしょう。だから、しばらくは「母や弟たちに聴かれるの、嫌だわ」なんて、しきりにボヤいていました。

堅実でいて、古風で、ひと一倍に子供をかわいがるサラリーマンの家庭がバックボーンにありますね。事実、お父さんは東邦生命の幹部社員で、最後は本社の部長職を務めあげた方だと洩れうかがいました。

重役氏の短所は私を観察していた(笑)。トイレの戸を開けっぱなしにして……なんて書いてあると、ゾッとしましたね。やっぱり、私のコトを識っているとしか考えられない。

普通のひとの暮しのなかから、人間のもつ情けなさ、俗物根性、弱さをそっと取り出して、悪意なく俎上にのせて好意的に料理する。こういった向田さんの熟練技の萌芽が「重役読本」に、読みとれるのではないでしょうかね。

私は思います。向田さんのテレビ、ラジオの台本はただの台本ではない。戯曲に近い台本だ。贅沢な中味でおつゆがたっぷり。この「重役——」から日本映画なら映画の、『父は悲しき重役なりき』てな本が一本まるごととれるのです。

「重役——」の放送中に何度も「向田さん、これ、出版物にしたらどうだい。一冊の本をつくんなさいよ」と勧めたものです。その度に彼女は「うそ、うそ。こういうのは一回限りの命よ」とテレること、テレること。一回でパッと開いて終る花火と同じでいいというのです。

惜しい台本の散逸

向田さんは放送界から出発し、恐るべき濃度と速度で、小説の森を駆け抜けて、彼方に去っていきました。時として満たされる思いがするのは、為された仕事がみな有無をいわさぬ力感をたたえているからでしょうか。まっ盛りで散るのもまた向田邦子らしい、と自分を納得させていた時期もありましたな。しかし、実のところは違います。宇野千代さんの如く健やかで長寿に恵まれ、まだまだ我々を楽しませてくれる存在でいて欲しかった。

生前、雑誌の対談で、「重役――」は絶品だった、愛聴者だったとおっしゃるゲストに、彼女はあの台本の山は家を引っ越すときにすべて捨ててしまった、考えると何かの足しになったかもしれないと残念がっていました。

邦子さん。幸い、自宅の資料室から「重役――」の台本がほぼ全冊そっくり見つかりました。

とかく台本類は散逸しやすいものです。先年、私はそれらをまとめて、向田さんの母校、実践女子大学の図書館に託しました。先様は立派な文献目録を製作し、マイクロ・フィルムに複写し大切に活用してくださっています。

司馬遼太郎さんは以前、私に「文化とは字を残すことです。『屋根の上のヴァイオリン弾き』のときの台本やたくさんの投書や手紙などは、どうしました？　捨ててはいけません。書いたものを残さなきゃ、後世の人に恨まれますよ」と言われました。今、こうして初めて活字となった作品群を目の前にして、向田邦子さん、あなたは何とおっしゃるでしょうなあ。

「オール讀物」一九八九年一月号

もりしげひさや●一九一三年大阪生まれ。俳優。映像や舞台に幅広く活躍。文化勲章受章者。六二年ラジオ「森繁の重役読本」、六四年テレビ「七人の孫」の脚本に向田を抜擢し、「だいこんの花」へと続いた。二〇〇九年逝去、享年九十六。

森繁の「重役読本」

向田邦子作・森繁久彌選

猛獣サイクーン

ナレーター　最近の海外旅行熱は、また一段とものすごいですねえ。お若いOLまでが、サラリーをためて、ホンコンへいったり、グアム島へいったりしてらっしゃいますからね。

重役　いや、うちの家内もそのくちでね。わたしと一緒にアメリカ、ヨーロッパは、一通りいっとるんだが、こんどはアフリカへいって、サファリ、ってのかい、猛獣狩りをやりたいわ、というんだよ。

ナレーター　それは、またまた勇ましいことですねえ。

重役　ま、ヘソクリをなにしてゆくというから、とめだてはしないがね、私にいわせりゃありゃ共食いじゃなくて、共狩りだね。だってそうじゃないの。今や地球に棲息するどんな猛獣よりも強いのがサイクーンというケダモノだからね。

ナレーター　サイクーン。きいたことがありませんが？
重役　ほう、アンタは、猛獣サイクーンを知らんの？　こわいよォ、こりゃ。いや、動物園になんかおらんねえ、その代り、どこのうちにも一匹はおるんだ。サイクーンは、肉食とは限らんで、甘いものも食う、ヤサイもくう。図体は、まあ、ふとっとる奴もおるが、大して大きくはないかな、力も大してつよいというほどじゃないんだが、気が強いし、何かというと、ガアとくらいつくんだ。おまけにカンが、するどくて、相当の距離がはなれておっても、テキの動静をピタリとかぎあてる、という動物本能をもっとってね。
ナレーター　なるほど、なるほど。
重役　サイ、じゃないけど、角を二本はやして、ギャオーと突進してくるときのおっかないことね。それと、いっぺん、ひどい目にあって、傷を負うたことのある手負いというのかい、あれはこわいねえ。それこそサイじゃないけど、まわりが見えなくなってんだから。
ナレーター　判りますねえ。サイクーン、いや全くおそろしいもんでございます。
重役　こいつを仕留めるのは、力じゃダメだね。あくまで下手に出なくちゃ、ヘタに鉄砲でもうちかけてテキをイキリ立たしてしもうたら、もうお手上げになるからねえ。あの、アフリカのケニヤか、あそこみたいに凶暴なサイクーンをあつめて、放し飼いにしてくれる、自然公園なんてのはどっかにないもんかねえ。

夫人 あなた！　こんどの日曜の大村さんのお宅のおさそい、あなた伺えないんですかァ？

重役 ほえている、ほえている、うちのサイクーンが。

鱈腹（たらふく）

ナレーター クリスマス・パーティーだ、忘年会だと、このところ飲む会がつづきまして、重役諸公におかせられましては、さだめしお疲れのことでございましょう。お体のほうは、大丈夫でございますかな？

こういう機会に、ぜひお耳にいれたい話があるんですが——と申しましても、これは、タラ、お魚のはなしでございます。

札幌の大学のお医者さまが何百というタラの胃を解剖してみましたら、その一割ほどが、胃カイヨウにかかっていたというんですね。酒ものまず、重役会議もないタラが、人間なみに胃カイヨウになるなんて生意気千万なはなしなんですが、これ、原因はタラの大食いだそうでございます。
タラは「タラフク食う」というたとえもありますように、カレイやヒラメの底魚《ソコザカナ》はもちろん、カニや貝類まで、手あたり次第に、ハラ十二分にむさぼり食らうんですね。そのため、カニの甲や貝がらが胃壁につきささって胃カイヨウを起すんだとか。ま、お魚ってのは、思いのほかに人間に似ておりまして、ガンやガス中毒、神経痛なんかもあるそうですから、もっと驚いたことにタラは性病にもかかっているのもあるそうで——ああみえても、あれは、存外、ナマグサイ生活をしておるかもしれませんな——

重役　たしかに、わたしらは、すこうし食いすぎとるようだねえ。どうしても運動不足になるし、宴会やら会食やらで、ついうまいもんを食いすぎてしまうんだな。しかしねえ、といって昼は軽くすませよう、ソバいっぱいにしよう、とおもうと客がきよる。客を前において、あなたはうなぎを召し上れ、わたしはカケでけっこう、とは、こりゃいえませんからねえ……

ナレーター　ごもっともですな。かくて重役さんは、心ならずも、タラフク食いよる結果となる、とこういうわけですか。立場立場でなかなかむずかしいようで、つつしんで、ご同情申し上げます。ことのついでにもうひとつ、申しあげますがタラフク召し上るな、というたのは決して、その食べものに限ったことではないんでありまして……

――と申し上げればお判りでございましょう。

素性のしれないイカモノを召し上りすぎまして、イヤというほど食い下がられて……。

重役　うーん、いたい目にあいましたね。医者にも通わされました。

ナレーター　と血を吐くひとことをもらすことのないように――おいしいものほど腹八分目に……どうぞ！

美人をつくるには

重役　どこぞにいい人材はおらんかね……

ナレーター　重役さんが三人寄ると、近頃の若手に逸材のとぼしいのを憂えておいでのようですが、ねえ、重役さん、すぐれた社員はひとりでに入ってくるではなくして、つくりあげるものではないんでしょうか。

重役　しかしねえ、森繁君、人の器というものは、いわば女にたとえれば、美人不美人のようなもので、生れつきの器量が大きくものをいうんだよ。例えばだ、ね、そのへんの、ワンサの女の子をひっぱってきても、看板スターにはできんでしょうが――

ナレーター ところが、これをやりとげた人物がいるんです。その男はアメリカの大興行主ジーグフェルドその人であります。

ジーグフェルドといえば、かの有名な、ジーグフェルド・フォーリーズをつくりあげた、ショウづくりの王さまですが、この人は、実に女の子をみつけるのがうまかったといわれます。彼は、一見、パッとしない女の子をひっぱってくるんですが、三月もすると、この小娘は、あっぱれスターとしてステージに立って、お客さまをチャームしてしまったといわれます。ジーグフェルドは、その秘密を「自信をもたせることだよ」――こういっております。

ジーグフェルドは、これぞと目をつけた、女の子がいるとコーラスガールの週給三十ドルの給料をいっぺんに、五倍にひきあげて、役をつけてやりました。絶えず、キミはすばらしい、きみは、美人だと力づけて、まず自信をもたせるんですね。

この努力は、芝居の初日までつづきました。彼は、自分のショウの初日には、必ず主演スターにお祝いの電報をうちましたし、コーラスガール全員に、豪華なバラの花束をプレゼントしたといわれます。これじゃ、いやでも、魅力的になりますでしょうね。

重役　なるほどねえ、しかしだな。コーラスガールの場合はそれでいいとしてだな、社員の場合はどうしますか。まさかバラの花束をプレゼントすることもならんし、月給あげるというたって、ベースというもんがあるしねえ。

ナレーター　月給の代りにあなたの信用を、その社員にあげて下さい。バラの花束の代りに、遠慮なくほめることであります。

重役　よくやった。さすがは君だ。君、見直したよ。

ナレーター　叱責することばは、抑制に抑制して、ほめることばは惜しみなく。美人と優秀社員は、上にたつ人の頭ひとつで作り出せるという、ジーグフェルドの教訓をお忘れなく。

麦めし社員

ナレーター　この頃の、若手社員は、みんな似ている、といわれますね。適当に常識家で、ソツがなくって、スマートで、要領がよくって——

ズラリとならんで仕事をしておいでのところを拝見いたしますと、同じ洋服屋で背広をつくり同じ床屋で髪を刈っているんじゃないか——とうたがいたくなるようなもんでございます。

重役　いやいや。そりゃ、表面的な見方だねえ。

ナレーター　これはこれは重役さんでいらっしゃいますな。

重役　そりゃねえ、外側からみりゃ、二十七、八の男なんてのは、大なり小なり同じようなもんですよ。しかしねえ、わたしは――主義としては、毎年、二割は、麦をまぜとります。

ナレーター　二割はムギをマゼておる――。ははあ、重役さんはムギメシ党でいらっしゃいますか、白米ばかりより、あれ、まぜると体にいいそうですね。ところで、はなしをもどしまして、若手社員の――

重役　だから、云っとるでしょ、わたしは毎年、人をとるときに、必ず、二十パーセントはムギメシをまぜとる――

ナレーター　なるほど、判りました。今はやりのスマートな社員ばかりでなく、あまり洗練されているとは云い難い、男――勇ましい男も入社させるようにしている。というわけですな。

なるほど、そういわれて、よくよくみますと、どの部にも、どの課にも、二人三人はおりますな。ムギメシ社員が――

女子社員　フフ、うちの課じゃ、竹内さんなんてそうじゃない。みんなが車、車っていうのに「あんなもの、年とって、足がきかなくなってから買ったら間に合うさ」なんてうそぶいている人なのよ。ふだんはボサッとしてるみたいだけど、何か事があると、とても、人の事、かばってくれてさ——あれで、もうすこし、角がとれて、お世辞いえるようになると、案外、ああいうのが、エラくなるのかもしれないなあ……

ナレーター　重役さんもおっしゃってました。

重役　おもしろいもんですねえ。いや、近頃の女の子さ、ドライブだの、ダンスだのいうときは、かっこのいい、いわゆる白米社員のほうが、モテよるらしいけど、さて結婚——となると——ムギメシのほうに、いい女の子がなびきよるねえ。どうしてどうして、近頃の女の子も、目はこえとりますわ。

ナレーター　ムギメシ社員——か。いいですねえ。

バカ八分目

ナレーター　重役タイプ、とひと口に申しますけれど、よく観察しますと、いろいろなタイプがあるもんでございますね。

まずカミソリ型。スパッスパッと頭がきれて、ありゃ、キレ者だよ、と恐れられる重役でございます。ひやりと冷たい智的なタイプでうっかりしてるとザックリ切りこまれて、ア、イタタ……と泣かされる。テキに廻したら、目もあてられないのが、この手の重役でございます。

もうひとつのタイプ、――それは、

男　あれね、日ねもすのたりのたり型、とでもいうかね。ボヤーと春がすみがかかったような顔して、エヘラエヘラしてるだろ。あれでバカかと思うと、とんでもないんだな、アレッと思うようなことをやってのけて、相変らずエヘラエヘラ。恐いねえ、ああいうのは――

ナレーター　この頃は、重役タイプも、マスプロ化されましたせいか、型にはまった秀才タイプが多くなったとかで、こういうトテツもないキングサイズ型の大物はすくなくなったようですが、まだ古きよき時代の夢を残して、ごくすこしは見うけられるようですね。

老人　うんまあ、そうほめてもらうこともないよ。こっちはやりたいようにのんびりとやっとるだけだからなあ。まあ、しいてコツといえば、何事も八分目ってとこかね。腹八分目なら腹をこわすこともなかろうて――

ナレーター　なるほど、腹八分目ですか。部下を叱るのも腹八分目。ゴルフも酒も、それから、その女性の方も腹八分目。間違ってもめいっぱい溺れこんで、アップアップしちゃいかん、てなことなんですな。

男　待てよ、すると——常務が、宴会で、アハハ、ウフフわたしも酔ったよ、なんてって、得意のヘソ踊りをはじめる——あれも、その八分目ってやつかな。会議で、ウム、ウム、ナルホド、君イ、なかなかいいことというねえ、ウム——、と感心してるあれも八分目か——

ナレーター　この手の八分目型は、いつまでたってもくたびれないのが特徴でございます。

カミソリ型は時として、切れ味がよすぎて、自分で、自分の顔を切っちまったりする恐れなきにしもあらずでありますが、八分目型は、悠々としてせまらず、いつの間にか、大物になっているという、近頃のようなインスタント時代には、珍重すべき存在でございます。

いかがです？　ひとつ、あなたも八分目の道を、——

釣った魚

ナレーター　よく聞くことばですが、人生には貸し方と借り方と、二つの生き方がある、といいますね。つまり、いつまでたっても、人の下で働き人の世話になって生きる借り方と、人の上にたって、他人の面倒をみ通す貸し方の一生とあるというんですが、重役さんの場合は、もちろん堂々たる貸し方でございます。五万や十万、バーのつけがたまっておりましても、貸し方の威光は、すこしも衰えるものではございません。
ところが、何としたことか、人生の堂々たる貸し方でいらっしゃる重役さんが、ときには借り方に廻られる場合がある、というんですが、——ある重役夫人は、そのイキサツを次のように説明して下さいました。
夫人 あたくしなんぞね、もう主人に貸しっぱなしでございますのよ。うちの主人は、ちょっと具合の悪いことがありますと、きものつくってやるの、帯を買うてやるの、と申しますんですけど、いつも空約束《カラ》でして……
重役 暮にまとめて買うてやろう。いや、年の暮は何かとそうぞうしゅうていかん、春になったらゆっくりとみたててやろう。そうだ、同じ金を使うんやったら、日本で買うたら月並なものしか買えん、来年になったら、いっしょにパリへいこう。な、そこで、まとめて、ドカーンと、な、いままでの分をいっぺんに買うてやろ。な、な、な。
ナレーター な、な、と又、口だけは調子がよろしいんでありますが、いつまでたっても、パリ行きのはなしは実現いたしませんし、ドカーンとまとめて罪ほろぼしもしていただけないんでありますねえ。

公約をするときは大上段にふりかぶりまして、あとは野となれ山となれは代議士さんだけの特技じゃないんですなあ、と感心しておりましたら、ある重役さんが、私の肩をポンとお叩きになりました。

重役　きみィ、判らんの？　よくいうでしょうが。釣った魚にエサをやるバカはおらんて。それですよそれ――

ナレーター　釣った魚、といえば、たしかに奥さまはすでに釣り上げた魚でございましょうね。そういえば、イケスの中に、堂々たるタイを一匹かかえていながら、尚も、釣糸をたれまして、つまらないダボハゼをひっかけては、エサを食い逃げされたの、糸を食い切られたの、とさわいでおいでの重役さんもおいでになりますようで？

たばこと重役

ナレーター　このごろ、重役が三人集まると必ず話題にのぼりますのが、例の、アメリカで発表された紙巻タバコ肺ガン説をめぐる論争でございます。

重役A　恐ろしいねえ。なんでもねえ、紙巻たばこを一本根元まで深く吸うということは、自分の棺桶のフタに釘を一本打ちこんでいるようなものである、というんだからねえ、わたしは寒気がしたよ。

重役B　いやあ、わが家でもあれ以来、家内がノイローゼ気味でねえ、「あなた、うちはまだ子供が小さいんですからいま、あなたにポックリいかれると……」

　なんていうてね、目の色かえてたばこをとりあげましてねえ。

重役C　しかしねえ、長い浮世にみじかい命。酒は毒じゃ、女もアカン、タバコもイカン、いうたら──何のために生きとるか判らんからねえ──

ナレーター　なんておっしゃりながら三人の重役さん、揃ってまず一服しようか、とたばこに火をおつけになりました──

　重役からたばこをとりあげてしまう。これは、よく考えてみますと、重役の死活に関することだそうですね。

　例えば、重役会議などで、

社員　常務のご意見は！　常務！

ナレーター　などと問いつめられましたときに──

重役　うむ。そうだねえ……立花君の意見も堅実でよろしいが、佐竹君のプランもユニークで捨てがたいしねえ──あ、きみ、ライターもっとるかい？

ナレーター　ゴソゴソとたばこを出して、パチリのスー、スーフカスーフカ。

一息はずして、おもむろに想をねることが出来たんですね。また、お宅におきましてはたばこはもっと重大なピンチヒッターとなります。

夫人 あなた、あたしはねえ、今日の今日まで、夢にもうたがっていなかったんですよ。いくら人さまに言われても、あなたに限ってまさか……。ねえ、あなた、あたしがウカツだったんでしょうか。あなた！

重役 あのな……（調子をかえて）たばこをとってくれ、マッチ！ 灰皿！ 子供たちは、今頃は——あ、スキーか……

ナレーター とにかく、ワンクッションはずして、言いわけを——いや、適切なる事情の説明をするゆとりをとりもどす、というわけですね。

重役 とにかくね、専売公社の宣伝文句じゃないが、たばこは動くアクセサリーどころか、ありゃね、煙幕ですよ、おいしい防弾チョッキですよ。ちっとやそっとのご意見なんぞで、やめられますかいな、あ君、すまんが一本いただくよ。

『森繁の重役読本』（文春文庫）より転載

さようなら向田邦子さん

一九八一年八月二十二日——台北から高雄へ移動中の
航空機事故で向田邦子は亡くなった。
五十一歳という若さでの
突然の死を親交の厚かった三人が悼む。

澤地久枝
田辺聖子
秋山ちえ子

おせいさんの娘

澤地久枝（作家）

手首と足首が細くキュッとしまった、しなやかな躰の人だった。頸の形と頭とのバランスがいいせいか、スラリとした長身に見えた。
あるとき、裸足で並んでみて、
「あれ。あなたの方がわたしより小さいの？」
と言ったら、

「そうよ。わたしはチビよ」

とムッとしたように答えたことがある。さして大きくはないわたしより、ほんの少しだけ小さかった。

向田邦子。昭和四年十一月生れ。巳《み》年の女。長女。未婚——。

人の目にふれる部分がきゃしゃに出来ているので、痩せて長身に見えるのだが、生来のうまいもの好きの余波で、つくべきところに肉もアブラもついていた。ズボンにスモック風の長い上着というスタイルは、彼女が好んだふだん着のスタイルだが、あの恰好は、おなかの肉づきをかくす反面、痩せねばならぬという気持の緩和剤になる。彼女はとうとう本気で痩せる努力をしなかった。

妙な特技のある人で、肩からはじまって、肘、手首、手先きまで、まるで骨がはずれたように関節の力を完全にぬき、躰中が雨に打たれた柳みたいになると、蟹のように白眼を出して揺れてみせた。見ている側が興がると、さらに指の関節全部をポキポキ鳴らしてみせ、おまけに、マニキュアをなぜ塗っているのか、その「秘密」まで喋った。疳《かん》がつよくて、爪切りがいらないのだという。つまり、無類に丈夫な歯で、のびかけた爪は全部嚙みとってしまう。

「マニキュアを塗っておけば、いくらなんでも嚙めないから」

と言うので、

「じゃあ、足の爪は？」

と乗せられた客は聞く。

「足の爪だって噛んじゃうのよ。ほら、私の躰、こんなに柔いのよ。ぐにゃぐにゃでしょ」

しかし、指の爪を噛む癖はあったかも知れないが、足の十本の指さきへ歯をとどかせて爪を噛むというのは、彼女一流の「創作」だったと思う。

人を楽しませるためには、少々の嘘もついたし、前夜一睡もせず、おまけにその日、火がつくほど切迫した原稿を一枚も書かずにいても、

「どうせ退屈してるんだから、もう少し遊んでいってよ」

とひきとめる人であった。俳号を選べば「有眠」と自分で書いているが、わたしにいわせれば「削眠女」である。

彼女の速筆とその書体（？）とはすでに伝説的である。「四」と書くのがまどろっこしくて棒を四本ひいたというのは嘘ではなさそうである。

十年前の暮れに私たちは一カ月間の外国旅行をした。羽田の出発までがまずひと騒動であった。搭乗手つづきをすませ、わたしは見送りの人たちと旅に出る前の興奮と若干の不安でガヤガヤ喋っているのに、彼女は目をつりあげんばかりに待合室でドラマの台本を書いている。

とっくにテレビ局へ渡っていなければならない台本を、ギリギリのギリまで書かずにいて、とうとう羽田空港までもちこしとなっていた。

おまけに託送したトランクの鍵のつもりが、マンションの鍵をもってきてしまったことに気づき、妹さんが車で駆けつけてくる騒ぎになった。

あの人はいつも短距離ペースで疾走している。考えている時間は長くても、書き出したら一気呵成に書きあげるのが執筆の呼吸である。

百メートルを疾走中、マラソンランナー用の飲み水をさし出されるのに似た「鍵のとりちがえ」で、彼女はペースが乱れた。

出発までに、原稿は仕上らなかった。

とかく貧乏性のわたしがこういう局面に立つことになれば、ロスへ飛ぶ飛行機の機上で、眠らず口もきかずに下手な文章を書きつづけ、アメリカへ着陸と同時に、航空便で送り出そうとするところである。

彼女は飛行機に搭乗するや否や、未完の台本のことなどポイと放り出すように忘れてしまった。やたらにはしゃいだ。

夕方にもならないのに、ディナーのメニューがくばられてくる。まことに麗々しく書きたてられた献立ての最後に〝sea××〟とあった。××がなんであったか、忘れてしまったし、もう確かめる相棒もいない。

二人は妄想を逞しくして、海草からつくったゼリーがくるのか、海の幸の特製デザートがくるのか、ちょっと遠足中の小学生のように「わが見解」を語りあった。

配られてきた〝sea××〟は、昆布色をした飴一つ。口へいれるとむやみにニチャついて、歯にべったりとくっつく代物であった。

ラスベガスでバクチをし、バーブラ・ストライサンドのショーを見、ペルーのリマへとんでインカの出土品をながめ、年越しのパーティへも出席し……。

いよいよ明朝、いっさい連絡手段のない無人の海岸へ魚釣りにゆくという前夜まで、彼女はテレビのことなど忘れた。東京で待っているに違いないスタッフたちなど眼中にカケラもなしとなった。

シャンペンをのんで、リマのニューイヤー・パーティを存分たのしんでホテルへ帰る。もう次の日の方へ時計の針はまわっている。

彼女が猛然と書き出したのはそれからである。ツインのベッドの一方で、「御身お大切に」のわたしは早々と横になっている。

じつに正確に、およそ五、六分くらいの間隔で「ピッ」と原稿用紙がひきはがされる。やがて、何枚かたまった四百字詰の原稿用紙を両手でそろえ「カンカンカン」と音をさせてテーブルの上で揃える。

眠られないわたしはカメラをとりだして、書きまくって声一つ発しない彼女のうしろ姿へシャッターを押した。

翌朝、出来上った原稿を封筒に入れ、二人でホテルのフロントへおりてゆき、航空郵便にした上、〝URGENT〟と表記した。

「こちらは眠ってる間も考えて、命を削って書いているのに、まるで遊び半分、おふざけで仕事しているようにいう人に肚が立つ」

と彼女が電話で言ったのは直木賞受賞のあと。鼻歌まじりで仕事をしているようにふるまいながら、あの人は骨身を削って書いていた。

いま、のこされたお母さんやごきょうだいたちは、涙をこぼさず笑顔を見せようとし、「ただいま！」とあの人がいつか帰ってくることを信じて、苦しく辛い時間に耐えている。

お母さん、明治四十年十二月三十一日生れの向田せいさんは、遭難の翌日もサロンエプロンをかけ、いつものようにおいしいお煎茶を淹れ、

「澤地さんが泣いちゃだめでしょ」

と涙がいっぱいの目で笑った。

（八月二十五日記）

「週刊文春」一九八一年九月十日号

向田さんのこと

田辺聖子（作家）

八月二十二日の夕方、私は神戸三宮の書店でサイン会をしていた。四時半ごろ、突然、毎日テレビのカメラが眼の前で廻り出して、「向田邦子さんが遭難されました、ちょっとお話を」と私の口元にマイクが突き出された。

「えーっ」

と私は絶句した。報道記者がメモを読みあげるのが辛うじて「台湾……」だけ耳へはいり「信じられないわ……」と混乱して呟いているのをカメラにとられた。

「芋たこ長電話」の最終回に書いたように、八月十二日の夕方、私は阿波おどりに沸いてる徳島で、向田さんにばったり会ったばかりである。まだ十日しかたっていない。そのとき向田さんはユカタをきりりと着こなし、江戸下町の姐さん、という小股の切れ上った女っぷりであった。あの人は、あでやかな横目を使う人で（流し目というにはあたらない）

「あら、よく似合ってるじゃない」

と私の鳥追笠にピンクの蹴出《けだ》しというスタイルをほめて下さったのだが、そのときの向田さんのユカタ姿も、女に「いなせ」というのは当らない形容かもしれないが、じつにすっきりと垢ぬけていた。

そんなことをスグ思い出し、すると、「信じられない災厄」だからこそ、「あり得る」とも思われて、私は背すじが寒くなり、サインを再開したけれど、気軽に笑ったり、しゃべったりできなくなってしまい、呆然としたまま、サイン会は終った。

私は向田さんとは深いおつき合い、というのではなかった。書かれたものは読んでいたが、お目にかかったのは、三、四度くらいではなかったろうか、それもここ、二、三カ月のあいだだから、向田さんの一ばん新しいつきあいかもしれない。はじめてお目にかかったときは、とても美しい人、という印象で、それに座談も巧かったから、いかにも「才女」という匂いがあった。「才女」は四十すぎないとむりで、しかも四十すぎて美しいという人はなおあり難《にく》いものだから、この世に「才女」は少いのである。向田さんはその数少い才女の一人だった。「書くものの才女」と、「ナマ身の才女」はまたちがうが向田さんはその両方だった。彼女の対談をよめば「ナマ身の才女」ぶりもよくわかるのだ。

向田さんははじめて私に会ったとき、以前にテレビドラマ化した古典作品が、私の口語訳も参照したのに、局の手違いからか、連絡がゆきとどかなかったのを、綺麗な声で

「ゴメンナサイ」

と率直にいわれて、それも江戸前のすずやかさだった。向田さんの身辺にはいつも涼風のたつ雰囲気があるのだった。ガンで命拾いされたことを聞いていたので、お見舞をいうと

「ええ、まあ、まあ大丈夫と思いますが」

と微笑んで水割りを飲んでいられて、私は向田さんほどの才女は、病気まで軽くいなされるのだなあ、と感じ入ったことがあった。七月にばったり、銀座のバーで会い、合流しましょうということになって、大一座で飲んだが、私は向田さんと並んで一時間ばかりも話し込んだ。向田さんの直木賞受賞作になったものの一つ、「かわうそ」の女主人公が、

私は、「あれ、私にそっくりです」

といったら、向田さんはマジメに

「いや、あれはあたしです」

といった。

「ちゃう、あれは絶対、私やと思うわ」

「あたし自身なんです」

といい合いしているのもおかしかった。「かわうそ」の女主人公はどこか一拍ずれた、やさしいようでこわい女なのである。向田さんが「小説新潮」に連載されている最中の、「男どき女《おめ》どき」の「鮒」なんかも私は好きで
「あれは面白かった、とくに終りのほうで小さい息子が『ワオー』なんていう、あのへんもつくづく面白かったわ」

なんていうと
「いやもう、何だかよくわからないんですよね、長いものが書けなくて、あたし、短いもんしか、書けないんですよね」

と向田さんは明晰にいった。

「週刊文春」に連載中だった「女の人差し指」でもそうだが、向田さんは細部に異常な興味をもち、人の虚をつく才能があった。そのユーモアは、ふつう、ユーモアによくくっつけられる形容の、「暖い」とか「心暖まる」とかいうところのものではなく、明晰で乾いたユーモアなのだった。私はそれを、江戸前の心情や嗜好なのかと思ったりも

していたが、あれはやはり向田さんの、一ときは死に直面された人生の重み、暗い底流から湧き上るたのしいアブクだったのではないかと思うようになった。向田さんの小説やエッセーは、みな、たのしくておかしかったが、楽天的とか向日性とか人を憩わせるのんきさはなかった。口に甘い味を舐《ねぶ》らせながら、ぎょっとする人生の深淵をかいまみさせる、怖ろしさも皮肉もあった。

そうしてそれらをぽーんととびこえたところで、「ナマ身の才女」の向田さんはすずやかにほほえんでいた。

あまりに巧緻すぎる作品は、一面、そつのなさという印象を与えたが、そのせいで、事故の報をきいたとき（そんなはずはない、あの向田さんが）という気持がしたのだった。およそ、そういう運命に翻弄されるタイプから一ばん遠い人のように（つまり強い人のように）向田さんのことを思っていたのだった。

向田さんのテレビはしゃれた口あたりで、日本のテレビドラマ界に窓を開けたというような都会的洒脱味にあふれていたが、小説にあるおそろしさや毒は巧妙にかくされていた。小説には向田さんの、「書きたい」と思われたにちがいない毒や暗いユーモア、人の虚をつく乾いた才気が躍動していて、それが妖しい魅力になっていた。得がたい才能だった。

あの、まだお若い美しい肉体と、きらめく才能が南の島の空で消えてしまうなんて。

「ナマ身の才女」の向田さんはナマ身で最後の物語を書かれて散っていかれた。向田さんは男性を描くのも巧かったが、ことに中年初老の男性を描かせると実に溌剌《はつらつ》としていた。亡きご父君への敬慕が向田さんの男性観に暖さと弾力を与えていたようだ。向田さんはいま、お父様と楽しいよもやま話が弾んでいらっしゃるのだろうか。ご冥福を祈る。

「週刊文春」一九八一年九月十七日号

花のある長女

秋山ちえ子（評論家）

大理石の重い骨壺が安置された向田さんの青山のマンションの部屋に、妹の和子さんと私と二人だけになったのは、八月二十九日の午前中だった。

「お姉ちゃんのバカ。忙しい思いをさせて困るじゃないの。なぜ死んじゃうのよ。みんなが忙しくて、忙しくて困っちゃうじゃないか。お姉ちゃんのバカ。どういう積りなのよ」

和子さんはひっきりなしにかかってくる電話の合間に、向田さんの写真に近づいては叫んでいた。

「バカ、バカ」という和子さんの言葉には、万感の思いがこめられていた。私はこの「バカ」につられて泣いた。

六十歳を過ぎた頃から、私は死と馴れ親しむ努力をはじめた。死は生きることの続き。花は散るもの、人は死ぬものと、自分に云いきかせている。そのせいか、人の死に涙を流すことは少くなった。が、向田さんの場合は、なぜか時折胸のあちこちがキュッと痛み、その度に涙が出た。

私は〝向田邦子に入れあげている〟と、人にも、彼女にも話した。この年になると、〝入れあげる〟という言葉を使う程、人にほれこむようなことはめったにない。条件がむずかしくなるからだ。

まず仕事がよく出来ること。聡明（小悧口はダメ）であること。人の心の痛みがわかる人であること。私好みの美人であること。しゃれた人であること。食べることが好きであること。粘液質はダメ。その上、私と波長が同じでなければ附きあえない。向田さんはこの条件をほぼ満してくれた。特に五年前の乳癌の手術後の、生きることに居直ったような仕事ぶり、生きざまは、見事というより他ないものだった。

私は三年前から小さな集りをはじめた。それは、今、点の状態で仕事をしている私の好きな才女たちを、線に結ぶことが出来たら……と思ったからだ。九人の女性たちに声をかけて、二か月に一度の割りで集っていた。

この集りで、向田さんのユーモアたっぷりのしゃれた豊富な話題、爽かな、シャープな会話ぶりが皆を魅了した。

少し人見知りするところがある向田さんだが、時間がたつと〝つくし型〟の本領を発揮して、サービスこれつとめた。

花のある人だった。

この仲間の下村満子さんは朝日新聞社の特派員としてニューヨークにいる。向田さんは今年は二度もニューヨークに行き、下村さんとたっぷりおしゃべりを楽しんできた。その下村さんが電話をかけてきた。

「親戚の人が亡くなっても涙が出ないのに〝向田さんはもういない〟と思うと、泣きたくなる。どうしてこんなに悲しいんだろう」

向田さんは一見、気が強そうだが、強いだけでなく、気がやさしくて世話やき。自称ちゃらんぽらんだが、結構けなげで、家族に対しても妙に責任を感じていた。

そう、向田さんは長女だった。無意識のうちに父親代りをしていた長女だった。お母さんにもよくつくした。妹さんや弟さんにも、たのまれなくても世話をやいた。

人の面倒見がいい。気働き、心くばりが行き届く。これが長女の特徴だ。

向田さんは旅行に出る時には、必ず同行者の分まで、私の知人の医師に薬をたのんで持参した。青山にハンドバッグのバーゲンがあるとか、原宿でLサイズのセーターのセールがあったとか、世話やきの私を上廻る親切さだった。赤坂で手作りのソーセージがあった。飛騨の高山のハムが美味しい。余り酸っぱくない梅干をみつけた等と届けてくれた。

一週間に一度は、夜遅い電話で長話をした。

この五月には少し外国旅行が過ぎると思って、かなりひどいことを云った。

「旅はなるべくスポンサーなしで自費にしたらいい。義務のないものにしないと疲れる」

「うっかりしているとマスコミに殺されるから、断り係をたのむといい」

「癌の細胞の活動開始の気配はないの？　旅が多いと癌細胞が目をさましますよ」

「癌細胞のことをズバリと云うとは、秋山さんはやさしくてこわい人。でも、本当にありがとう心配して下さって。しかし残念ながらその心配はご無用。私はナマケ者、仕事虫じゃなく、遊び人間だから大丈夫。

旅行も遊びの心のさせることだから」

向田さんはサバサバと云った。

向田さん原作のテレビドラマのモニター報告も夜の電話の役目だった。

「よかった」とほめると「どこが？」と、きびしい質問が返ってくる。「ありがとう、うれしい」と心からのうれしそうな言葉の中から、向田さんのテレビドラマにそそぐ情熱が、並々ならぬものであることを感じた。出演した俳優さんのことも熱っぽく話した。加藤治子、三國連太郎、根津甚八、萩原健一、いしだあゆみ、吉村実子、フランキー堺さんの姿を、通夜の客の中に見かけた時、「いいでしょう」と、彼等のうまさを話す向田さんの声が重なって、あんな事故で向田さんを失った口惜しさと悲しさがこみあげてきた。

1980年5月、TBSドラマ「幸福」の試写に臨む

月並みな言葉だが、向田さんの云うこと、なすこと、すべてが江戸前でシャキッとしていて〃小股が切れ上った〃という感じであった。

気がきいていて、手早く、イキだった。彼女の教えてくれた料理は端的にそれを語っている。

「胡瓜《きゅうり》のぶったたき」。冷たい胡瓜をまな板の上におき、ビール瓶でぶったたいて、食べ頃の適当な大きさに割る。それを、にんにく、しょうがをたっぷり入れた胡麻油入り酢醬油に放りこんで十五分か二十分冷蔵庫に入れてOK。

「わかめの油いため」。これを作る時は油がはねてもいい古い長袖シャツ着用のこと。わかめをさっと水にもどして小さく切る。フライパンにサラダオイルと胡麻油を入れ、そこにわかめを入れ、醬油も注いで、長い菜箸でサッサッサッと手早くかきまぜる。この時飛び散る油は、鍋蓋で巧みに防ぐこと。この間約一分。これにたっぷりの鰹節をかけてまぜる。「ジュジュジュッ、サッサ」で出来上り。但しこういう料理を出す時は、とっておきの器にちょっぴり盛って出すこと。大ていの人は「おや？　何かな？　うまそう」と思う。

「そう思えばしめたもの」と、いたずらっぽい流し目で笑う。

向田さん。多分私はあなたの青山斎場での大々的な告別式には行かないでしょう。あなたならそれがわかってくれるはず。自分の大事な人であればある程、家にいて、一人で思い出をたどり、冥福を祈りたいのです。それに、私はまだあなたが、こっそりと足音をしのばせて〝ごめん、さわがせてしまって〟と、帰ってくるのではないかという思いを打ち消せないので、「さよなら」は云いたくないのです。

「週刊文春」一九八一年九月二十四日号

対談

みんな、女には困るもの

中川一政×向田邦子

書斎に作品を飾り、念願だった自著の装丁は
最初で最後の長篇『あ・うん』で叶えられる。
自らを「在野派」と称した老大家のアトリエを訪ねて――。

向田　先生、お酒はぜんぜんお飲みにならないんですか。
中川　お客があるとね、お猪口《ちょこ》に一杯か一杯半ぐらい飲むの。
向田　お酒を召し上がると、どうなるんですか。
中川　機嫌よくなるの。口が軽くなるね。
向田　それ以上飲まれると？
中川　ぶっ倒れちゃう。ブルブル震えてね、寒けがしてきて、人事不省になっちゃうの。
向田　先生の絵を拝見していると、とってもお酒が強そうな感じがしますけどね。
中川　酒を飲まない酔っぱらいというのはあるからね(笑)。
　僕の先輩、小杉放庵だとか、ああいうふうな連中は、みんな酒豪。少し下の石井鶴三とか木村荘八とか僕なんかは飲まない。よそへ行っても、きまり悪くてね。ビールを一

本飲めないの、三人で(笑)。
向田　大の男がですか。
中川　有髯《ゆうぜん》男子が飲めない。
向田　アッハハハ。
中川　きまりが悪くてね。それでいて、先輩の酔っぱらいとの酒の座なんか喜んで行ってるわけ。
向田　今、何を描いていらっしゃるんですか。駒ヶ岳ですか、やっぱり。
中川　駒ヶ岳はね、天気が悪くて行けないの。
向田　ああそうですか。風が強そうですね。
中川　強いですよ。描くところが九九〇メートルで、富士山の裾野《すその》から来る風でしょう。寒いです。
向田　でも、ほかに山はあるでしょうに、どうして駒ヶ岳にそんなに執着されるんですか。
中川　この近所じゃね、いちばん気に入ってるの。
向田　どういうところが？
中川　しっかりしてるわね、ほうぼうの山と比べてみると。
向田　私なんか、山ってみんなしっかりしているように見えますけどね。

中川　しっかりしてるんだけども、そのなかでもね、しっかりしてるのと、しっかりしてないのとある。人間と同じだ（笑）。

向田　富士山は描かれないんですか。

中川　富士山はむずかしいや。見てるほうがいいですよ、ああいうのは。完成しているからね。だから、あれ以上に描けないね。

向田　そうですか。

中川　そういうもんだと思うね。だから、富士山の絵でいい絵っていうのはないでしょう。

向田　子どものとき、たいがい一度は描きますね、富士山の絵というのは。

中川　富士山と太陽を描く。

向田　そうです。私なんて、登ってる人まで描きましたけど。

中川　それは偉い（笑）。

向田　先生は、女のヌードってあんまりお描きにならないんじゃないですか。

中川　僕は研究所にも学校にも行かな

いしね。学校なんかに行ってればね、モデルを使うから描くけど。

向田 モデルを使ってお描きになったということは……。

中川 少しはあるけども、長続きしなかった。なんだかね、使いにくいの、モデルってのは。描いてる最中に、「帯買ってくれ」なんて言うらしい（笑）。

向田 いやだと言うと、ポーズが悪くなったり、体に出ちゃったりするのかしら、「いやだよ」というのが。

中川 やっぱり人間だから使いにくいのよ。その苦労のほうが、絵描くよりか大きいから、億劫《おっくう》になっちゃうし。

向田 でも使わなくても描くことってありますでしょう。

中川 あるですよ。挿し絵なんかには、よく描く。

向田 油絵ではあんまり……。

中川 描かない。子どもだの赤ん坊だのは描くけど。

挿し絵を描くと、否応なしに女が出てくるのね。僕は、『朝日新聞』に挿し絵を頼まれたときが初めてなんだ。片岡鉄兵の『生ける人形』。そのときに、もう木村荘八なんかは挿し絵を描いてて、女が出てきたらどうしようと相談したら、木で作ったモデル人形というのを貸してくれてね、あれに着物を着せて描けばいいって。それから岡本一平がね、「女が出てきたら美人に描くんだ」と言うんですよ。そしたら、始まって三日目に芸者が出てきちゃった(笑)。困っちゃってね。

向田　どうなすったんですか。

中川　女房のおやじさんの妾《めかけ》がね……。

向田　いいんですか、そんなことおっしゃって(笑)。

中川　新橋で待合をしてたんだ。そこへ行って芸者呼んでもらってさ、写生した。

向田　費用は、先生がお出しになったんでしょう。

中川　損しちゃった(笑)。

向田　足出ますね。

中川　そう。女なんて描くもんじゃない。

サカナの目はこわい

向田　でも先生、『人生劇場』の挿し絵をお描きになっていた頃は、女の人がいろいろ出てきますでしょう。

中川　そこらにいる女の人を誰でもつかまえて描いた。

向田　それは足が出なかったわけですか。

中川　あれは、わりに安上がりだったたな。

みんな、女については困るのよ。石井鶴三というのはね、女を描くけども、小杉放庵に言われちゃったの。「きみの描くのは、娼婦《しょうふ》を描いても貞女みたいになっちゃう。ちっとも色気がない」。逆に木村荘八が描くと、色気ばっかりになってね、本体がないようになっちゃう。あれは、二十歳《はたち》ぐらいまでに道楽しちゃったから色気が出るのは当たり前なんだな。

向田　中川先生の描いた女性はいかがなんですか。

中川　僕なんかは、色気があるって言われたな。色気がありすぎて発売禁止になりそうだなんて言われたこともある。だから、描かせれば、いいのを描くんじゃないかな。

向田　描いてみせていただきたいですね。

私、サカナの絵を描かされたことがあるんですよ。サカナの目を描くとね、みんな女の目になっちゃうんですよ。女っぽいサカナなんですよ。

先生のお描きになるサカナの目って、みんな男ですね。

中川　サカナってのはこわいですよ、目が。

向田　でも、私たちが描くと、にやけちゃう。犬猫よりこわいですか。

中川　こわいですよ。あれはやっぱりね、海ん中で真剣に生きてるから、目がこわいです。遊んでる人の目っていうのは、あんまりこわくないです。

向田　そう言われれば、そうかもしれませんね。気がつかなかったわ。サカナを描くときに、覚悟が足んないから、いいかげんになっちゃうのかな。

中川　タイなんか、こわい。
向田　イワシの目とタイの目と違いますか。
中川　みんな違うです。
向田　生きてるのと死んでるのと、また違いますでしょう。
中川　違うですよ。
向田　先生、よくサカナをお描きになりますね。描いているうちに、表情が変わってきたりしますか。鮮度が落ちるとか。
中川　全体が変わってくる。なるべく早く描いちゃわないとね。

はじまりは外国の絵の具

中川　さっき裸体の話が出たけど、裸体なんか描くときにね、モデルが向こうから来て、台のところに座る瞬間をじっと見るの。座ったときには、もう、たいがい体が死んでいるんですよ。
向田　はあー、そうですか。
中川　サカナだってそうですよ。これから座ろうというときが、いちばんいいときですよ。座っちゃって、ドカンとすると、もう死んじゃってる。
向田　先生は、ボクシングとかプロレスとかフラメンコとかお好きだってうかがいましたけど、よくご覧になるのですか。
中川 テレビは逃さない。ボクシングなんていうのはね、まだ拳闘《けんとう》といってた時代からだからね。その当時は拳闘なんていっても、なじみがないから、柔道選手と拳闘選手といっしょにやったの。両方ともハンディキャップつけてね。その時分から見てる。
向田 はあ。拳闘のどういうところがおもしろいんですか。
中川 気合いが絵と同じだからね。ノックアウトしようと思っても、なかなかノックアウトできないでしょう。
ここはこうだから、こう描こうと思って描いたのは、たいてい死んでてね、思わず出たタッチというものが生きてる。
向田 ところで先生、いつか、職人に間違えられた話というのをしていらっしゃいましたね。
中川 いくらでも間違えられる。一度、イタチ捕りに間違えられたことがある。
向田 イタチ捕りって何ですか、聞いたことないですけど。
中川 山の中のイタチ捕り。佐夜ノ中山で絵を描いてたとき。
向田 いつ頃の話ですか。
中川 ずいぶん前。絵は重いから、百姓家へ預けておくの。それで山へ上がって、てっぺんに松の木が生えてる峠みたいなとこに休んでいたの。絵の具箱は持ってるからね、筆なんかを洗うから。それを見てね、「何匹捕れた」って言うんだ。

向田 すぐに意味がわかりました？

中川 さっぱりわかんない。そのうちにね、イタチのことだとわかった。だから「僕はイタチ捕りじゃない」と言ったの、絵を描きにきたんだって。そしたら向こうへ行っちゃった。絵の具箱みたいな箱の中に入れるんだと思うんですね。

向田 先生の随筆を拝見しますと、お友達か先輩で外国航路の船に乗ったかたがいて、そのかたが絵の具をおみやげに買っていらしたのが絵を描くきっかけだって、あれ本当なんですか。

中川 本当なの。

向田 もし、そのときに外国の絵の具にめぐり会わなかったら、絵描きになっていらっしゃらなかったということもありますか。

中川 そうだと思う。なれなかったと思う。

向田 そんなもんでしょうか。

中川 そうね。僕は絵描きになんかなろうと思わなかったんだからね。

向田 じゃ、何になっていたでしょう。

中川 中学校出て、何もなるものないの。

長生きのコツは

向田　先生、お勤めになったことがおありなんでしょう。
中川　そう。為替貯金局に勤めていた。
向田　どのくらいですか。
中川　一カ月ぐらいで辞めちゃった。なんだかね、月給もらったら、くやしくて涙が出てきちゃった（笑）。
向田　普通なら、月給もらってうれしくてと言うんだけれども。
中川　いや、こんなことして金もらって、くやしくて。なんか、鬱勃《うつぼつ》たるものがあったんだね。だけど、何になっていいかわからない。なるものがないからね。学問でもできりゃ、まだあるんだけど、できないしね。
だから坊主になろうと思って、お寺へ行ったことがある。
向田　それで？
中川　山門に入ろうとすると、坊さんが向こうから出てくるんだよ。これはいやだなと思ってね、ちょっと離れててさ、また山門に近づくと、また坊さんが出てくるんだ。それを三度繰り返して、結局帰ってきちゃった。あのとき、坊さんが出てこなかったら坊さんになったかもしれない。

なにしろでたらめでね、僕は。ちゃんとした、こういうものになろうというものがなかった。
向田　腹がすわって、絵ひと筋でいくぞとお思いになったのは、おいくつぐらいのときですか。
中川　やっぱり二七、八じゃないかな。
向田　それからは、途中でやめようとお思いになりませんでしたか。
中川　それは何度もある。絵描きなんかなれないと思ったのが三度ぐらいはある。みんな、そういうところを通るんじゃないかな。あんなに才能がある梅原（龍三郎）さんなんかでも、熱海の知り合いの別荘で描いてて行き詰まって、いろりの自在鉤《かぎ》に首つって死のうと思ったことがあるって。
向田　梅原先生はお目がお悪いそうですけど、先生はお目は。
中川　今のところは悪くない。みんな、どっか悪くないか、どっか悪くないかってきくからね、口が悪いって言ってるの（笑）。
向田　先生、長生きのコツって何ですか。
中川　やっぱり腹に力を入れてるといいね。
向田　臍下《せいか》丹田《たんでん》ですか。
中川　気海《きかい》丹田っていうんだね。ヘソの下一寸五分のところが気海、二寸下のところが丹田だって。背中が真っすぐでなきゃいけない。それが大事なんじゃないかと思う。それから脚と腰。

向田　精神面ではどうですか。

中川　精神面はのんきなほうがいいな。あんまり心配しないで。

向田　なかなかそうもいかないんですよ、私たち凡俗は。

中川　それは、仕事が仕事だから。絵描きと違うでしょう。絵描きのほうはね、人情なんかに触れないでしょう。小説だと、人を殺しちゃったりね。

向田　私、テレビドラマで、ひと月ぐらい前に、一人殺しました。考えたら、ずいぶん殺してます。絵は殺さなくてすみますもんね。

中川　だから、神経をつかう。その反対のことを考えたらいいのね、そういう人は。そうすりゃ長生きすると思う。消耗しちゃつまんない。消耗しないように、今から心がければ大丈夫よ。

向田　先生、今、八八ですか。

中川　そう。やだね（笑）。

向田　どんなお気持ちですか。

中川　八八まで生きるなんて思ってもいなかった。

向田　今、長く生きたなあという感慨はおありですか。

中川　年とったと思わないのよ。今でもね、うっかり「年とったらこういうことしよう」なんて言うの。
向田　周りのかた、びっくりしますね。
中川　変な顔する。
向田　でも、それは実感なんでしょう。
中川　そうなの。だからうっかり出ちゃうの。「年とったら水墨画を描こう」とかね。本当に、年とったと思わないの。
向田　節々が痛いなんていうこともないんですか。
中川　べつにない。この間、ちょっと重いものを持ってさ、左の足が少し痛くなったから、ハリの先生のとこに行ったの。でも、お医者さんが治すのは半分だけね。もう半分はこっちで治さなきゃいけない。だから、今ね、ここんとこに、こんなことしてるの。
（腰にスケッチブックをはさんでいる）
向田　あら、何ですか。板ですか。
中川　スケッチブック。こうやっとくと、背骨が伸びるの。これで治そうと思って。
向田　なるほどねえ。スケッチブックというのはいいですね。
中川　いや、これはね、僕はかかえて持って歩くのがいやだから。
向田　アッハハハ……。

中川　昔はね、剣術使いが、ここんとこに餅《もち》を入れてたって。

向田　どういうわけで？

中川　腰にものをはさむと、丹田に力が入るからでしょう。そういうことを聞いてたからね。昔の人でも工夫するんだからね、僕も工夫してこうやって。でも、ずっとはさんでたから、スケッチブック、少し熱っぽくなっちゃったな（笑）。

『向田邦子全対談』（文春文庫）より転載

なかがわかずまさ◉一八九三年東京生まれ。白樺派の詩人でもある岸田劉生らと草土社を興し、二科展に作品を発表。一九二三年春陽会創立に参加。七五年文化勲章受章。油彩の洋画や水墨画をはじめ多彩な作品を残し、陶芸、随筆や書などでも活躍。九一年没、享年九十七。

対談

「食」は文化なり

新年に放送されたテレビ番組で食いしん坊の二人が語り合った、世界中の「おいしい」話。

團伊玖磨×向田邦子

團　今年はいいですね、お正月そうそうおいしいものをいただいて。

向田　ほんとですね。何か申しわけないような気がしております。

團　日本に住んでることは幸せだと思うのよ。

向田　本当ですね。

團　流通機構がいいでしょう。だから、山の中にいても海のものを食べられるし、海辺でも山のものを食べられるし。それに、このごろは冷凍だとか乾燥だとかいろいろな保存法が発達しましたからね。

向田　私たち、町なかにおりますから、北の蟹だとか南の海老だとか、あちらこちらのものを全部いっぺんにいただきますけど、大体蟹の住んでるところに海老が住んでるということはあるんでしょうか。

團　これ、無論ダブってるところもあるでしょうけれどもね。たとえば伊豆七島の南なんかに行くと、伊勢海老などはとても大きいですね。だけど蟹はいませんね。

向田　そういえばそうですね。

團　急に深いからかもしれません。

向田　ああ、なるほどね。

團　ぼくは蟹が大好きで日本だけでなく世界中のを食べ歩きましたけど、日本の蟹は特別おいしいです。毛蟹でしょう。それから北陸の蟹ですね。ズワイ、松葉、香箱《こうばこ》蟹。それから普通のガザミですね。日本もおいしいけど、よその国もおいしいんですよ。

向田　團さんの蟹のベスト・スリーはどこですか。

團　そうね、まず中国の上海《シャンハイ》の蟹。

向田　何という名前なんですか。

團　上海のそばに洋澄湖《ヤンチャーフー》という湖があるんです。海から川、川から海へ行ったり来たりしてる、日本でいうモクズ蟹ですね、ちょっと毛がはえてる。あれがおいしいわけです。ただ蒸して食べるんですね。

向田　何でいただくんですか。日本ですと酢醬油ですけれども。

團　特別なたれをつくって。少し甘めのたれです。それで蒸しただけで。そして、気の荒い蟹なものだからケンカしないように、いちいち一匹一匹縄でしばっている。

向田　オスもメスも気が荒いんですか。
團　そうです。そしてオスもメスもおいしいんです。
向田　日本ですと、よくメスのほうがおいしいと言われます。松葉ですとオスですか。
團　ええ。メスのほうが上海の蟹も卵が入ってますからおいしい。でも、シーズンが終わりになると卵がひからびてきますから今度はオスのほうがおいしくなるんです。
向田　月夜の蟹はまずいっていいますでしょう。あれは本当なんですか。
團　本当の話だっていいますね。
向田　月の満ち欠けの関係かしら。
團　月夜の日は水の中でグズグズしてるとウツボなんかの怖い魚が、襲ってくるから、絶食してるんでしょう。
向田　そうなんですか。なんでだろうと思ってました。
團　上海蟹は日本でいうモクズ蟹ですね。上海から送られて九広鉄道に乗って香港《ホンコン》に来るんですよ。十月になると「蟹来たる」という紙が出て、そうす

るとみんな行列して、高いものだから一匹とか二匹買って、大事に食べるのね。
向田 江戸っ子が女房を質にいれてしまう初ガツオみたいなところがあるわけですね。
團 同じですよ。十一月で終わってしまうんです。ちょうどそれとほとんど同じ蟹が日本じゅうにもいますけれど、特に九州の唐津、あそこに専門の店があります。おいしいですよ。それと、アメリカのソフト・シェル・クラブっていうのがある。
向田 殻がやわらかい蟹ですか。
團 そうです。つまり月夜の後でしょうか、脱皮したばかりの蟹を集めてフライにするの。
向田 殻もいただけるんですか。
團 殻ごとすっと切れるんです。
向田 やわらかいんですか。
團 ええ。おいしいです。去年ぼくはピッツバーグ、ボストン、ワシントン、あっちのほうへ行って、堪能しました。
向田 殻ごととは初耳です。
團 香ばしくてね。フライにしてあって。

ピアノに登る海老

向田　私たち、殻ごといいますと、沢蟹ね。素揚げにしてますでしょう。

團　あれ、バリバリするでしょう。アメリカのはソフトなの。三点挙げると、それと、やはりタイ国、ベトナム、あの辺の南アジアの殻の固い蟹ですね。

向田　私もタイのナンセンというところの河口で食べました。そこの人たちは、東洋一だとか世界一だとか自慢しています。東京駅のそばにある三菱何号館みたいな、色はよくなく、みかけの悪い蟹ですけれども、ねっとりして、おいしゅうございました。

團　あれはよくぶら下げて売ってますね。

向田　そうですか。私はレストランでしたけれども。おいしいと思いました。

團　どんな味でした？

向田　日本の松葉蟹みたいに身がペラペラになりませんで、ソフトチーズみたいにねっとりして、脂っこい味がいたしました。

團　殻を割るでしょ、固いから。

向田　割ります。固いです。

團　不思議ですね、南のほうへ行くと蟹の殻が固いのかしら。何でも割れないの。しようがないから、とんかちでカッチンカッチン割ってから煮るの、煮てからじゃ割れないから。

向田　おいしそうですね。でも、私、海老にしろ蟹にしろですけれども、こういう異様な形の、恐ろしい、決して美的でないものがどうしておいしいのかと思いますね。

團 タコだってそうですよ。初めて食べた人は大変だったと思います。ナマコなんかもね。

向田 ああ、偉い人がいたんだと思いますね。

團 やっぱり飢えて食べたのかしら、最初は。蟹なんかはわりに磯にいて捕まえやすかったでしょうからね、おそらく縄文時代から食べてたんじゃないですか。

向田 そうかもしれませんね。私のお友達で、伊勢海老が高いものですから年末に友達の分もたくさん買ってやるといいまして、私、買ってもらったんです。とりにいきましたら、ピアノの上にいるんですよ。みんなに分けるので玄関に置いておきましたら、はい出しちゃったらしいんです。

團 むろん生きてたわけね。

向田 生きてたわけです。あれは生命力が強いんでしょうか、かなり生きてたんですよ。

團 強いですとも。

向田 はい出しまして、伊勢海老が、子供のピアノの後ろによじ登っちゃったんです。

團 ピアノの足を。音楽好きな海老だったんですね（笑）。

向田 そうなんですよ。團さんならそうお思いになるでしょうね。大体三十センチぐらい下がガリガリになっておりました。

團　海老が？
向田　ピアノの足がです。傷だらけになっておりました。ずいぶん力が強いですよ。
團　登ろうとしたんですね。
向田　そうです、びっくりしました。
團　あのね、オガ屑か新聞紙を濡らして、ミカン箱の中に一匹だけ入れて八丈島あたりから東京に送るんですよ。そうすると、ピンピンに生きてますよ。
向田　それで思い出しましたけど、これは親戚の者なんですけど、海老をいただいたというので、ワーッとみんなで覗きこみましたね。そこの家の坊っちゃんが覗きこんだときパーッとはねまして、ここをやられちゃったんです。
團　眉間をね。
向田　ちょっと怪我をしました。
團　ハハハハ。そりゃそうですよ。あのギザギザは、海に潜って採る場合もよほど注意しないと怪我しますね。

テレビに使えぬ蟹

向田　あれ、なんで飛ぶんですか。
團　ぼくは水潜りが好きだから潜るんだけれども、潜って伊勢海老がいると、岩の棚の間からこうやって（そっと手を伸ばして）採るの。

向田　触角をですか。

團　触角を。その触角を触ったら、ピッと中に入っちゃう。それから、外の長い触角がありますね。あれを持つと切れちゃうんです。

向田　あれは素手で採るんですか。

團　素手で採ります。

向田　暴れませんか。

團　暴れますよ。だけどもがっちり持って上がってくるよりしようがない。このごろは漁業組合が非常にコントロールしてるからそんなことはできないけど、昔、ぼくが子供のころは湘南でずいぶん採りました。

向田　そんなに、普通の素人の方が潜れるところにいるんですか。

團　たくさんいますよ。

向田　私はあれ、かなり深いところにいるんだと思ってました。

團　そんなでもない。

向田　じゃ、深いところにいるというのは蟹なんですね。

團　いや、蟹も、浅いところにいるのもあるし陸に上がってくるのもあるし。海老だって、そんなに深くないところにもいます。

向田　なんか、私はどうも海老と蟹とをどっかで混ぜちゃってるところがあるんですね。
團　似てますものね。
向田　海老と蟹は身体にいいんでしょうか。
團　蟹は冷えるんだってね。ですから、蟹の料理が出ると、あとであったためなきゃいかんというので、不思議なんですよ、ショウガの汁が入った紅茶を飲むんです。
向田　よくショウガのお湯というのは風邪に効くっていいますけど、やっぱりあったまるんですね。
團　はい。夏だったら——残念ながら蟹は夏のものでない、冬近くのものだからそうしてあったためて直すんでしょうけど、夏だったら夏で、また冷製のものを食べる。冬だったらあったまるものを食べる。よくできたもんですね。
向田　日本人ぐらいものを食べるのにきれいな民族ってないんじゃないですか。
團　そうでしょう。
向田　外国の方に悪いですが、こんなにきれいに食べますか。
團　そんなきれいには……。大体お皿がつまりませんものね。
向田　大まかですね。
團　そうね。
向田　私、テレビドラマで蟹というのはほとんど使えないんですね。というのは、テレビドラマで蟹を使いますと……。

團　それに熱中してしまう。

向田　一回だけ使ったことがありましてね、森繁さんなんです。あの方、さすがに名優でね、蟹の足で身をほぐしながら見事にお芝居をされました。

團　それは大変なことですよ。あの人、好きなんじゃないですか。

向田　ええ、美食だと思います。そうじゃなかったらあんなに……。演技じゃないんですね、蟹の食べ方が。感心しました。

なんでも食べる日本人

團　前に、蟹でおもしろい話があるの。大指揮者の、私の先生だったんだけど近衛秀麿《このえひでまろ》先生という方がいらっしゃいましたね。あの方は蟹がほんとに好きだったんですね。あるとき、ぼくがご招待して一緒にご飯食べて、蟹を食べた。それでぼくはペチャクチャいまみたいに話してたわけですよ。「かにかくに」とか余計なことを言って駄洒落を言って話してたら、いきなり机を先生がポーンと叩いて、何だと思って見たら、四、五人いたんですけどしーんとして見たら、ちょっとどもってね、あの先生が「カ、カ、蟹は、シ、静かに食べるものです」って(笑)。

向田　「酒は静かに飲むべかりけり」と。

團　そしたらシーンとシラけてね、下向いてうつむいて食べたのを覚えてる。それからまた一年して蟹のシーズンが来て、偶然東京駅だったか上野駅だったかで先生に会ったの。先生がレインコート着て立ってた。それで、「あら、こんにちは。先生、どこへ行かれるんですか」って言ったら、「カ、蟹を食べに金沢に行きます」っておっしゃったの。食べにいらっしゃるぐらいお好きだったんですよ。それでまた余計なことに「ああ、ご一緒したいですね」って言ったら、「カ、蟹は一人で食べるものです」って断られちゃった（笑）。わかる気がするけどね。

向田　それは大きい蟹というか、おいしい蟹という気がいたしますね。私なんか、蟹、海老は大きいのがいいんですけど、やはり幼いときに食べた、こんな小さな海老の、あれは干し海老ですか。

團　ああ、桜海老。あれはおいしいですね。

向田　大根おろしに乗せたり、かき揚げやお好み焼きですか、おいしいですね。

團　浅草なんかでジャーッと道端でやってる。

向田　焼きそばですね。

團　あとで赤いのを振るでしょう。あれはおいしいものでしたね。

向田　海苔《のり》もかけますね。

團　そうです、そうです。青い海苔。

向田　やっぱり色がいいんですね。

團　そうね。やはり日本の人というのは食べ物とお皿、その調和ということで食べていくから、食事がきれいですよ。

向田　海老は縁起ものにいいんでしょ。腰が曲がるまで生きるというのはね。

團　あ、そうですか。よく昔は松飾りといいますか、あれに海老を用いました。

向田　いまはプラスチックですけれども。それから偕老同穴というんですか。

團　小っちゃな海老ね。見たことがあります。油壺の水族館にありますよ。

向田　小さい海老だそうですね。

團　そう、小さな海老が二匹入ってるのね。育ってしまって、もう出られないわけです。網の目みたいになった円筒形の動物の胃腔の中に入ってる。

向田　あの偕老同穴というのは一種の海綿体なんでしょう。あの中に海老の雌雄が入って、そこで朽ち果てていくわけですね。

團　片一方が死んだらどうなるんでしょうね。

向田　殉死するんじゃないでしょうか。

團　二、三匹入ってたりして（笑）。

向田　三角関係ですか（笑）。

食洗機はむずかしい

團　だけども、日本人ほど、ぼくらを含めて何でも食べちゃうという民族はないんじゃないですか。

向田　そうですね。タコはあんまりよその方は食べないそうですね。

團　そうね、スペインで少し食べますかね、イタリアの南と。

向田　そうですか。イナゴは食べる、蟹も多いですね。

團　そう。つまり我々は世界じゅうの料理を食べる国民です。だって、いまやもう、また流通機構に関係するけど、シュウマイだってギョウザだって、日本人のだれでもが食べるものになっちゃった。スパゲッティなんかもそうでしょう。レストランに行くとみんなスパゲッティを食べますね。それから中華料理はもう当たり前みたいにして。

向田　ピザでもごく普通になってしまいましたね。

團　そうそう。それからキムチなんかもね。キムチの素なんてのができて、みんなつくって食べるし。

向田　そうですね。

團　つまりね、そういうことに対して積極的なことというのはいいことだと思うんですよ。日本の大きな都会、フランスはおろか、何料理屋だってあるでしょう。

向田　ベトナムもありますよ、このごろは。

團　ベトナムもありますか。むろん朝鮮料理がある。中国料理、それも四川だ、上海だ、北京だ、何だかんだ。それからアメリカ風のホットドッグやなんかもあれば、むろん日本料理がある。それも関西の割烹だ、東北のふるさとの味だ、山菜料理だ。つまり、食べ物に関しては万国旗がひるがえってる感じがするのよね。

向田　お皿を洗う機械というのがございましてね……。

團　ええ、ぼく、買いました。

向田　でも、日本ではうまく利用できないと思いました。食器がこんなに多種多様でしょう。しかも磁器があって陶器があって、古いものもありますし。

團　それからラッカー、つまり漆があるでしょう。だからむずかしいですよ。

向田　こんな国ってないと思いますね。

團　よその国の人を、ぼくはヨーロッパ人を中国料理に招待したり、いろんなことをしたことがあります。中国人を西洋料理に招待したりタイ国人をインド料理に招待したり、いろんなことをしてみたけどね、おいしいと言って食べるの。だけども二度と行かないの。

向田　それはどういうわけですか。

團　やっぱり自分の国の料理が絶対なのよ。そんな日本人みたいに、国境をとっ払って何でもおいしいのを食べてみようという積極性がないようですね。
向田　そのときはおいしいと思ってるわけですね。
團　おいしいと思うのよ。

ある日の團さんの朝食。味付きおかゆに豚の角煮など

向田　だったらもう一回行きますね、私たちだったら。
團　イギリス人を中国料理に招待した。おいしいおいしい、こんなおいしいもの食べたことないって喜ぶのね。ロンドンでですよ。それでありがとうと言うから、半年ぐらいたってその人たちに会って、「またあそこへ行った？」と尋ねると、なんでぼくたち行かなきゃならないのって言う。
向田　カレーの料理だけですね。カレーはわりと、インドが植民地だったからどうにかイギリスに入ってますね。
團　それでもどうにかですね。
向田　そうなんでしょうね。
團　そういう閉鎖的な感覚が、やっぱりイギリスの没落を示していると思うんですよ。

向田　食文化としてですか。

團　すべての文化が。

向田　衰弱していくんでしょうか。

團　やはり日本人みたいに世界に積極的に心を開いてるということが、これから先世界に日本人がのしていく一つの象徴でしょう。

向田　私、よその国へ行くとあまりおいしいので恥ずかしいと思ってたんですけど、そうおっしゃっていただくとだいぶ心強くなって……（笑）。

團　うんと食べましょうよ。

向田　そうですね。うれしくなりました。私ね、まだ私の食べてないものがこの世の中のどっかにあると思うと、長生きして食べたいと思います。

團　いいことです。あなたは必ず長生きします。

向田　ありがとうございます（笑）。

團　やっぱりうれしいですね。

向田　おいしいものをいただきたいと思いますね。

團　胃袋が丈夫だということは、胃袋だけじゃないんですね。頭の中の胃袋も丈夫だということにつながりますから。やっぱり食べない人はだめですよ。

向田　そう思いますね。私も胃袋だけはどうやら……。

「オール讀物」一九八九年一月号

静かな目　團伊玖磨

向田さんはとてもデリケートな方でした。もって生まれたデリカシーのうえに、静かな女性の目で四方を見つめて、それを作品に昇華させた人でした。作品はむろんですが、個人的にこれほど人の気持をわかる方も珍しいと思っていました。お小さい時からお父様の御勤務の関係で、方々の街に住まわれたことが、その感性に多様性を与えてきたように思います。

このような立派な女性がなんとしたことか台湾上空での飛行機事故で亡くなられるとは思ってもみませんでした。

この対談は、お正月番組のために川崎の「日本民家園」で録音録画したものです。御不幸の年の正月でした。

ぼくはいまでもこのビデオを大切に保存していて、ときどき彼女を偲んではとり出して見ています。

だんいくま◉一九二四年東京生まれ。東京音楽学校に学び、その後、作曲家として活躍。歌劇や交響曲、劇音楽、映画音楽などを幅広く手がけた。『パイプのけむり』などの随筆でも知られ、日中文化交流などにも尽力。二〇〇一年没、享年七十七。

傑作エッセイ再録②

娘の詫び状

向田邦子

どうしても今日のうちに白状しておかなくてはならないことがあって、母をコーヒーに誘った。

茶の間で喋《しゃべ》ると話が辛気《しんき》くさくなる。明るい喫茶店なら、私も事務的に切り出せるし、母も涙をこぼしたり取り乱すことなしに受けとめてくれると思ったからである。

次の日になると、私の初めてのエッセイ集が発売になる。明治生れのわが父の短気横暴を中心に、子供の頃の暮しのあれこれをまとめたものだが、問題はあとがきであった。

三年前に乳癌を患ったが、母の心臓の具合のよくなかったことと、私自身思うところあって別の病名を言い、ごく内輪の者以外には表沙汰にしなかったこと。あまり長く生きられないような気がして、誰に宛てるともつかぬ呑気な遺言状のつもりで、これを書きました、などと述べているのである。

書いた直後にサラリと白状してしまえばよかったのだが、言おうとすると雨が降ってきたり――運動会ではないのだから雨が降ってもかまわないのだが、こういう話は天気のいい、母の機嫌のいい日に切り出したかった。というのは口実で嫌なことと締切を先にのばすのは、私の一番悪い癖なのである。

手頃な店を見つけ、向い合って坐った。

七十一歳の母はコーヒー好きで、いつものように山盛り三杯の砂糖を入れ、親戚の噂などを上機嫌で話している。うわの空で相槌《あいづち》を打っているうちに、二人ともコーヒーを飲んでしまった。もう言うしかない。

「三年前のあれね、実は癌だったのよ」

一呼吸置いて、母はいつもの顔といつもの声でこう言った。

「そうだろうと思ってたよ」

また一呼吸置いて、少しいたずらっぽい口調で、お前がいつ言い出すかと思っていた、とつけ加えた。

私は古いタイヤから空気が洩れるような溜息をついてしまった。

この三年、母とは別に住んでいたこともあり、私は完璧に騙したと思っていた。ことさら元気そうに振舞ったせいか、医学雑誌から健康の秘訣を語る座談会に出て欲しいと言われたこともあった。

母は手術直後の弟の声で判ったという。あの子があゝいう声を出すからには、只事《ただごと》ではないな、と思ったというのである。水のお代りを頼みながら、私は、思わず声に出てしまった弟の情を嬉しいと思い、三年間、ただのひとことも、病気について探りを入れずにいてくれた母を、凄《すご》いと思った。母の方が役者が上であった。騙したと思っていた私が、実はみごとに騙されていたのである。

本が店頭に並んだ直後から、わが家の電話のベルが頻繁《ひんぱん》に鳴るようになった。古い友人達が、本で私の病気を知り、水臭いと腹を立てている。見ず知らずの同病の方、××エキス、宗教団体からのものもあった。これから伺いますというのもあり、私はお礼とお詫びに汗をかいた。

一番多かったのは、「うちの父と同じ」という声であった。

人一倍情が濃い癖に、不器用で家族にやさしい言葉をかけることが出来ず、なにかというと怒鳴り手を上げる父親が、かなりの数で世間様にもいたのである。自分には寛大、妻にはきびしい身勝手な夫が、威張っている癖に自分一人では頭ひとつ洗えない夫が、ほかにもおいでになったのである。

見ず知らずの方が、電話の向うで、一時間にわたって自分の父親を熱っぽく、時にはうるんだ声で語って下さったこともあった。始めの二、三日は私も感動して伺ったのだが、折悪しく本職のテレビドラマの締切とぶつかり、催促するプロデューサーの声が切迫するようになってからは電話番号を伺い、いずれ、ということでお詫びして切らせて戴いた。同様の手紙も沢山《たくさん》頂戴した。

「自分は三十代の父親だが、娘が将来、私のことをもし活字にした場合、どういう風に書くのかと思うと索漠たる思いがする。あなたの父上のようにブン殴った方がいいのだろうか」

とたずねられ、返答に窮したこともあった。

お世辞半分であろうが、他人様にはいい父、いい家族とうつるらしく、

杉並区本天沼の家の前で。右から父、母、末妹の和子、邦子

父上のご存命中、一緒に酒を飲みたかったと書いて下すった方、母上によろしく、ご弟妹にお目にかかりたいという声も随分と沢山あった。

ところが、わが家族は、ことのほかご機嫌が悪いのである。

何様でもあるまいし、家の中のみっともないことを書かれて、きまりが悪くてかなわないというのである。ここで退いては商売に差し支えるので、尊敬する先輩方のエッセイを例にひいて抗弁したのだが、そういう方のご家族もみなかげでは泣いておられると反撃され、結局二度とこういう真似は致しません、と謝った。とにかく去年の暮から今年のお正月にかけては謝ってばかりいた。「父の詫び状」という題名が悪かったのかも知れない。

『眠る盃』(講談社文庫)より転載

第3章

人々を惹きつける作品の魅力

part1

私が愛する向田邦子

作品だけではなく、
その生き方まで愛された向田さんの魅力とは。

『トットてれび』の不思議体験
向田さんの筆跡を辿って

美村里江（女優）

カメラの前で涙を落とすこと。役者の仕事にはそんな瞬間がある。監督の要望、脚本に書かれている、芝居のテンションで自然に……。皆さんが想定される理由には様々あるだろうが、多分、私が二〇一六年五月下旬、神奈川県横浜市の緑山第三スタジオで落とした涙は、そのどれとも違った。

あ、いけない、またやってしまった。今日はミスが多い。

向田邦子さんの自宅セットで執筆風景を撮っている最中のこと。うんざりした気持ちになりながら、一から書き直そうとインクで汚れた撮影用の原稿を丸める。すると今度はその「クシャッ」という紙の音が耳に刺さり、どういうわけか気持ちが尖る。まあ書いていれば落ち着くでしょう、と再び書き始めたものの、どうも筆が乗らない。それどころか気持ちがみるみる沈み込み、冷えていく。

「こういう時は」と飼い猫(役)の伽俚伽を抱こうと席を立つも、今しがた足元に擦り寄っていたはずの伽俚伽は、ギョッとしたように逃げてしまう。

待って、逃げないで。今どうしても、柔らかくてあたたかい生き物に触れたいの。触らせて、お願い。

そんな思いで切羽詰まるほど部屋中を逃げ回り、とうとう、伽俚伽はソファーの後ろに入って出てこなくなった。いつもと違う不思議な行動。

まだ明るい時間、愛猫だけでなく親友の徹子さんも横で安穏と本を読み寛いでいるのに、急に真っ暗な部屋に独りでいるような心持ちになった。喉元がきゅっと締まり、目頭が熱を帯びる。

冷たいタールを喉に流し込まれているような苦しさを抑えながら、再び白い原稿に向かう。万年筆を握る。さあ、書くの。もっと書きたいことはいくらでもあるでしょう、あなた……。

「はっ」と気がつけば台本を携《たずさ》えた監督が横にいらした。順番が前後したが、今は

NHKのドラマ『トットてれび』を撮影中で、満島ひかりちゃん演じる黒柳徹子さんの親友として、私は向田邦子さんを演じている最中なのだ。

……と、頭ではわかっている。それなのに、監督の言う「もう一度カメラを長回ししますので、また自由にやってください」という意味の前に、何台ものカメラレンズが自分の部屋の窓やドアから覗き、たくさんの人がいることが怪訝《けげん》でならない。「何故徹子さんと過ごしている、この大事な私の時間を、こんな何人もの人に見られているの？」という気持ちが抑えられなくなった。

「あまり長くやらないでください……」

そう言った自分の声が遠のき、次の瞬間には視界が歪んでポタポタと涙が衣装に落ちてしまった。慌てて近くにあったちり紙で目元をおさえ、皆に気づかれないうちに落ち着こうとしたが、全くおさまる気配はなく……。いつも状況を敏感に察知、調整して撮影を順調に進行してくださるチーフADのKさんが異変に気づき、私に小声で「ちょっと休みましょう」と声を掛け、休憩を入れて下さった。

撮影を止めてしまったことを詫びながらセットを出た。誰もいないスタジオの隅で一人しゃがみこみ、お化粧が落ちないよう相変わらず目元にタオルを当てつつ、何が起きたのか考えようとしたけれど、自分でもよくわからなかった。

その場からは五分で戻ったが、撮影後に監督にお詫びと事情説明をしていたら再び込み上げて嗚咽《おえつ》してしまい、帰宅後にそのことを夫に話しても涙が溢れ、果ては翌日訪れたボイストレーニングの先生とも一緒に泣いてしまった。まるで向田さんが乗り移ったかのごとく不思議な出来事と感じた。

写真提供：NHK

私が向田邦子さんを演じさせて頂いたのは、これが二度目だ。一度目は五年前の作品、『おまえなしでは生きていけない〜猫を愛した芸術家の物語〜第三夜　向田邦子』（ＮＨＫ　ＢＳプレミアム）だった。中学校の教科書でその文章に出逢って以来の向田ファンとして、奮闘。その一度目の作品を覚えていたスタッフから声を掛けられて、二度目が実現したという経緯だ。

「前回よりさらに向田さんに近づく努力をしたい」と考え、ひとつだけ事前準備させて欲しい旨製作陣へお願いした。

「撮影で映る書く手元は勿論、その他の置いてある原稿も全て私に書かせてください。なるべく向田さんの文字に似るよう、撮影前に練習して参ります」
しかしながら向田さんは膨大な量の執筆をなされたが、終わったものに執着をしない人で、遺っている原稿はそう多くなかった。つまり現存しない〃生原稿〃の素材を、他作品の残された原稿の文字や段落の使い方から、ひとつひとつ再構築し直す膨大な手間が発生してしまうのである。この作業に資料準備担当のＡＤ、Ａさんのお力添えを頂き、各話の監督からリクエストされた作品の原稿として映せる形に仕立て直し、その見本を観察する、繰り返し書く、真似る。この時点で相当入れ込んでいたのが分かっていただけたと思う。

他の撮影の合間を縫いながら自宅で練習を重ね、鳥のさえずりと朝日の中で書き、お昼にグウと鳴るお腹をなだめながら書き、湯船では洗っても落ちない手指のインク染みの向こうにまた原稿を見た。兎《と》に角《かく》向田さんの筆跡を追いかけ続けた。

そうして数百枚を書きながら、原稿に在った〃文字以外の情報〃が徐々に私の中に溜まっていったのだと思う。映像に出ていた原稿の束はスタッフではなく私自身で書いたものであり、それはそのまま、私が演じる二度目の向田邦子さんの骨格になった。だから一度目と違い、二度目は演じていて全く迷ったり悩んだりしなかったし、「きっとこうだ」という妙な納得を持ちながら撮影していた。表に出ない努力の効果のほどが、それかなと思う。そのせいか沢山の人から似ていると言われ、ご存命中の向田さんを知る

（向田さんの秘蔵っ子だった）岸本加世子さんからも、親友だった黒柳徹子さんからも「よく似てる！」と太鼓判をおして頂き、役者冥利《みょうり》とホッとひと安心。

そんな撮影後に知った件。

私がセットで涙したその時、すぐ隣に鎮座していた留守番電話は、いつもは貸し出されず今回だけ特別にお借りできた本物だった。急逝する台湾出発前の向田さんの最後の声が入っていた、あの留守番電話だ。

聞けば他の出演者にも、不思議なことが起きたという。オカルトとは思いたくないが、理屈を超えて、テレビジョン創成期の先輩方から熱いエールを送られている気がしてならない。『トットてれび』はそんな作品で、二度目を終えた私は〈三度目の向田邦子役〉がいつか叶うよう、あの時代の先輩方に恥ずかしくない仕事をしていこうと、胸に誓った。

南青山と北青山で

早瀬圭一（作家）

向田邦子さんは、五十一年の生涯を（特に後半は）全力疾走で駆け抜けた人だった。

久世光彦氏は別格として、向田さんを知っている人は誰しも「自分が一番親しかった」と自負するか、そう思い込んでいる。向田さんは、誰とも明るく楽しそうに接していた。だが、実際は好き嫌いがはっきりしていて、肌が合わない人とは口も利きたくないような激しいところもあった。

私が初めて向田さんを知ったのは、一九七五（昭和五十）年の春だった。

新聞社の社会部から週刊誌のデスクに異動して間もなくの頃、向田さんから編集部に電話があった。デスクの人に、というので居合わせた私が受話器をとったところ、「向田邦子といいます」と名乗り、実はお宅のIさんという方から短い原稿を頼まれ一旦は引き受けたが、対応に誠意がないのでお断りしたいのです、と口早に言われた。

それから一週間ほどした深夜二時頃、六本木の「西の木」で偶然、向田さんと会った。前衛的な活け花で有名な栗崎曻が経営するそのクラブは、午後九時ごろから午前五時近くまでやっていて、文化人や芸能界の人たちの溜まり場になっていた。向田さんは、羽仁進氏と別居したばかりの左幸子さんや山岡久乃さんと一緒だった。改めて向田さんに挨拶した。三人の中に入り、何のきっかけからか話題は私の母のことに移っていた。

高松から東京社会部に来て、文京区根津神社前の社宅に住んだあと、葛飾区亀有駅前の公団住宅に移った。しばらくして私はそれまで名古屋、大阪、高松と連れ歩き、同居して来た母を北青山の2LDKに独り住まいさせた。

なぜそうしたか。その辺りの詳しいことは誰にも話したくない。小さなマンションに、生まれも育ちも違う「女」が二人起居を共にするのは無理である。「嫁と義母」は合う筈がないのだ。「親子になったときから悲劇は始まる」と龍之介も言っている。

母はいつの頃からそうなったのか、酒に目がなかった。大学病院の勤務医の妻として京都、東京、福岡、大阪と転々とした母は酒乱の父の影響で酒を飲むようになったというが、真偽は不明である。私が高校生のとき父は死に、以後母一人子一人で生きて来た。母の酒はアル中に近い。家に独りでいると、昼間からでも冷酒を茶碗に入れてチビリチビリやった。根津神社の境内《けいだい》でコップ酒を飲み、亀有に移ってからは、駅南口の鰻屋に入り浸った。あとで田中絹代が晩年、鎌倉の鰻屋に終日座っていたという話を思い浮かべたものだ。飲んで絡むわけではない。最後は酔い潰れるだけである。だが女の、しかも老婆の酒飲みはみっともない。

北青山（表参道）と亀有は地下鉄千代田線で三十六分である。このくらいの距離なら、私が両方を行き来すればよい。「２ＬＤＫはマンションの七階東北角で晴れた日には富士山も見える」と私は恰好をつけて何処かに書いたが、なに、そんな日は一年に数日しかない。いや景色なんか関係ない。酒さえあればいい。特大の酒屋にあるような冷蔵庫を買い、中には日本酒、ビール、ワイン、焼酎などをびっしり詰め込んだ。マンションの地下は東急ストアである。食料はそこで買えばすむ。八十歳になった母をそこに住ませ、私は週に二、三日、青山に泊った。

向田さんに初めて会ったのは、母の独り暮らしが始まって三年ほど経った頃である。初対面の向田さんたちに、その日どのくらい母のことを話したか覚えていない。かなり興味を示されたようだった。「一度お母さんのところをお訪ねしてもいいかしら」。その日にいわれたのか後日だったかも記憶が定かでない。

しばらくして、向田さんは母のところに来られた。南青山のお宅から北青山の母の所まで徒歩十分である。母は一緒に酒を飲んでもらえる人なら、何方《どなた》でも大歓迎だった。ダイニングルームの大きな食卓で乾杯をして、向田さんが持参された特製の弁当を開いた。向田さんは、時々母に話しかけられ、母はトンチンカンな受け答えをする。その頃七十歳前後だったご自身の母せいさんのことも思い浮かべておられたのだろうか。

もちろん初対面である。「住み心地は如何ですか？」「はい、満足してます」母は私の顔を窺うようにして答えた。「酒さえあればねえ」私が半ば冗談で誤魔化《ごまか》そうとすると、向田さんは一瞬、辛そうな表情をしたが、「お母さん、今日はご馳走を持って来ましたよ。ご一緒に飲みましょう」と明るく応じて下さった。その一方で、母の微妙な言葉の一つ一つを見逃していないように見えた。

その表情は複雑に見えた。「楢山節考《ならやまぶしこう》」のおりんは孝行息子に山に捨てられた。私は母を「東京砂漠」の真ん中に置き去りにした。時代と状況は違っても、やったことは同じである。いま向田さんはその「現場」に直面して、興味と関心を持たざるを得なかった。母と子の一言一言を胸に刻もうとしている。そう見えた。「どうして別居を決意したの？」「お母さんはそれでよかったの？」向田さんには聞きたいことが山ほどあったろうと思う。言葉を真綿《まわた》に包み、柔らかくゆっくり母に向い、時折私の方に視線を走らせた。そしてときに母と子を凝視した。本気で取材されているのを感じた。私も同じことを長年してきた。

その年、昭和五十年に向田さんは乳がんの手術をされている。術後の輸血による肝炎や一時的に右腕が動かない後遺症があったことなども、少しずつ直接間接に聞いていた。テレビドラマで脚光を浴び始める時期にさしかかっていた頃である。だが向田さんは、ご自身のことは殆ど何も話さない人であった。

保険会社のサラリーマンであったお父上は昭和四十四年に六十四歳で亡くなられている。向田さんは父亡き後、一家の大黒柱のような立場に（特に心理的に）なられたと思う。向田脚本の中に父や母、妹弟たちが分身として随所に出てくる。昭和四十五年には、南青山のマンションに移られている。

テレビドラマの脚本からエッセイ、小説と幅広く活躍の場を広げられる多忙期であったが、向田さんは母の所に思い出したように時々来られた。大抵は三、四十分か長くても小一時間。ちょっとしたお惣菜をお土産に持参されたようだ。いつか私たち親子を、直接にではなくともドラマにしたいと考えておられたはずだ。

それから三年後の昭和五十三年秋に母は倒れ、紆余曲折を経て、翌年四月に中野区の特別養護老人ホームに入ることになった。向田さんは「それ以外の選択はなかったの？」「特別養護老人ホームってどんなところなの？」「どのような人達が入っているの？」と矢継ぎ早に聞かれた。詰問といってよいほどのストレートな聞き方だった。実の姉から叱責されているようであった。具体的に答えながら、それしかなかったのです、と私は口の中で呟いた。

母はその後、中野区から板橋区の「東京都ナーシングホーム」に移った。

向田さんはその頃からいちいち私に連絡せず、時折、母を見舞っておられたようだ。母と向田さんの間にある種の「絆」のようなものが出来ていたのかもしれない。私は二週間に一度、母のところに行った。時々枕元に場違いな花があり、向田さんが来られた跡であった。

昭和五十六年八月十四日の金曜日、週刊誌の最終締め切りの日、突然のように向田さんに呼び出された。金曜日は編集部を離れられない。しかし夕方の二時間ぐらい平気でしょ、と思いがけず強引だった。その一週間前に私は新潮社から書き下ろしたばかりの『長い命のために』を献本していた。その夜、向田さんは「とうとうお母さんのことを書いたのね。いろいろ話したいことがあるけど、一週間ほど海外取材に行くので帰ってきてからにしましょう。今日は出版のお祝いよ」。もともと健啖家であったが、その夜、向田さんは、蒸し鮑《あわび》など次々お代りされ、生ビールを何杯も飲まれた。いつもと少し違っていた。

次の週の八月二十二日、一週間後に、台湾上空で向田邦子さんは五十一歳の生涯を駆け抜けた。

愛おしき向田作品の人々

酒井若菜（女優）

向田邦子という作家が日本のエンターテインメントに登場していなかったら、と想像するとゾッとする。

向田さんは、テレビは花火のように消えて無くなるのがいいといったようなことを仰っていたが、この人ほど作品を遺してしまった作家が他にいるだろうか。

こんなにも人間を描ききる恐ろしい作家はいない。過去も現在も、そしてこれからもきっとこんなにもずば抜けた才能を持つ作家は現れない。

そして、一度でも文章を書いた経験がある人ならば、向田さんの文章を読み次第、打ちのめされてしまうだろうと思う。

もし向田さんが生きていらしたら「向田邦子賞なんてきまりが悪いわ」と謙遜するだろう。だけど時々、ふいに原稿用紙から万年筆を浮かせて、窓の外を眺めながら「向田邦子賞かぁ」なんて呟いて、思わず美容院へ行っていそうだ。そんな可愛らしい姿を想像させるのもまた、向田さんの魅力なのだと思う。

私が向田邦子さんを知ったきっかけは、初対面の作家に前触れもなくかけられた言葉だった。酒井さんって向田邦子さんが好きなんですかとある日突然聞かれたのだ。なんのことかと聞き返すと、酒井さんが書く文章は向田さんに影響を受けた書き方なのだと言われた。今考えると、それがとんでもないおべっかだったと分かるのだが、当時の私はいかんせん無知だった。へぇー似てるんだー。だったら読んでみようかなぁ。という程度の軽い気持ちだった。そして読んでみて気がつくのである。似てるなんてとんでもない。とんでもないったらとんでもない。私は初めて文章を読んで震えあがった。

そして更に気がつく。向田邦子さんって、私が大好きな太田光《ひかり》さんが敬愛してる人だ、と。太田さんからは確実に影響を受けてきた自覚のある私。子供の頃から私のヒーローだった。向田邦子さんという人が、そのヒーローが憧れ続けた作家だったということをその時ようやく知ることになる。

向田さんは、誰もが知っているのに誰も描いてこなかった隙間を描くことがあまりにも上手い。

『阿修羅のごとく』で、主人公の四人姉妹が揚げ餅を食べながら大真面目な話をしている場面がある。大真面目な話をしているのに揚げ餅を食べられる女の図太さを表現してしまうのがまず面白い。その上、長女の差し歯が折れてしまうだとか。そういうことってあるよなぁ、ということを描くのがとにかく上手い。

これが他の作家ならば、まず四人姉妹に揚げ餅を食べさせないだろうし、誰かの差し歯が折れるだなんて脱線をさせないだろう。

しかし実際の生活には必ず無駄な脱線や失敗が同時に存在する。その無駄が隙間を全て埋めるのだ。画用紙の余白をきちんと白の絵の具で塗るような、そんな隙間のなさだ。隙間はないが情けはある。真面目なんだか不真面目なんだか分からない。そんな滑稽さが、向田作品における登場人物たちをより立体的に現実的に浮かび上がらせているのだと思う。

同じく『阿修羅のごとく』では、四人姉妹全員の性格、生活背景、季節、その瞬間の気温、姉妹の中でのそれぞれのポジション、作品のテーマ、全てを冒頭の数ページで表現しきっている。

私の知人の脚本家は、冒頭の数ページを読んだだけで、その筆力におののいて「こんな脚本を読んだら二度と書けなくなる」と反射的に本を閉じ、以降一切向田作品に触れないようにしているくらいだ。

以前、『徹子の部屋』に出演させていただいた。黒柳徹子さんが向田さんと仲が良かったことを知っていた私は、本番が終わってからも徹子さんからお話をたくさん聞かせていただいた。徹子さんは「百聞は一見にしかずというけれど、あの人は本当に美しかった」と言った。徹子さんの言う美しさが、向田さんの見た目のことだけを指しているようには、私には聞こえなかった。

別れ際、徹子さんは言った。

「あなたみたいな若い方が向田さんのことを好きでいてくれて本当に嬉しいわ。向田さん、喜ぶわ」

いえいえ、私程度がとんでもないです、と答えると、徹子さんは首を横に振った。

「飛び跳ねて喜ぶの。あの人はそういう人よ」

私は涙が出そうになった。そして、徹子さんはこう続けた。

「そんなに好きでいてくれるなら、何か新しい情報が入ったら、連絡するわね」

向田さんが亡くなって、三十五年が経つ。

しかし徹子さんは、向田さんに関する新しい情報が届く可能性にまったく疑いがない様子だった。二人の友情に、私はどうしようもなく感動した。

この世に生はなくとも、誰かの中で生きている。そんな美しい生きざまが他にあるだろうか。徹子さんの心の中に、向田さんは今でも当たり前に生き続けているのだ。向田さんは、作品はもちろんその人間性までも遺してしまった、そういう人だと私は思う。

関連書籍の中で最も本当の向田邦子像を描いているのは、久世光彦さんの『触れもせで』だと徹子さんがこっそり教えてくれた時、私は妙にほっとした。久世さんから見る向田さんはもちろん粋でかっこいいのだけれど、どこか健気なのだ。何事においても身の丈を痛いほど感じ、試行錯誤を繰り返し、少しずつ洗練させてきた人なのかな、とこの本を読んだとき私の頭をよぎった記憶がある。だから私はこの話を聞いてより向田さんが好きになった。

「私はなんでもよく間違えます」

向田さんのエッセイに、こんな一文がある。太田さんもよくこの一文を取り上げている。例に漏れず私もこの一文に胸を打たれた。

向田作品における題材は不道徳なものが多い。なにかしらを間違えてしまう人しか出てこない。

それは、向田さん自身が間違える人だったからだろう。間違えた人を責めず叩かず貶《けな》さない。どんな作品を読んでいる時も、そんなこともあるわよね、という向田さんの声が聞こえてくる。

私もたくさん間違えたい。

間違えない人間からは、ドラマなど生まれないのだから。

好きな人

藤本有紀（脚本家・第三十四回向田邦子賞受賞）

新聞で訃報を読んだとき、向田邦子という人を知りませんでした。記事に『だいこんの花』などドラマのタイトルがいくつか書かれていましたが、いずれも観たことがありませんでした。テレビドラマを観る習慣もなく、脚本家という職業があることすら理解していませんでした。直木賞の受賞作も知りませんでした。要するに世間のことなどなにひとつ知らずに、狭い狭い世界で息をしていました。

それからずいぶんと年月が経って、再び「向田邦子」という名前を目にしました。雑誌で誰かが「好きな人」として挙げていたのです。その「誰か」は、おそらくミュージシャンでしたが、誰であったかは憶えていません。特に興味を持って読んだ記事でもありませんでした。しかし、なぜか私は長らく目にすることも聞くこともなかった「向田邦子」という名前をはっきりと記憶していました。そして、そのミュージシャンが「好きな脚本家」でも「好きな作家」でもなく「好きな人」と表現していることが妙に心に引っかかりました。

しばらく「向田邦子」という名前を見つめていました。作品を観たことも読んだこともないのに、その人を知っているような気がしました。そして思いました。この人は、私の「好きな人」だ。

書店へ行き、『父の詫び状』を買いました。ただ書店の棚にならぶ背表紙を眺め、これにしようと思いました。その趣深いタイトルくらいはどこかで聞いていて、出会う前から心惹かれていたのかも知れません。家に帰ってこの途方もないエッセイ集を読み、もう一度思いました。

この人は、私の好きな人だ。

アンリ・カルティエ＝ブレッソンの有名な写真集『The Decisive Moment』（決定的瞬間）は、実はフランス語のタイトルは『Image à la sauvette』（逃げ去るイメージ）なのだそうです。なるほどと思いました。ブレッソンの写真は、気を抜けば逃げ去ってしまうような日常のひとコマを完璧な構図で捉えています。そして、その前後にも時が流れ日常があり物語が続いていることを見る者に想像させます。それは向田さんの文章を読んだときの印象によく似ています。

たとえば『父の詫び状』におさめられたエッセイ「お辞儀」は、香港旅行に旅立つ母親を見送る瞬間を切り取っています。

《列を作って改札口へ入りながら、母は急に立ちどまると、立っている私の方を振り向いた。てっきり手を振ると思ったので私は右手をあげた。母は深々とお辞儀をした。私も釣られて、片手を振りかけたまま頭を下げたので天皇陛下のようになってしまった。》

まるで写真のように、その瞬間が視覚的に浮かび上がります。しかし、このひとコマの描写がすべてではなく、直前にはそこに至る母娘のキャラクターや関係を「大型の裁ちばさみ」や「蘭のコサージ」を使って簡潔かつ鮮やかに描き、直後には母の乗った飛行機を見送る自身の心情をてらいなく優しく綴っています。さらに、このエピソードの前後には「お辞儀」という主題に沿った話が複数書かれており、最後の一行を読んだ瞬間、読者はそれらがいかに巧みに配置された一葉の完璧な写真であったかを知ることになるのです。

この人は、私の好きな人だ。

そう思ったとき、向田さんはすでに故人でした。私は遺された向田さんの作品を次々に求め、少しずつ、大切に読みました。

向田邦子さんに影響されて脚本家という職業を選んだのかと問われれば、そういうわけではありません。向田邦子さんの作品を観たり読んだりして脚本の書き方を身につけたのかというと、それもちがいます。けれども、私が今この仕事を生業《なりわい》にできているのは、やはり向田邦子さんという人がいたからだと思います。

世間のことなどなにひとつ知らず、狭い狭い世界で息をして、たいして興味もない雑誌をめくっていた私が「好きな人　向田邦子」という一行を見つけたあの一瞬こそが、私の人生の決定的瞬間だったのかも知れません。そして「向田邦子」という逃げ去るイメージを、今もずっと追い続けているのかも知れません。

向田邦子さんは「好きな脚本家」でも「好きな作家」でもなく、私の「好きな人」です。

モノクロームの香気

乙川優三郎（作家）

実は向田さんの経歴をよく知らない。私は作品から作家の人間像を勝手に思い描くことが多いので、プロフィールから読むことはしないし、読んでもすぐ忘れてしまう。作家ならどの人でもそうなる。つまり私にとって向田邦子は作家でしかない。

その作品世界は押し並べて平凡な日常でありながら、洞察という知的で意地悪なフィルターを通して描かれ、暗淡としている。それでいて人間臭いために親近感を覚える。そもそもちっぽけな人間を描くのに大仰な描写やはったりはいらない。かわりに短いぴったりの文章で言い尽くしてしまうのが向田文学のような気がする。

「幹子の耳たぶのあたりから香料が強く匂った」

単独ではなんでもない文章が、生きる場所を知っていたかのように現れるとき、向田さんの才能とともに日本語のしなやかさを感じて気分がよくなる。

直木賞受賞作が収録された短篇集にその才能と特質がよく表れていると思う。概《おおむ》ね改行の多い文章だが、一行が濃厚で持ち重りがするので快く読ませる。すぐそこにありそうな日常を切り取りながら、誰にでもある人生の落とし穴を見せてくれる作品が多い。ときにそれは悲哀を超えて恐ろしくもある。あやしい人間模様のせいか、目に浮かぶ情景はモノクロームだが、なにかが匂う。凡庸な人生にもある色気か、あるいは作家が文章にこめた香気のようなものであろうか。

思うに向田さんは感性を磨き上げて美しく生きようとした人ではなかったろうか。書くことにも生活にも独自の美感があって、滅多に妥協しない人が文章からも見えてくる。短文は意志の強さでもあろう。エンディングは潔《いさぎよ》い。味わいのある言葉を愛し、見捨てずに使う。私もそうしたい。

不幸な事故のために作家として活躍した期間は短いが、脂の乗った佳いものを書かれている。客死から三十五年、出版界も読者も変わってしまったせいか、作風や文章に於いて向田さんに匹敵する作家は見当たらない。モノクロームの深さや潜熱を書けない世代の文章はせわしなく、剝《は》げやすく、香気を放つことも少ないように思うが、どうであろう。せっかくよいお手本があるのだから、ときには多彩な色模様から離れて学びたい。

ある出版社から頂戴した写真集を見ていると、向田さんがお洒落で猫好きだったことがよく分かる。不意に撮られたような写真は少ないが、常に意志のしっかりした眼差しをしている。晩年の写真でも五十歳前後。私より二回り年上であるにもかかわらず、今では年下の知的な、芯のある、可愛らしい女性に見えてしまうのがおかしく、また淋しい。もし長生きをしていたらどんな小説を書いていただろうかとつい考えてしまう。

向田邦子の「愛」

山根基世（アナウンサー）

私たち団塊世代の女性にとって、向田邦子さんは、ただの作家ではなかった。その容貌、姿、服装、料理、身のまわりに置く骨董から飼い猫まで、その生き方すべてが憧れの対象になる「スター」だった。三十過ぎてなお「結婚できない」でいた私にとって、女性誌・クロワッサンなどで紹介される向田さんの暮らしぶりは、ため息が出るほど羨ましいものだった。自らの才能によって自立し、「結婚しない」で自由に生きる女性。結婚できないのではない、しないことを選択する生き方なのだ。とりわけ「手袋をさがす」というエッセイは私の胸に突き刺さった。

今よりずっと寒くて、冬には誰もが手袋をしていた時代、二十二歳の向田さんはひと冬手袋をせずに過ごしたという。「気に入らないものをはめるくらいなら、はめないほうが気持がいい」と考えたらしい。見かねた会社の上司がある夜「君のいまやっていることは、ひょっとしたら手袋だけの問題ではないかも知れないねえ」「そんなことでは女の幸せを取り逃がすよ」と忠告するのだ。その言葉を真摯に受け止めた向田さんは、「やり直すならいまだ」と、四谷から渋谷までの夜道を歩きながらジッとわが身を省みる。しかし結局のところ、妥協のできない自分に気づき、「このままゆこう」と決意するという内容だ。このエッセイを、私もまたシーンと自分の胸の内をのぞき込むようにして読まずにいられなかった。冴え渡ったひんやりとした覚悟が、三十女のゆれ動く心に沁みた。

直木賞受賞直後、当時私が担当していた朝の「ニュースワイド」という番組に、向田さんに出演して頂いた。生放送での向田さんは、まことに座談の名手だった。直木賞を受けた今のお気持ちなどお決まりの話の後、どういう流れだったか、ご自分は物事の白黒決めるのが苦手だという話になった。子どもの頃、父親に風呂の湯加減を見てこいといわれるのが厭だったという。湯船に右手を入れても左手を入れても、考えれば考えるほど熱いのかぬるいのか判断できなくなり、よし今度は足だと靴下を脱いで片足を入れる頃には、父から「何をしてるんだ」と怒鳴られていた……と、面白おかしくお話しになる。司会の私たちが、身体を半分に折って笑い転げていても、穏やかな表情を崩すことなく平然と話を続けられた。ああ、これは向田さんのエッセイと同じだと思った。格調高い文章の間に交じるさりげないユーモア。ご自分のささやかな弱点を誇張し、読者を楽しませるサービス精神が溢れているのだ。

それに引き替え、NHK時代の私は、ひたすら真面目に良い番組を出そうと汲々としていた。視聴者にわかりやすく伝えようと努力はしたつもりだが、「楽しんでいただこう」という視点が欠けていた。定年後、自分たちで開く朗読会で木戸銭いただき始めてから、朗読を磨くだけでなく、舞台装置も衣装も音響も、少しでも観客が楽しめるものにしなくてはと、ようやくサービス精神に目覚めた。

朗読作品も、自分が読みたいものよりも、まず聞く人に楽しんでいただけることを基準にする。聞き手の集中力を考えれば三十分以内で完結すること、構成がしっかりしていて文章が簡潔、平明。しかも退屈させないストーリー展開があり、心を動かす作品が望ましい。私は常に、そんな小説を探し続けているが、めったに出会えない。結局、向田さんの「思い出トランプ」の中から選ぶことが多い。この中の十三の作品は、いずれも以上の条件を満たして余りある小説だ。読めば読むほど、人間の心をよく知るプロの技だと感じ入る。文句なく面白い。

だが、これを朗読するとなると、読み手の側にも作品に見合う技が求められる。小手先の技術のことではない。そこに描かれているのがどんな世界であり、どんな人物なのかを正確に把握して、聞き手の心に届ける力が必要なのだ。これが難しい。自分の常識の範囲でしか捉えられない。悩む。

実は、こういうときの指南書ともなる文章が、向田さんの全集・補遺の中にはあるのだ。「せりふ」という、向田さんには珍しいちょっと論文めいたエッセイだが、平易な言葉で本質が語られている。

『「せりふ」というのは、生きてる人間が呼吸をしながらしゃべる言葉です。ですからいろいろな人間に接して、自分とちがう人間をどれだけ把握できるかが、とても大きなポイントになります』等々。「せりふ」を書く上の大切な心構えが、懇切丁寧に述べられている。脚本家に向けたアドバイスだと思われるが、声をだして「読む」立場の私たちにも、基本的な考え方が摑めて大変参考になる。

向田さんの小説やエッセイから私は、相手を楽しませたい、喜ばせたいという思いやりや、持てるものを惜しげなく手渡そうとする、溢れるサービス精神を感じ取った。そして気づいたのだ。真のサービス精神とは、他者への「愛」なのだということに。

『あ・うん』とわたし　小川糸（作家）

たった今、『あ・うん』を読み終えた。もう何度読んだかわからない。初めて読んだ時は、長女のさと子の年齢に近かったのに、今は妻のたみの歳をこえている。間違いなく、私が最も繰り返し読んでいる作品である。

何度読み返しても、その時の年齢や状況によって、新たな発見があり、感動がある。いくら読んでも色褪せないどころか、逆に深みが増してくる。

今回もそうだった。今まで何気なく読み過ごしていた一文にハッとして、思わず立ち止まった。

「強いことばには意地で刃向えるが、やさしいことばには他愛なく涙がにじんでくる。」

普段は見過ごしてしまうような何でもないことでも、改めて文章にされると、なんて奥の深い真理だろうかと感嘆してしまう。

向田さんの作品には、そういう「お宝」みたいな文章が随所にちりばめられているのだ。きっとご本人は、それが真理だとは思っていないのかもしれないけど。

一番好きなシーンは、初めて読んだ時から変わらない。

夫の仙吉が芸者に惚れ込み、茶簞笥に入っていた家の通帳を持ち出そうとした時のたみの言動だ。

「コロッケひとつ五銭。お父さんだけ奮発したカツが一枚十五銭。近所にもあるけど駅の向うのほうが安くておいしいって聞いて、歩いて買いに行って来たんですよ。女は一銭二銭、考えてお金つかっているんですからね。それ忘れないでくださいよねえ」

こう言ってからたみは、いきなりコロッケを口に含むのである。

「なにか、口に入れてないと、取りかえしのつかないこと言いそうで嫌なんですよ」

そこには、たみの夫に対する愛情や、やりきれなさ、意地など、グッと堪えている感情がひしひしと伝わってくる。

『あ・うん』は、簡単に言ってしまえば男女の三角関係の物語だ。門倉は、大親友である仙吉の妻、たみに想いを寄せている。そのことを、仙吉も知っているし、当のたみも感じている。けれど、誰も何も言わないし、行動にも起こさない。

「おかしな形はおかしな形なりに均衡があって、それがみんなにとってしあわせな形ということも、あるんじゃないかなあ」

これを、向田さんは積み将棋にたとえて書いている。

正しいことや間違っていることを、良い、悪いと二分するのではなく、正しいことも間違っていることもごちゃ混ぜになった状態で、それでもなんとかバランスを保っているのが世界なのだと、向田さんが教えてくれたのだ。私はこのシーンを、いつも、テロや紛争などの問題をニュースで見るたびに、思い出すのである。

正義感を振りかざして起こした行動が、結果として世界全体の秩序を乱し、これまでよりもっとひどい状況を生み出すことが多々ある。一見いけないとされる存在や行為も、悪いものは悪いものなりに秩序を保つ役目を果たしているのだ。その懐の深さというか優しさが、いかにも向田さんなのである。

『あ・うん』が刊行されたのは、一九八一年、今から三六年前だ。それだけの年月が経っているにもかかわらず、少しも色褪せないことに新鮮な驚きを覚えた。

そして『あ・うん』の刊行から数ヶ月後、向田さんはこの世を去った。もしも向田さんが「今」という時代を生きておられたら、どんな作品を書かれたのだろう。

自分に正直に生きた人

伊藤まさこ（スタイリスト）

向田邦子という人の存在を知ったのは中学生の時である。

「あら、そろそろ向田さんのドラマ、始まっちゃうわね」。台所で茶碗を洗う母の手が、いつになくせわしなく動く。私とふたりの姉もテレビの前にお茶菓子やらみかんやらを用意し、始まるその時を待った。

まだ子どもだった私には、ドラマの中で起こる大人の複雑な事情は理解できなかったけれど、どういうわけか画面に引き込まれたのは、そこはかとなく漂う品の良さに惹かれたからではないかと思う。

女優たちの服の着こなし。言葉遣い。ちょっとした仕草。家の中のしつらい。画面を一目見ただけでそれが向田さんのドラマだ、ということが分かった。でも、はて、向田さんって一体何をする人なのだろう。

それから十年くらい経って、ふと手にした本から、子どもの頃に見たテレビ画面の雰囲気を感じ取った。著者は「向田邦子」とある。母に尋ねると「あらそうよ、あのドラマの」と言う。我が家で「向田さん」とまるで知り合いのように親しみこめて呼ばれていた人は、脚本家であり作家であることが、その時やっと分かったのだった。

それから私は古書店に行くたびに向田さんの本を探し、見つけ出しては読んだ。文庫化されているのでいくらでも新しい本が買えたのだけれど、なんだかその方がいいように感じたのだ。向田さんと一緒の時代の息吹のようなものを本の中から感じ取りたかったのかもしれない。頁をめくるごとに本からかすかに匂う、懐かしげな昭和の香りも内容に合っていると思った。

特に好きなのがエッセイである。

エッセイから読み取るに、向田さんは、潔さの中にもどこか上品な色っぽさを漂わせる人なのではないか。勝手にそう推測したのだけれど、そのすぐ後に自宅のリビングで寛ぐポートレートを目にした時、それが間違いではないことを確信した。

シンプルな黒いパンツに黒のカーディガン。頭にはスカーフを巻き、足は裸足。機嫌よさげに微笑むその姿は、一瞬にして私の心を捉えた。

なんてかっこいいんだろう。

品よく揃えられた手の指先。組んだ足先のしなやかさ。目尻に浮かぶ皺までも。飾り気がないのに、そこはかとなく色っぽさが滲み出ている。

その日から向田さんは、私の憧れの人となった。

その「憧れの人」は、旅好きの食いしん坊であったらしい。それにくわえ、料理が好き、器が好き。おしゃれ好きでもあった。

器は旅先や骨董市などでお眼鏡にかなったものをえらぶ。服は時にオーダーメイドで。気に入ったシャツは色違いで揃える。傘一本でさえ、気に入らないものを買うのは嫌だった。三ヶ月分のお給料をたった一枚のアメリカ製の水着に捧げた話はあまりにも有名だ。

器や服、家に飾る絵や食べるものに至るまでえらぶ基準は自分が好きであるかどうかということ。この時代に、これだけ自分の基準をきっぱりと持った女性は少なかったはずだ。

「自分らしく生きる」。簡単なようで、そうではない、できそうでなかなかできないことを、向田さんは、さらり、スマートにやってのけたように思う。向田さんが今も、こうして人々に支持されているのは、作品の素晴らしさだけではない。誰々風でもなければ、どこどこ風でもない、「向田邦子風」を作りあげたからなのだと私は思う。

願わくば、もっと長く生きて欲しかった。そして恋の話も書いて欲しかった。時に「三十過ぎの売れ残り」とか「いまだに独り身」と自身で語ることはあったけれど、秘めた話はきっとたくさんあったと思うから。


「オール讀物」二〇一六年八月号／二〇一七年十月号

作家の本棚

「向田邦子さんの香りただよう十冊」

諸田玲子

向田邦子さんには三つの香りがある。

逝去《せいきょ》されて三十六年、いっこうに人気が衰えないのも、脚本・小説・エッセイの各々で優れた功績を残しながらその人柄や暮らしぶりまでが混然一体となって今や〈向田邦子〉ブランドが確立されているのも、この三つの香りによるものだと思う。

第一は〈昭和の香り〉だ。全作品に昭和の香りがあふれている。が、まずは『あ・うん』を手に取っていただきたい。これは夫婦と夫の親友という男女三人の微妙な心模様を描いた長編小説。言いたくても言わない、言わなくても伝わる、伝わっても胸におさめる……この〈あ・うん〉の呼吸こそが昭和そのものではないか。忖度《そんたく》もあのころは美徳だったのだ。

『思い出トランプ』も昭和の香りに満ちた一冊。だれもが認めるように短編小説のバイブルのような短編集。脚本家としてドラマ作りにたずさわって人間観察の目を養ったことが——たとえば悲しみを表現するとき名優は泣くかわりにこんな演技を……というような発見が——随所に生かされていて、なるほどと感嘆させられる。

この昭和の香りを、時代とのかかわりの中で端的に解き明かしているのが『向田邦子と昭和の東京』である。昭和の申し子だった邦子さんを通してひとつの時代を炙《あぶ》り出そうという試みだ。そうそう、そうだった……などとうなずく人はもちろん、そうでなくてもきっと郷愁に誘われる。本当に、昭和は遠くなってしまった。

第二は〈山の手の香り〉、言い換えれば〈ソフィストケートされた香り〉である。邦子さんの聡明さ、凛々《りり》しさ、慎み深さ、上品なユーモアも節度のある色気も、山の手の勤め人の家庭に生まれ育ったことが大いに関係している。父親が宿題の紙風船を作ってくれたり、母親が夜中にエンピツを削ってくれたり、欠かさず朝刊を読む父とその父を玄関で三つ指ついて出迎える母に育てられ、しかも三人姉妹の長女だったことが山の手の香り——どんなときも自分を見失わない矜持——ともなったのではないか。このことは邦子さんのエッセイを読めばわかる。「子供たちの夜」「字のない葉書」「傷だらけの茄子」「ごはん」

「ねずみ花火」……等々、好きなものがありすぎて書ききれないので、ここではエッセイ集の『父の詫び状』を代表としてあげておく。

それでは物足りず邦子さんのエッセイを片っ端から読みたい人は『向田邦子全集〈新版〉』（全十一巻・別巻二／文藝春秋）がおススメ。全集には先述の小説はもとより全エッセイの他、別巻では水上勉さん、吉行淳之介さんといった作家から二子山親方、俳優の竹脇無我さんなど錚々《そうそう》たる諸氏との対談も収録されていて、邦子さんの素顔を垣間見ることができる。

素顔といえば、私は生前の邦子さんにお会いしたことがない。邦子さんのドラマの台本を小説にするノベライズ（筆名は中野玲子）をしたのがご縁で妹の和子さんと知り合い、お話をうかがったり、名作といわれるドラマを鑑賞しなおしたりして、邦子さんが行間にこめた思いを知ろうと努力した。知り得たように感じた瞬間もあったけれど、邦子さんは肝心のところで他人を踏み込ませない鉄壁の構えを築いていた。

第三の香りは〈秘密の香り〉である。久世光彦さんは邦子さんの急逝から十一年後に『触れもせで――向田邦子との二十年――』を刊行、指一本触れなかったからこそ歳月を重ねるにつれて募ってゆく邦子さんへの恋しさをつづった。没後十三年には和子さんが、お姉さんへの愛と感謝をこめて『かけがえのない贈り物——ままやと姉・向田邦子——』を刊行された。長い歳月をかけて邦子さんの素顔が見えてきたものの、それでもまだ謎は消えなかった。邦子さんはだれを愛し、どんな恋をしたのか。一人の女としての邦子さんを知りたい……。

謎の一端を解き明かしてくれたのが『向田邦子の恋文』だ。没後二十一年が経っていた。邦子さんの悲恋は衝撃的なものだったけれど、人前で涙ひとつ見

諸田玲子さんが選んだ10冊

『あ・うん』
文春文庫

『思い出トランプ』
新潮文庫

『向田邦子と昭和の東京』
川本三郎
新潮新書

『父の詫び状』
文春文庫

『向田邦子全集〈新版〉』
全十一巻・別巻二
文藝春秋

『触れもせで
——向田邦子との二十年——』
久世光彦
講談社文庫

『かけがえのない贈り物
——ままやと姉・向田邦子——』
向田和子
文春文庫

『向田邦子の恋文』
向田和子
新潮文庫

『阿修羅のごとく』
向田邦子原作
文春文庫

『駅路／ 最後の自画像』
松本清張／向田邦子
新潮社

せなかった毅然とした身の処し方は見事という他なく、ここでも〈昭和の香り・山の手の香り〉を実感した。

脚本家という枠ではくくれないと書いたが、邦子さんの根底にドラマ＝脚本があることは事実で、邦子さんを知るには台本を読むことも必須だ。岩波書店などから、台本集が刊行されている。とはいえ台本では読みづらい向きには、手前みそになって恐縮ながらノベライズ版をぜひ。台詞《せりふ》はそのまま生かして、状況描写を補い小説にしている。ここでは『阿修羅のごとく』をあげておくが、『眠り人形』『冬の運動会』等々どれも秀作ぞろい。小物ひとつ、仕草ひとつで一瞬にして人情の機微を切り取ってみせる邦子さんの凄技《すごわざ》を堪能できる。

最後にもうひとつ、『駅路／最後の自画像』を。松本清張さんの原作と、それをもとに邦子さんが手がけたドラマの台本を一冊に収録したもので、名人お二人の貴重なコラボが愉《たの》しめる。

「オール讀物」二〇一七年十月号

もろたれいこ◉静岡県生まれ。二〇〇三年吉川英治文学新人賞、〇七年新田次郎文学賞、一八年親鸞賞受賞。「あくじゃれ瓢六《ひょうろく》」シリーズの他、『女だてら』『しのぶ恋　浮世七景』など著書多数。

桜庭一樹がゆく
〝鹿児島感傷旅行〟

向田邦子さんが小学生の一時期を過ごした地を、愛読者である桜庭さんが訪れ、足跡を辿った。

写真◎石川啓次

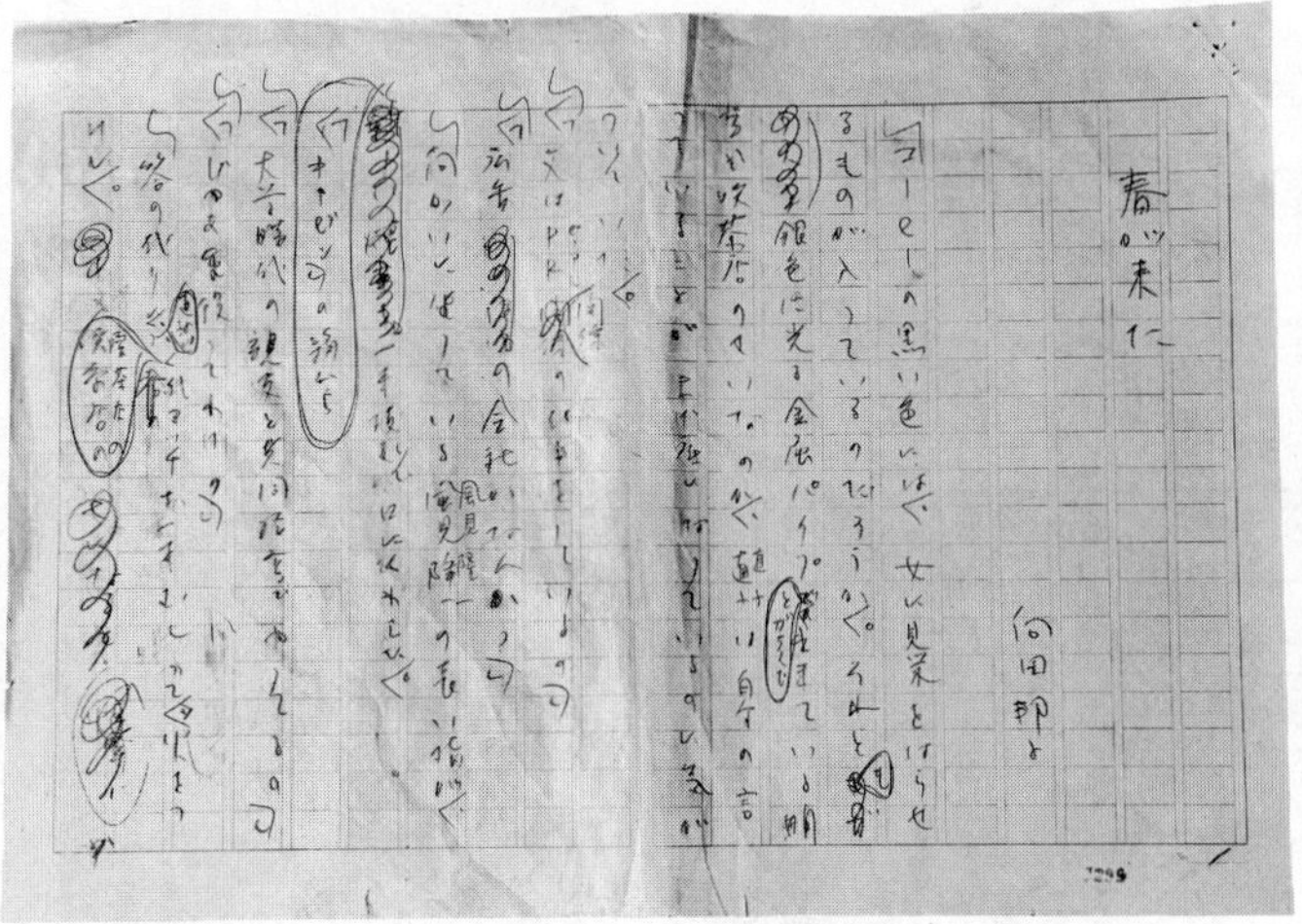

春が来た

向田邦子

『オール讀物』1981年10月号に掲載された「春が来た」の手書き原稿。
最後に書いた小説となった

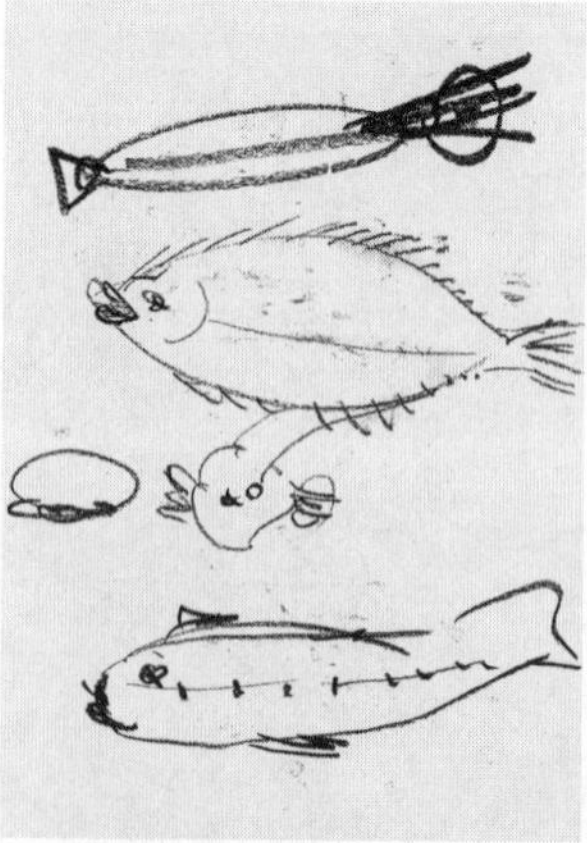

スケッチブックにのびやかな線で
描かれた魚

上から２段目は「うまい」の抽斗

父が勤める東邦生命の
社宅の前で（右）

向田さんが暮らした社宅跡には
記念碑がたつ

45 歳で乳癌を患い、「故郷もどき」の鹿児島を再訪。
噴煙を上げる桜島を背景に撮影

うなぎ

桜庭一樹

向田邦子作品といえば、うなぎの出前！　と長年思っていた。家族でも、恋人どうしでも、よくうなぎを取っている。「あたし、鰻重」（「阿修羅のごとく」より）

その理由が、エッセイ「鹿児島感傷旅行」を読んで、わかった気がした。向田は、父の転勤について、小学五、六年の多感な少女時代を過ごした鹿児島のことを、〝故郷の山や河を持たない東京生れの私にとって、鹿児島はなつかしい「故郷もどき」なのであろう。〟と書いている。そして、煙をもくもく吐く桜島を見て、よくうなぎをとって遊んでいた、と。

食べ物の記憶というものは、幸福であれ、複雑であれ、ともかくあたたかい。家族のように。

かごしま近代文学館には、向田が好んだ料理屋やレシピについてのメモを集めた「う」の抽斗も残されていた。わたしは「うなぎ」の抽斗だと思い込んだまま出かけたのだが、正しくは「うまい」の抽斗であった。しかし、この縦長の「う」の文字には、うなぎのイメージもあっただろう、そのはずだ、と思った。

帰りに、天文館の商店街にある古いうなぎ屋で鰻重をいただいた。

ヘッドフォンから留守番電話メッセージが流れ、向田さんの肉声が聴こえる

暑い日だった。隣の座敷に、八十近くの父と五十代の息子の親子がいた。息子のほうが汗を拭き拭き食べながら「なあ！　うなぎはうまいなぁ！」と大声で言った。「うん、うまいなぁ！」と、向田のきっぷの良い凛とした返事がどっからか聞こえた気がした。

「オール讀物」二〇一六年八月号

さくらばかずき◉一九九九年「夜空に、満天の星」でデビュー。二〇〇八年『私の男』で直木賞受賞。他の作品に「GOSICK」シリーズ、『赤朽葉家の伝説』『ほんとうの花を見せにきた』『小説　火の鳥　大地編』など。

かごしま近代文学館

鹿児島市城山町5-1
9時30分～18時（入館は17時30分まで）／観覧料：300円／休館日：火曜（休日の場合は翌日）、12月29日～1月1日
向田邦子をはじめ、鹿児島ゆかりの作家たちを紹介

沢村さん家の『父の詫び状』
1
益田ミリ
週刊文春から出張!
ん?
向田邦子の『父の詫び状』かヒトミのか?
ずいぶん前に読んだきりだなあ
向田さんは昭和4年生れ、ご存命なら……
今年で88歳かそうかあ
88歳の向田さんならどんなことを書いたのだろうなあ

と、思った四朗さんでしたが、
いや
作家の本質が年齢で変わることはなかろう
と、すぐに思いなおし、
同じように向田さんらしい作品を書かれているんだろう
『父の詫び状』をパラパラとめくっていた四朗さん
ある一文にハッとして、
「魚でも死ぬ時は水を飲みたいと思うものかしら」
それは、四朗さんが若い時にも、同じようにハッとした一文でもありました
覚えている
誰の本質もそうであるのか

ますだみり◉一九六九年大阪府生まれ。イラストレーター。『今日の人生』『僕の姉ちゃん』など。「沢村さん家のこんな毎日」は週刊文春で好評連載中

沢村さん家の『父の詫び状』
2
ん？
向田邦子の『父の詫び状』だ
お母さんのかな？
背のびして大学生ん時に読んだっけな
ふふ
向田さんのエッセイ夕飯前は禁止だヨ……
食べ物がすっごくおいしそうに書いてあるんだもん
は－
ヒトミさんは、思い出しました
あ

蒸しパン!!
とうもろこしの蒸しパン!!
おいしそうで「食べてみたい」って読んだ時思ったんだよな
あっ
あった、あった
戦争中の食糧不足、とうもろこし粉の蒸しパンを四人きょうだいで分けるエピソード……
ちがった
とうもろこし粉の蒸しパンじゃなくて
四人きょうだいのほうだった
ひとりっ子のヒトミさん、きょうだいが大勢いるってどんなだろう?
って思って読んだんだった
うらやましいと思ったこともあったけれど、
人それぞれでいいんですよね、向田さん

沢村さん家の『父の詫び状』
3
あった!
テーブルに置いてたんだった、『父の詫び状』
急に読みたくなったはいいものの、
ふふ
なにかに気を取られてると、忘れちゃって
他にもなにか忘れてないかしら?
でも不思議よねえ

最近のことはド忘れしちゃうのに
昔のことはよく覚えてるのよねえ
女学生時代ラブレターもらった日のこととか
はずかしくてお返事もできなかったけど
かっこいい人だったわよねえ俳優さんみたいで
でも……
もしかして美化しちゃってるのかしら？
典江さん、それでいいんですよ
向田さんも『父の詫び状』で書かれてましたもの
「思い出はあまりムキになって確かめないほうがいい」

「魚の目は泪」「昔カレー」（『父の詫び状』文春文庫）より引用 『オール讀物』二〇一七年十月号

［向田邦子との二十年］

「春が来た」

向田邦子と二人三脚で数々の名作を世に送り出した演出家が明かす、最後の短篇の映像化の秘話。

久世光彦

ずいぶん前の話だが、作詞家の山口洋子さんが「秋庭豊とアローナイツ」というコーラスグループのために書いた歌に、こんな一節があった。

春が来たのに　さよならね……

前後の歌詞も、歌の題名も忘れてしまったが、このワンフレーズだけが、そこだけ切りぬいた新聞記事みたいに、いやにはっきり私の中に残っている。いい文句である。たかが歌謡曲と馬鹿にしてはいけない。わずか十一文字、たった一行の中に、黒ずんだ石のように重いかと思えば、たんぽぽの綿毛ほどに軽いようにも思える人生のやりきれなさが、すべてこめられている。春になったら、という約束を、私だって何度したかわか

本文中引用の歌は「港です女です涙です」（山口洋子詞、徳久広司曲）

らない。そして、数知れないそんな約束のうち、いったい幾つが果たされたことだろう。別にどっちかが不誠実だったわけではない。その都度春がやってはきたが、それなのに約束の場所に相手は来なかった。人生はそんなことばかりで、人はだんだんそれに慣れ、いつか約束を信じなくなり、春を待つことさえしなくなる。

向田さんが死んだとき、彼女の旅行鞄の中には、岩波文庫の『虞美人草《ぐびじんそう》』が一冊入っていたはずである。その中のところどころには、傍線や書き込みがあったはずである。台湾旅行から帰ってきたら、向田さんは私のためにこの小説を脚色してくれる約束だったからである。本当は書いてから出かけることになっていたのだが、例によってちっとも書かない向田さんは、旅先で構想をまとめてくると言って楽しそうに旅立って行った。

漱石をやりたいと言い出したのは向田さんだった。なんとか『吾輩は猫である』をやりたいと私が言ったのに、『虞美人草』がいいと言い張ったのも向田さんである。明治のあのころの、高等遊民という不思議な人種を二人とも面白いと思い、私が教師とか、美学者とか、少し人生に疲れはじめた高年齢の「猫」の人々でそれをやりたいと思ったのに対し、彼女は『虞美人草』の若者たちの危うい知的生活に興味を持ったのである。結局は女の我儘《わがまま》が通って、私たちの新春スペシャルドラマは『虞美人草』に決まり、さっそく配役の作業に入ることになったのだが、作中の人物たちの年齢とおなじ年ごろの俳優を当てはめてみると、とても稚《おさ》なすぎて役の重さを支えきれない。

「——安図尼《アントニィ》が羅馬《ロウマ》でオクテヴィアと結婚した時に——使のものが結婚の報道《しらせ》を持って来た時に——クレオパトラの……」

「紫が嫉妬で濃く染まったんでしょう」

「紫が埃及《エジプト》の日で焦げると、冷たい短刀が光ります」

こんな禅問答みたいな漱石の会話が、どう逆立ちしたっていまの二十二、三の俳優たちにできるわけがない。向田さんと二人、知恵をしぼった挙げ句、できあがった『虞美人草』の配役は次の通りだった。

藤尾…………桃井かおり
甲野さん……松田優作
宗近君………小林　薫

小野さん……津川雅彦
藤尾の母……加藤治子
孤堂先生……中村伸郎
小夜子………佳那晃子
小野の父……大滝秀治

いずれも原作の年齢よりも、ほぼ十歳上の配役になっているが、向田さんはご満悦だった。特に松田優作が出てくれたのをとても喜んで、旅行に行く前に一度会って話をしたいというので、八月はじめの一夜、私は優作とかおりを連れて向田さんの部屋を訪ねた。〈大きいのね〉初対面の挨拶をする優作を見上げて、向田さんは嬉しそうだった。実際、二人の身長の差は三十センチ以上もあって、みんな笑ってしまった。向田さんは優作にお酒をすすめながら言った。〈この人が甲野さんなのね〉彼女がおなじことを言ったのを、私は覚えていた。『寺内貫太郎一家』の配役が難航して、ついに扮装テストまですることになり、小林亜星さんが坊主頭に半纏《はんてん》をつけて向田さんの前に現れたとき、〈この人が貫太郎なのね〉そう言って彼女は亜星さんと握手した。その人が気に入って、嬉しくなったときに出る向田さんの台詞なのだった。〈台湾へ行く前に、どうしてもあなたに会いたかったの〉

若かったころの十年という年月は、なんだかいやにゆっくりした歩みで、もどかしく思うことさえあったが、このごろの十年は何かに追われるように忙しい。そしてどんどん人が死ぬ。いったいこの十年の間に何人の友達がいなくなったことだろう。自分自身にあまり不安や恐れのないときは、人が死ぬとあんなに悲しかったのに、今日日《きょうび》ではそんな不幸な報《しら》せにあまり驚かなくなったし、あまり悲しいとも思わなくなった。十一年前のあの夏の一夜、お互いはじめて会ってあんなに嬉しそうだった向田さんと松田優作が、いまは二人ともいなくなってしまっているのも、なにやら不思議な気がするといった程度で、さほど恐ろしいとも、儚《はかな》いとも思わない。そう言えば、『虞美人草』のために向田さんの部屋に集まり、それについてみんなで夜更けまで話し込みながら、私の中には妙な希薄感があったのを思い出す。いま、こうなったから言うのではない。実際こういう仕事が実現するときは、もっと気分が重たく、うまく足が前へ進まないぎくしゃくした感じがあるものだが、あの夜はさらさらと澄んだ水が流れるように気持ちがよすぎた。ちぐはぐしたものが何もなかった。あれは、みんなで幻について話していたのだ。だから、向田さんも優作も、かおりも私も、あの晩あんなに明るく笑い、お互い優しく思い合えたのだ。

『虞美人草』は幻に終わったが、私たちはその年の暮れ、別の形で死んだ向田さんと仕事をすることになった。昭和五十七年のお正月に放送された『春が来た』がそれだった。『虞美人草』のメンバーのうち、かおり、優作、加藤が残り、新たに三國連太郎と杉田かおるが加わった。働きのない父親の周りに、無気力な母と長女と次女がいる。女は三人とも長い月日のうちに艶《いろ》がくすんでしまい、お互い言葉少なに傷つけあっている薄暗い日常である。ある日、長女の前に一人の青年が現れ、彼が家に出入りするようになって、重苦しかった家庭が次第に華やいでいく。長い長い冬だったのが、いつしかほんのりと春めき、母は古い化粧道具を取り出したり、いままで構わなかった家の掃除をしはじめる。姉娘の肌がきれいになり、妹の洋服の色も明るくなって、そんな女たちの変貌に誘われるように、父親も生気を取り戻したように見える。ウィリアム・ホールデンとキム・ノヴァクが昔やった『ピクニック』というアメリカ映画をヒントに、向田さんが『オール讀物』に書いた短い小説のドラマ化である。弔《とむら》い合戦などという古い言葉が出たりして、けれど誰もがそれぞれ向田さんのことを胸の中で考えながら、私たちは『春が来た』を丁寧に作ったつもりである。原作のつづきはこうなっている。かおりと優作は結婚することになり、結納が交わされ、母親は式の日に着る裾模様を肩に羽織って

事故の翌年の1982年1月1日に向田邦子新春ドラマ『春が来た』はテレビ朝日で放送された

姿見の前で幸福にほほえむ。そのとき突然、蜘蛛《くも》膜下出血の発作に襲われて母は死ぬ。それをきっかけに春の陽は翳《かげ》りはじめ、二人はなんとなく別れていく。どうしても別れなければならない理由はない。強《し》いて言えば、男が惹《ひ》かれたのは、母親をも妹をも含めた女たちの華やぎであって、姉娘そのものではなかったということだろうか。そのうちの一人がいなくなったことで、どこかに小さな風穴が空《あ》き、男も女も、よくわからない不安にとりつかれたのかもしれない。男と女の間は、それくらい微妙なものであり、またそれほど曖昧で不確かなものなのだ。撮り終わって、私の中に軽く痺《しび》れるような苦みが残った。向田さんは、人が言うほど善人ではないし、幸福を描く作家でもない。私は一月の炬燵《こたつ》にもぐって『春が来た』の放送を観ながら、そう思った。

ドラマの題字は、生前の向田さんを可愛がり、『あ・うん』の装丁もしてくれた中川一政さんが、童子のいたずら書きのように暖かい字を書いて下さった。その一政さんも、先だって一世紀近い命を終えられ、いま、私の部屋に残された題字が額装してかかっている。ひとりの夜などぼんやり眺めていると、『春が来た』の後に《のに、さよならね》と書いてあるような気がしてならない。

『向田邦子との二十年』(ちくま文庫)より転載

くぜてるひこ◉一九三五年東京生まれ。『七人の孫』『時間ですよ』『寺内貫太郎一家』など向田脚本でヒットドラマを手がけ、その死後もスペシャルドラマを制作。さらに作家として山本周五郎賞、泉鏡花文学賞ほか受賞。九八年紫綬褒章。二〇〇六年逝去、享年七十。

対談

輝ける『寺内貫太郎一家』の日々

向田邦子脚本、久世光彦プロデュースにより一九七四年にスタートした『寺内貫太郎一家』。頑固一徹な父親とその長女・静江を演じたふたりが、活気に満ちていた当時の思い出を語り合う――

小林亜星
梶芽衣子

写真◎橋本篤

いまの時代、あんな演出は
もうやれない。ちゃぶ台を
ひっくり返すだけで怒られちゃう。

こばやしあせい◉東京出身。作詞・作曲家、俳優、タレントとしてマルチに活躍。古賀賞、中山晋平賞、レコード大賞ほか受賞多数。二〇二一年逝去、享年八十八。

小林　梶さんとお目にかかるのは、何十年かぶりだけど、本当に変わらないですね。

梶　そんなことはないですよ。ドラマ『寺内貫太郎一家』で、お父さん役の亜星さんとご一緒したのは、もう四十年以上も前になるんですから。

小林　脚本の向田邦子さん、演出の久世光彦さん、大先輩のバンジュン（伴淳三郎）さんをはじめ、偉い人たちはみんな亡くなっちゃって……。

梶　そうですね。でも、昨年終わった『鬼平犯科帳』のゲストに左とん平さんが出ていらした時に、久しぶりにお目にかかったらあの方も変わりなくて。

小林　とんちゃんは、お酒を飲まないからそれがいいんだろうけど、僕は大酒飲みだから。

梶　いえいえ、お父さんもお変わりないですよ。

小林　僕はもう八十五歳ですから、急にお変わりになっちゃ、それはそれでいけない（笑）。

梶　そもそも、『寺内貫太郎一家』の当時の人気は大変なもので、いまでも伝説になっているというか、従来のホームドラマに革命を起こした作品でしたよね。それは向田先生がすごかったたし、久世さんもすごかったからですけど、やっぱり、亜星さんが演じた寺内貫太郎というお父さんがいてこその感動が、すごく大きかったと思うんです。

小林　まったくのど素人の演技だったし、現在だったら、あんな暴力的な親父は許せないと非難殺到でしょう。

アフロから石屋の親父に

梶　このドラマの話を久世さんからいただいた時、私は正直、亜星さんのことを存じ上げなかったんです。作曲家の方が主役をおやりになるのかと不思議に思っていたところ、写真を見せてもらってさらにびっくり！　なんと長髪のアフロヘアだったんですから。

小林　あの頃は、そんなのも流行《はや》ってたんだけど、最悪でしょう（笑）。向田さんもそ

向田さんの脚本は、セリフが
意識しなくてもふっと出てくる。
それは、やっぱりすごい。

かじめいこ◉東京出身。映画『野良猫ロック』『さそり』を経て『修羅雪姫』『曽根崎心中』などのヒット作で映画賞を多数獲得。二〇一八年に自伝『真実』刊行。

の変な頭の写真を見て、「この人？　嫌よ」って言ったというのは、まったく無理もない。しかも、頑固一徹な寺内貫太郎のモデルは、向田さんの実のお父さんだったということで、余計に許せなかったらしい。

梶　それで、私は久世さんに「アフロでお父さん役を演《や》られるんですか？」と聞いたら、「違うよ。会った時のお楽しみ」って言われて、実際にお目にかかった時には、この坊主頭のヘアスタイルになっていました。そこでようやく、石屋のお父さんはこの人なんだ、って実感が湧いたんですけど、髪型を変えたのは久世さんの命令だったんですよね。

小林　その頃は、ＴＢＳの下に床屋があって、そこへ行って頭を刈ってこいって久世さんに言われたんです。その後、半纏《はんてん》を着せられて、局内を歩かされたんだけど、それをどこからか向田さんが見ていて、「あ、これは貫太郎よね」と言ったもんだから、もう逃げられなくなりました。

梶　でも、いろいろと抵抗はあったんじゃないですか？

小林　久世さんは、まずフランキー堺さんのところへ頼みにいったんだけど、ちょうどご自身が監督をして映画を撮っていたところで断られた。次にドリフターズの高木ブーのところへ話を持っていったんだけど、ドリフだって大忙しでしょう。なかなか太った役者がいなくて困りはてていたところに、「亜星はどうだ」ってなったらしい。当時、ドラマの音楽を担当していた僕のことをドラマ班の人はみんな知っていたし、僕としては、

TBSは大のお得意さんだから断れなかったわけです。

梶 久世さんという方は、独特な目を持っていらっしゃったから、ご自身で何か閃《ひらめ》いていたんだと思いますよ。

小林 そういうところは確かにありましたね。

幸せを演じる人は不幸がいい

梶 私もこのドラマに出演を打診された時には、映画『さそり』シリーズがブームになった直後だったので、ホームドラマと言われただけで、最初は恐れおののいちゃったんです。

小林 なるほど、そりゃそうだ。

梶 あれだけ暗いものをやった直後に、ホームドラマを受ける勇気はないと、一旦はお断りをしたんですけど、そうしたら、久世さんは「あの娘の役に明るい太陽は要らないんだよ」とおっしゃったんですね。お父さんが石を落っことしたことが原因で、足が不自由になってしまった長女・静江の役だから、「少し翳《かげ》がないと困るんだ」って言われました。それがこのドラマをお引き受けするきっかけになったんです。

小林 ああ、分かります。久世さんは、幸せな場面を演じられる人は、不幸せじゃないと駄目だと話してました。嫁入りしたばかりの女性が、天気のいい日に廊下の雑巾《ぞうきん》がけをしていて、ふと「幸せだな」と感じる役をやらせるためには、男性に振られたばかりでズタズタになっている女が演じるとうまくいく――普通に幸せな人はこの場面で何も思わないけど、不幸な人こそ雑巾がけに幸せを感じるんだ、って。

梶　いかにも久世さんらしい。

小林　だから、あの時の寺内貫太郎一家はみんな何か問題のある出演者ばっかりだった（笑）。

梶　私は何もなかったですよ（笑）。

小林　実は、僕だって前のかみさんの家を飛び出して、いまのかみさんのところへ移ったばっかりでね。代官山のしけたアパートに潜《ひそ》んでいて、家に送ってくれたＴＢＳの社員には「地味なところにお住まいですね」なんて言われて。「そういうよくない時期に、幸せな演技をやらせるとぴったりくるんだよ」と、久世さんに言われたのが忘れられない。

うまく演ろうとしても駄目

梶　あの頃は、リハーサルがみっちり二日間、本番を二日間で撮ったんですけど、リハーサルの時から、久世さんにはかなり突っ込まれました。「それ、しーちゃん（静江の愛称）になっていないよ。梶芽衣子だよ」とか、伴淳三郎さんやとん平さんに対しても、

「うまく演ろうとしているでしょ。ダメダメ。誰もうまいとなんて思っていないんだから、うまく演ろうとしないで」とずけずけくる。怖いんですよ（笑）。でも、何だか憎めないというか、とても愛のある方でした。

小林　僕は久世さんに一度も怒られなかった。無理にドラマの出演を頼んだから、怒るのだけは止めようと決めていたんじゃないかな。褒められたこともなかったですけど。

梶　照れ屋でシャイな方でしたから、多くはおっしゃらなかったけど、自分が選んだお父さんに満足されていたのは、現場で見ていてよく分かりましたよ。

小林　いまの時代、あんな演出はもうやれないでしょう。ちゃぶ台をひっくり返すだけで怒られちゃう。「乱暴だ」「けしからん」って投書がくる。

梶　テレビでは難しいですね。

小林　当時でも、長男の（西城）秀樹を怪我させてしまった時には、僕のところへ女子高生から恨み言を連ねた手紙が山のように届きましたよ。「お前の大事なところを引っこ抜くぞ」なんてすごいことが書いてあって、ちょっと怖かったなあ。もっとも、いまでは体力的にちゃぶ台をひっくり返すことは出来ても、昔みたいにすぐに立ち上がれない。四つん這いになっちゃって恰好悪い（笑）。

梶　お父さんがだんだん怒り出してくると、今日もお膳をひっくり返すだろうと思うから、お茶碗が飛んできてもパッと避けられるように（笑）、ちょっとその前に足を立てておいて立ち上がる準備をしていました。

小林　貫太郎がみんなひっくり返して、そこら中を滅茶苦茶にした後、そこで能書きを言わなきゃならない。このセリフが長くて、長くて……一言でも間違えたら全部やり直しだけど、襖《ふすま》だって破けてしまっているのに、やり直しなんてとんでもない。絶対に失敗しちゃいけないんですよ。これは心臓によくなかった。本当に今までよく生きてこられたと思うくらいです（笑）。

梶　それを三十九本もでしたからね。日数でいうと半年以上で、私は『寺内貫太郎一家』が終わってすぐ、木下プロの『三人姉妹』というドラマに入ったんですが、そうしたらリハーサルの時に「足を引きずってますけど、どこかお怪我なされたんですか？」って、聞かれてびっくりしちゃいました。

小林　静江役で足を引きずるのが癖になっちゃったんだ。

梶　まったくの無意識だったから、言われるまで気が付きませんでした。

小林　あのドラマはそれだけみんななり切っていた。役に入っちゃってたんだろうけど、人間は不思議なもんだね。

向田脚本のセリフの妙

梶　向田先生の脚本が間に合わなくて、一回、生で本番の放送をやったことは覚えてますか？

小林　脚本が間に合わなかったのは一回だったけど、久世さんなんかはそのスリルを楽しみたいらしくて、確か全部で三回生本番があった。

梶　そんなことを言っても、こっちは大変で絶対にＮＧを出してはいけない。ものすごい恐怖で、二度とあんなことはしたくないと思いました。

小林　僕は生本番の時、お母さん役の加藤治子さんが突き飛ばされて、転がっていった時に、わざと役名（里子）ではなく「治子さん、大丈夫ですか？」と言ったんです。僕としてはシャレのつもりだったんだけど、周りは誰もそうは見てくれなくて怒られましたよ。

梶　そんなシャレが出るなんて、お父さん、余裕じゃないですか（笑）。

小林　何しろいちばんの気がかりはその後の長いセリフ。止まったら止まったで愛嬌だと思ってましたけど、開き直らないとできませんから。

梶　私は向田先生の脚本は、このドラマが初めてでしたけど、セリフが自分で意識しなくてもふっと出てくるものだった。それは、やっぱりすごいと思いましたね。ホームドラマなんだから日常生活の言葉を使って、普通に演じればいいじゃないかと思われるかもしれないですけど、どうしてもセリフが覚えにくい脚本も中にはあるんです。ちょっとこの役でこのセリフは言わないんじゃないと引っかかっても、何とか理解するように努めるのが私たちの仕事ですが、向田先生のセリフにはそういう苦労はまったくなかった。

小林　お父さんの言葉も、「貫太郎ならこう言うだろう」っていう自然なセリフばかりだったね。だけど、実は、向かいにある花屋の主人を演じた由利徹《ゆりとおる》さん、石屋の職人のバンジュンさんやとんちゃんのギャグのところは、皆が寄ってたかって考えてたんだよね。

梶　そこは、向田先生の脚本が「いかようにも」とお任せになっていて、由利さん、伴先生、とん平さんと錚々《そうそう》たるメンバーが、時間をかけて知恵を絞っていました。でも、リハーサルをやってみると、久世さんは「つまんない」って言うだけでやり直しになる。大変でしたけど、あの場面を視聴者の方々は楽しみにされていましたからね。

小林　最終回はしーちゃん、あなたのお嫁入りに泣きました。

梶　藤竜也《ふじたつや》さんが演じた上条さんとは、「いつ頃結ばれるんでしょうか？」といったファンレターが、ずっと多かったんですが、何しろあのお父さんですから一筋縄ではとてもいかない。

小林　僕のせいで小さい頃の静江に怪我をさせたという負い目があって、この娘だけにはいい婿を、いい嫁入りをさせたいと思っているからね。

梶　ところが、上条さんは子持ち。そういうシチュエーションも向田先生がお考えになったのか、久世さんのアイディアか分かりませんが、実にうまいところですよね。
小林 向田さんは撮影現場には滅多にこなかったですけど……。
梶 そこはもう久世さんに対する、絶対的な信用ですよね。演出家の中には脚本を現場で変更される方もいますが、『寺内貫太郎一家』ではそういうこともなかったですし、本当にお互いが尊敬し合っていらっしゃったからこそだと思います。

皆で「今から飲みに行こう」

小林 撮影の途中からは、リハーサルをしている時に、一枚ずつ脚本が届くこともしょっちゅうでした。ADさんが制作部でガリ版で刷って、皆に配ってましたよね。
梶 あの時代はインクが乾かずに、まだ紙が濡れているんだけど、ADさんも慌てていて、「はーい、できました」と稽古場に持ってくる。
小林 そうやって稽古したことが一度や二度じゃない。向田さんは脚本があまりに遅いから、局に来て軟禁状態で書かされていたのに、終わると「じゃぁ、今から飲みに行こう」ってなる（笑）。皆、食いしん坊で酒飲みだったし、あの頃はTBSのスタジオが赤坂にあったんで、撮影の後よく食事に行きましたよ。普段から一緒に飲んだり食べたりすることで、だんだん本物の家族らしくなっていった。
梶 向田先生は美食家でしたから。

小林　お芝居の話なんかしたことがなくて、いつも食べ物の話ばっかり。あとは音楽の話で、音楽も好きでした。海外に行くと色んな珍しいレコードを買ってきてくれたりしてね。

梶　ドラマの中でも食事のシーンが必ずありましたけど、あれも美味《おい》しかったですね。

小林　食卓のおかずの説明までわざわざセリフに入っていたのも、向田さんが食いしん坊だったからでしょう。

梶　秀樹ちゃんなんか滅茶苦茶に忙しくて、結局、リハーサルの時も取材が入っていて出られない時もあったし、本番が終わったらすぐに歌番組に出なくちゃいけない。そうすると、あのごはんの場面は、唯一、ちゃんと食事ができるところだから喜んで、一生懸命に食べてましたよ。

小林　ＴＢＳは食堂であいう〝消えもの〟を作っていて、どこの局よりも美味しいって評判でね。

梶　小道具さんもやり甲斐があるとはりきってくれました。

小林　加藤治子さんとも、年中食事に行きましたけど、あんな大女優さんなのに、お酒を飲むと面白い方でした。いまはどこの局もスタジオが郊外で、撮影が終わるとそのまま解散しちゃう。それもまた、ホームドラマが出来にくい原因かもしれないですね。

向田さんの遺したレシピ

梶　加藤さんは普段から優しいお母さんで、仕事が終わっても時折お会いしていました。亡くなられた後には、色々とお世話になった女性ばかりで、遺骨の前に集まって、お別れの会をしたんです。ご遺骨の前で向田先生に教わった豚しゃぶを——私も先生とお食事をした時、やっぱりお料理の話になって、レシピを教えてもらったんですけど、それを食べながら、「こんなわがままなお母さんだったけど……」とか、皆で言い合って、言葉はおかしいかもしれないんですけど、すごく楽しいお見送りができました。

小林　その豚しゃぶがどんなものか知りたいですね。

梶　昆布と鰹節《かつおぶし》の出汁《だし》をお鍋に張って、それが煮立ってきたら、ニンニクのひとかけらを半分に割って芽を取ったものを、八個くらい入れるんです。最終的にニンニクが少し煮えてきた頃、日本酒をコップ一杯入れちゃうの。

小林　ああ、うまそうだね。

梶　もう美味しくていくらでもいただけちゃう。私はお肉が大好きで、どちらかというと牛が好きなんですけど、向田先生は、豚がいいんだとおっしゃいましたね。「あなた、そんなに牛肉ばかり食べたらだめよ。身体にもいいんだから豚になさい」と言われて、豚肉でしゃぶしゃぶをしてみたら、確かにさっぱりしている。アクがどんどん出るんですけど、それを少しずつ取り除きながら、お豆腐とかお野菜、特にきのこ類をたくさん入れると美味しいですね。塩分を控えめにしたヤマサのスーパーマイルドぽん酢に、万能ねぎをたっぷり切って山のようにいれて食べる豚しゃぶは、もうやめられないですよ。

小林　最後の〆《しめ》は？

梶　残ったスープはニンニクがほくほくになっていて、臭いなんてまるでしない。これを飲まずにどうするっていうくらい栄養もありますから、最後にはこれにラーメンを入れます。

小林　うーん、それはたまらない。すごい食いしん坊だった向田さんが考えそうなメニューですね。

梶　ラーメンをいただく時は、スープを受け皿にいれて、そこにエスビーの胡椒《こしょう》の粗挽きパウダーと塩を少々入れると、香りがすごくいいんです。スープもすべて飲み干しちゃって何も残らない。

小林　でも、太りそうでそれだけが心配だな。

梶　お塩をあまり使わないですから、その心配もないですよ。向田先生が遺してくださったレシピは、美味しいだけじゃなくて、豚肉はお安いから経済的にもいいんです。いまは黒豚やブランド豚とか美味しい豚肉は出ているけど、それでもたかが知れているから、大家族にも最高にお薦めです。

小林　まさに寺内貫太郎一家にもぴったりということで（笑）。

梶　そうなんです。あの頃って、家族団らんの光景が当たり前にあったじゃないですか。その雰囲気を出すために食べ物が大事だったんだな、って改めて感じるんですよ。

作家の目が海外旅行へと

小林　いまでは家族で一緒に食事をする習慣自体がなくなってきたし、もうテレビだって一緒に観ない。

『寺内貫太郎一家』最終回の名シーン
（オフィス・カネダ提供）

梶　下町にあった人情という言葉も聞かなくなったし、貫太郎一家のお父さんにあった威厳みたいなものも、だんだんなくなってきています。

小林　いまは「親父」っていうのはあんまりいい商売じゃないね。でも、寺内貫太郎は家族のことを殴ったりもしたけれど、それが愛情の裏返しなんだって

1980年の直木賞授賞式。右から小林、加藤、森光子、向田、森繁久彌

みんな分かっていて……。いまのお父さんは遠慮ばかりで気の毒だよね。

梶　向田先生は海外旅行がお好きでしたけど、それで私がよく憶えているのが、「でも先進国のきれいな所へ行くよりも、やや汚なめな所が好きなの」って、おっしゃっていたことです。「そこにはドラマがあるのよ」とも、言われていましたね。

小林　なるほど。向田さんは、飛行機は嫌いなのに、海外へ行くことは確かに好きでした。

梶　でも、「ニューヨークの五番街でお買い物をしても、そこには何もないわよね」という。それが何となく分かるような気がするんです。作家の目というか、失われた風景を求めて、あちこち熱心に通われていたんじゃないか、って。

小林　向田さんの飛行機が落ちたということ

をテレビのニュースで知った時には、北海道にいたんだけれど、あれはもう声にならなかった。
梶　私も驚きのあまり、まったく現実感がありませんでした。
小林　でも、年月が過ぎて改めて思うのは、短い命の中でもやれることをみんなやっちゃった。大したもんですよ。向田さんが『寺内貫太郎一家』を小説として初めて出版された時、僕は向田さんは脚本ほど小説はうまくないな、って思ったんです。だから、それを向田さんにそのまま伝えたら、嫌な顔をしていたんだけど、今になってみれば言う方も言う方だったんだよね（笑）。
梶　お父さんじゃなきゃ、絶対に面と向かって言えません（笑）。
小林　でも、それから間もなく本格的に小説家になられてからは、どの作品も素晴らしくて……脚本家としても、作家としても向田さんは二度と出てこない本当にかけがえのない方でした。

「オール讀物」二〇一七年十月号

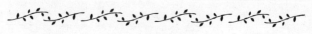

傑作エッセイ再録③

子供たちの夜

向田邦子

つい先だってのことだが、キリスト教関係の出版物を出しているところから電話があった。「愛」について短いものを書いて欲しいという依頼である。

私は常日頃神様とは全くご無沙汰の人間である。おまけに愛ということばは外来語のようでいまひとつ肌に馴染《なじ》まず、口に出して言うと面映ゆいところがある。ご辞退をしたのだが、電話の向うのシスターの静かな話しぶりはまるで美しい音楽を聞いているようで、気がついた時はハイと言ってしまっていた。

電話を切って、私は絨毯の上に長々と寝そべった。両手を自然に体につけ全身の力を抜く。大きく息を吸いながら両手を上へ上げ、頭の上に伸ばして絨毯につけるようにする。十回も繰り返すと体がやわらかくなって疲れが取れると婦人雑誌に書いてあったので、テレビの台本を書いていてセリフに詰ると時々試みていたのである。

棒鱈《ぼうだら》のように長くなって愛を考えるのは不謹慎な気もしたが、夏にしては涼しい昼下り、ゆっくりと体を伸ばしながら、私が初めて愛というものを感じたのはいつだろう、などとぼんやりしているのは、何やら神の恩寵に包まれているようで幸せな気分である。気がついたら小一時間ほどうたた寝をしていた。

目が覚めたら、夕立でも来るのかあたりは薄暗くなっていた。昼寝の目覚めに仰ぐわがマンションの天井はベージュ一色の壁紙でサッパリしているが味気ない。子供の頃見た天井はこうではなかった。天井には木目や節があり、暗い夜のあかりの中で、動物やお化けに見えたりした。そんなことが糸口になって、繭玉《まゆだま》から糸を手繰り出すように子供の頃の夜の情景がよみがえってきた。

子供の頃はよく夜中に起された。

父が宴会から折詰を持って帰ってくるのである。末の妹はまだ乳のみ児だったから、私をかしらに姉弟三人がパジャマの上にセーターを羽織ったり綿入れのチャンチャンコを着せられたりして、茶の間に連れてこられる。食卓では赤い顔をした父が待ちかまえていて、

「今日は保雄から先に取れ」

と長男を立てたり、

「この前は保雄が先だったか。それじゃあ今晩は邦子がイチだ」

と長女の私の機嫌を取ったりしながら、自分で取皿に取り分けてくれる。宴席で手をつけなかった口取りや二の膳のものを詰めてくるのだろうが、今考えてもなかなか豪勢なものだった。

鯛の尾頭つきをまん中にして、かまぼこ、きんとん、海老の鬼がら焼や緑色の羊羹《ようかん》まで入っていた。酒くさい息は閉口だったが、日頃は怒りっぽい父が、人が変ったようにやさしく、

「さあお上り」

と世話をやいてくれるのは嬉しかったし、好きなものをひと口ずつ食べられるのも悪くなかったが、何しろ眠いのである。眠たがり屋の弟は、いつも目をつぶって口を動かしていた。祖母が父に聞えぬような小さな声で、

「可哀そうだから寝かせたほうがいいよ」

と母に言うのだが、母は、上機嫌で調子外れの鼻唄を歌いながら子供たちの食べるのを眺めている父の方に目くばせをしながら、祖母をとめていた。

遂にたまりかねたのか、弟は人一倍大きな福助頭をぐらりと前へのめらせて自分の取皿を引っくり返し、さすがの父も、

「もういいから寝かせてやれ」

ということになった。

祖母に抱き抱えられた弟は、それでも箸をしっかり握っていて、母が指を一本一本開いて取っていたのを覚えている。もっとも眠い思いも、たかが十五分か二十分のことで、食卓に肘《ひじ》をついたり、腕枕で子供たちの食べるのを眺めていた父は、酔いが廻るのか雷のような大いびきで眠ってしまう。

「さあ、よし。やっとお父さんが寝た」

と祖母と母はほっとして、これも半分眠っている子供たちをそれぞれの部屋に連れてゆき寝かせるのである。

こんな按配だから、朝になって折詰の残りが食卓にならんでいても、本当に昨夜食べたのかどうか半信半疑で、二番目の妹などは、よく、

「あたしは食べなかった」

と泣いていた。

ある朝、起きたら、庭に鮨《すし》の折りが散乱していたことがあった。

例によって深夜、鮨折りの土産をぶら下げてご帰館になり、「子供たちを起せ」とどなったのだが、夏場でもあり、母が「疫痢《えきり》にでもなったら大変ですから」ととめたところ、

「そうか。そんなら食わせるな」

と庭へ投げ捨てたというのである。

乾いて赤黒く変色したトロや卵焼が芝生や庭石にこびりつき、大きな蝿《はえ》がたかっていた。みせしめのためか、母は父が出勤するまで取り片づけず、父は朝刊で顔をかくすようにして、ブスッとした顔で宿酔《ふつかよい》の薬を飲んでいた。

子供たちが夜中に起されるのは折詰だけではなかった。藤色のフェルトの帽子であったり、黒いビロードの黒猫のハンドバッグであったり、童話の本や羽子板であったりした。パジャマの肩に反物をあてがわれ、

「どうだ。気に入ったろう」

と何度もたずねられた覚えもある。

こういう時の子供たちのいでたちというのが全員パジャマの上に毛糸の腹巻なのである。

この格好が、三人ならんで、

「お父さん、お先におやすみなさい」

と礼儀正しく挨拶するところは、チンピラやくざが仁義を切るようなもので、他人が見たらさぞ滑稽な眺めだったろうと思う。私も大きくなるにしたがって毛糸の腹巻がきまりが悪くてたまらず、父の転勤で親許を離れて暮した時は、この格好をしなくてもすむというだけで嬉しかった。

私は子供にしては目ざといたちだったらしく、夜更けに、よく大人達が、物を

食べているのに気がついた。ご不浄にゆくついでに茶の間をあけると、たしかに餅を焼く匂いがしたのに、父は本をひろげ、母と祖母は繕い物をしていて、食卓には湯呑み茶碗しかのっていない。

バナナや水蜜桃、西瓜《すいか》など、当時の子供が食べると疫痢になるといわれたものを、親達は子供が寝てから食べていたらしい。その証拠に私が少し大きくなると、

「保雄や迪子には内緒だよ」

とバナナをほんの一口、口に入れてくれることもあった。

「お水を飲んじゃいけないよ」

といわれながら、大人扱いされるのが嬉しくて、翌朝、ゆうべの出来事をほのめかして妹や弟をかまい祖母に叱られたこともあった。

「コンキチ」

といっても、知っているのは我が家族だけであろう。搔巻《かいまき》（小夜具）のことである。

母は手まめな人で、子供用に小さな搔巻を縫ってくれた。黒い別珍の衿《えり》が掛っていた。それを幼い私が、どういうわけか「コンキチ」と呼び、いつの間にか我が家だけの呼び名になってしまった。私は、随分大きくなるまで、この呼び方は、

日本中どこでも通用する正式の日本語だと思い込んでいて、知った時はかなり恥ずかしい思いをした。

コンキチの柄は忘れてしまったが、掛布団にはとても好きな柄があった。臙脂《えんじ》の地色に、黄色や白や藤色で花火のような模様が一面に散っていた。

ある晩、泊り客があった。

客用の夜具布団よりも客の人数が多かったらしく、

「今晩だけ、これで我慢しておくれ」

と、何やらカビ臭い古い毛布などをあてがわれ、代りに大好きな花火の掛布団を取り上げられてしまった。

これから先は、聞いた話になるのだが、翌朝の朝食の席で、客の一人が、「お宅はお子さんの躾《しつけ》が実にいい」と感心している。夜中にスーと襖《ふすま》があくので見ると、一番上のお嬢さん、つまり私が敷居のところで手をついていた。礼儀正しく一礼すると、入ってきて、

「失礼いたします」

と挨拶して、花火の掛布団をズルズルと引きずって引き上げていったというのである。父と母は恐縮して平謝りに謝り、早速客布団を追加して誂《あつら》えたそうだ。

子供の頃の夜の記憶につきものなのは、湯タンポの匂いである。

冬になると、風邪を引くという理由で、子供はお風呂は一晩おきであった。その代り、お風呂に入らない晩は湯タンポを入れてくれる。夕食が終って台所をのぞくと、祖母が草色の大きなヤカンから、湯タンポにお湯を入れていた。把手《とって》のついた口金を締めると、チュウチュウとシジミが鳴くような音を立てた。それを古くなった湯上りタオルで包み、子供用のは蹴飛ばして火傷《やけど》をするといけないというので、丁寧に紐でゆわえるのである。

湯タンポは翌朝までホカホカとあたたかかった。自分の湯タンポを持って洗面所にゆき、祖母に栓をあけてもらい、なまぬるいそのお湯で顔を洗うのである。日向《ひなた》くさいような金気の匂いがした。白い琺瑯《ほうろう》引きの洗面器の底に、黒い砂のようなものがたまる時もあった。

爪先立ちをして、袖や胸をぬらさないように顔を洗っていると、台所からかつお節をけずる音がした。昨夜、湯タンポのお湯を沸かした大きな草色のヤカンは台所の七輪の上でまた湯気を上げている。これは父のひげ剃りと洗面のためのお湯である。父は湯タンポのお湯は使わなかった。何でもお父さんだけ特別にされるのが好きな人だった。父の湯タンポのお湯は、たらいやバケツにあけて、母が洗濯や掃除に使っていた。

戦前の夜は静かだった。

家庭の娯楽といえばラジオぐらいだったから、夜が更けるとどの家もシーンとしていた。

布団に入ってからでも、母が仕舞い風呂を使う手桶の音や、父のいびきや祖母が仏壇の戸をきしませて開け、そっと経文を唱える気配が聞えたものだった。裏山の風の音や、廊下を歩く足音や、柱がひび割れるのか、家のどこかが鳴るようなきしみを、天井を走るねずみの足音と一緒に聞いた記憶もある。飛んでくる蚊も、音はハッキリ聞えた。

闇が濃いと匂いと音には敏感になるというから、そのせいもあるだろうが、さまざまな音が聞えたような気がする。

その中で忘れられないのは、鉛筆をけずる音である。

夜更けにご不浄に起きて廊下に出ると耳馴れた音がする。茶の間をのぞくと、母が食卓の上に私と弟の筆箱をならべて、鉛筆をけずっているのである。

木で出来た六角の土びん敷きの上に、父の会社のいらなくなった契約書を裏返しにしてのせ、実に丹念にけずっていた。ナイフは父のお下りの銀色の紙切りナイフだった。長方形の極く薄型で、今考えてもとても洒落《しやれ》た形だった。安月給のくせに、父はそういう身の廻りのものに凝る人だったし、その後同じ型のものを見たことがないところを見ると外国製だったのかも知れない。

翌朝、学校へ行って一時間目に赤い革で中が赤ビロードの筆箱をあけると、美しくけずった鉛筆が長い順にキチンとならんでいた。その頃から鉛筆けずりはあったし、子供部屋にもついていたが、私達はみな母のけずった鉛筆がすきだった。けずり口がなめらかで、書きよかった。母は子供が小学校を出るまで一日も欠かさずけずってくれていた。

母は宴会だ会議だと帰りの遅い父を待ちながら、子供たちの鉛筆をけずっていたのだろう。冬は、長火鉢に鉄びんが湯気をあげ、祖母が咳の薬に煮ている金柑の砂糖煮の匂いがすることもあった。夏はうず巻きの蚊取り線香の細い煙がそばにあった。昼間の疲れか、ナイフを手に食卓にうつぶしている姿を見たこともある。

子供にとって、夜の廊下は暗くて気味が悪い。ご不浄はもっとこわいのだが、母の鉛筆をけずる音を聞くと、何故《なぜ》かほっとするような気持になった。安心してご不浄へゆき、また帰りにちょっと母の姿をのぞいて布団へもぐり込み夢のつづきを見られたのである。

記憶の中で「愛」を探すと、夜更けに叩き起されて、無理に食べさせられた折詰が目に浮かぶ。つきあいで殺して飲んできた酒が一度に廻ったのだろう、真赤になって酔い、体を前後にゆすり、母や祖母に顰蹙《ひんしゅく》されながら、子供たちに鮨や口取りを取り分けていた父の姿である。

朝の光の中で見た芝生に叩きつけられた黒い蝿のたかったトロや卵焼。そして夜の廊下で聞いた母の鉛筆をけずる音。「コンキチ」と口の中で呟《つぶや》くと、それらの光景がよみがえってくる。

私達きょうだいはそれに包まれて毎晩眠っていたのだ。あの眠りのおかげで大きくなったのだ。

だが、キリスト教の雑誌にはこういう下世話なことを書くのもきまりが悪く、枚数も短いことだから、その次の次ぐらいに浮かんだ思い出の「愛」の景色を書くことにした。

『父の詫び状』（文春文庫）より転載

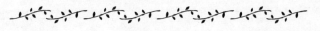

第4章

家族が見た素顔の邦子

回想の向田邦子

母が語った少女時代の長女・邦子と家族のこと。
ひとり暮らしを始め、やがて思いもよらぬ出来事が……。

向田せい

あんなに駆け足で「活字」の階段を駆けのぼった人もいないだろう。テレビドラマの世界ではすでに一家をなしていた向田邦子だったが、活字の世界では名エッセイ集『父の詫び状』で昭和五十三年にデビューして、五十五年七月、連作短篇『思い出トランプ』（の中の「花の名前」「かわうそ」「犬小屋」）で第八十三回直木賞を受賞したかと思ったら、翌五十六年八月二十二日、台湾で航空機事故で死亡。その間わずか三年、無念とも何とも言いようがない。デビュー時からたしかにすでに完成された作家だった。だからといって、アッという間に消えなくてもいい。多分、『七人の孫』『寺内貫太郎一家』『阿修羅のごとく』『あ・うん』などテレビドラマでできた全国の向田ファンの熱気は、体操競技でいうタンブリング・マットのようになって、活字の世界でもはずみがついた向田邦子を、天高く、天外までポーンとはじき飛ばしてしまったとしか思えない。ファンの誰もそんなつもりではなかったろう。でも向田邦子はブーメランのようには帰ってこなかった。向田邦子がいない、という空白感は、まだ埋められていない。

この空白感は、短篇小説の名人を失ったというような思いとは異なる。小説世界の名手を一人なくしたというのではなく、なつかしいもの、向田邦子が生きていれば、この世でも、となつかしいものにさらに何度も出合うことができたであろうに、という感じなのだ。『父の詫び状』は、それくらいの衝撃力をもっていた。自分のまわりから、ガンコおやじ、不器用おやじ、一直線おやじ、ゲンコツおやじ、でもモーレツに温かいおやじが見えなくなった。そんな姿を見失って、殆ど浮足だっているうちに、自分自身もそんなおやじになれなくなった……という嘆きが世に満ちはじめたころ、向田邦子は『父の詫び状』で、なつかしいおやじをこの世に運びこんできてくれたのだ。

母のせいと長女・邦子３歳のお祝い

邦子は昭和三十九年の東京オリンピックのときに家を出て、ひとり暮らしを始めました。おっちょこちょいのところがあって、父親が嫌がるようなことを、何気なくポロッポロッと言うんですよ。あっ、ソレ言わなきゃいいのに、とはたで思っても、もう遅い。やっぱり親ですからね、「子どものくせに何だ！」と怒っちゃう。何でもないことなんですけど、その場ではやっぱり邦子が悪いわね。

ひとり暮らしのきっかけ

まあ、当人は家を出たかったんです。雑誌の編集とか、シナリオライターとか仕事が仕事ですから帰りが遅くなるんです。お父さんみたいにキチンと帰宅できる仕事ばっかりじゃないから、出してくれって、私によく言っていました。父親というのが、仕事が終ると鉄砲玉みたいにすっ飛んで帰ってくる人でしたから、邦子とは正反対なんです。出してくれったって、昔のことですから、お嫁に行くまではやはり一緒にいた方がいいって思いましてね。「お父さんはきっといけないと言うに決まってるから」と、なだめて我慢させていたんです。丁度、久我山から天沼の家に引越した頃でした。その家には茶の間に電話があって、切替えがついてなかった。茶の間の隣りが私たちの寝ている八畳間だったんです。邦子の仕事は夜遅く電話がかかることも多くて、かかってくると私たちに気がねして、ゆっくり電話もできない。

夜の帰りも十一時、十二時になることもあって、父親は「女が夜中まで何してるんだッ」と頭から湯気立てちゃう（笑）。遅くなると勝手口の方から入って来るんですが、こっちは木戸になってる。静かに閉めればわからないのに、派手にバターンと閉めるんですね。「邦子さん、遅いときは静かに閉めたら」「何も悪いことして帰ってくるわけじゃなし、少々バターンって音がでたぐらいで、どうしたって言うのよ」ってムキになってくる（笑）。

この頃は次女の迪子《みちこ》はもう嫁に行っていて、邦子は「下からお先にどうぞ」なんて平気な顔をしているものだから、こちらはただただ、早く邦子にお嫁に行ってもらいたいとばかり考えてたんですね。邦子にしてみれば、そんな空気から逃げ出したい気持もあったのでしょう。

そんなあるとき、邦子がボーナスでも出たのか「お父さん、新しいメガネをお母さんのと同じにつくってあげる」と言ったんです。久しぶりの親孝行のつもりで、二人にお揃いでつくってくれようとしたんです。父親も喜びましてね、早速、銀座の松島に行って、高いレンズとフレームのメガネを新調してきたんです。ところが、そのフレーム、主人がふだんしているものよりずっと黒かったんですよ。邦子は見るなり「あっ、お父さん、そのメガネの枠、黒いから、黒枠用の写真を写しとくといいわね」って、ひとこと余計なことを喋っちゃった（笑）。

父親はカーッとして「親のことを何だと思ってるんだ。この野郎！」。だんだん太ってきて血圧も高くなっていて、ジューサーで毎朝、野菜ジュースを飲んでいた頃ですからね。頭に血が昇って「出てけエーッ」（笑）。

邦子は「一応、親だから謝るわ」なんてお父さんに向って「どうも済みませんでした」。お父さんも言い過ぎたと思ったんだかどうだか「うん」ぐらいで、まあ、その場はおさまったんです。

で、翌日、邦子は猫一匹かかえて、さっさと出て行っちゃった（笑）。それがなんと東京オリンピックの開会式の日で、私はもうオリンピックを見るどころじゃありませんでした。三女の和子がついて行って、いっしょに霞町あたりのアパートを探したらしいんです。邦子が家を出る準備をしていると、父親が「邦子はほんとに出てくのか」って言う。「あなた、邦子だってふつうならもう結婚して家を出てちゃんとする年頃なんです。仕事も仕事だから出たいと言ってることだし、邦子の希望通りにしてやったらいいじゃありませんか」と、私は言ったんです。そしたら、もうしなぶれちゃって、しなぶれちゃって、晩酌のとき「こんなまずい酒ははじめてだッ」（笑）。「おまえが止めればよかったんだ」と怒ってたくせに、そのうち「少し落ちついたら、邦子のところへ様子見に行ってみようか」って言う。「私はもういいから、お父さん一人でいらしたら」「おれ、一人じゃ行かれねェよ」(笑)。照れ屋なんです。

和子は毎日のように姉のアパートに行って六本木も近いので、よくいっしょにボウリングをしたりしてました。父親はひがんでたようです。「和子、おまえはどっちの家の子だッ」って怒るんですから。

サラリーの日は毛糸の腹巻

凝り性のところは父親と邦子はほんとによく似ていました。独立してからも、猫を飼えばいっぱい飼っちゃうし、魚屋に飛魚が出る時期には、猫用に一度にいっぱい買ってきて、(餌《えさ》を)大量につくって冷凍庫に入れる……。

父親もほんとに凝り性でしたね。邦子が小学校にあがる前、宇都宮市へ越したんですが、そこの家の庭がとても広かったんです。その頃、金魚に凝ってまして、二荒山神社の縁日なんかに出かけては金魚を買って帰るんです。それも高いりっぱな金魚です。当時、おコメが一斗一円八十銭でしたが、二円の金魚をいっぺんに二匹も買ってくるんですよ(笑)。

義母《はは》が嫌がるんです。「敏雄は最高級の金魚を買ってきて、はじめは自分で餌をやったりして喜んでるけど、ちょっと金魚が弱ってくると、すぐに『いつ水をとりかえた』と叱られる。炊事は私がやるから、金魚の世話はあなたがして頂戴」(笑)。ほんと、おコメ一斗買える金魚の世話ですから、私は忘れられないですよ。

そのうちに、金魚鉢だと金魚の寿命が短いから、せっかく広い庭でもあるし、池をつくると言いだしました。止めたって聞く人じゃないから、とうとう池をつくっちゃった。ところが長男の保雄が縁側を駆けてきて、何かの拍子にそのまま池に落っこったんです。大きなコブをつくって、血を流して、主人は一晩、寝ずに看病しましてね、それに懲《こ》りたのか、池は埋めてしまいました。

サツキにも一時、凝りましたね。金魚の前でした。植木屋さんに頼んでりっぱな花壇をつくりました。邦子と保雄の世話が大変だから、サツキにまで私は手がまわりませんよ、と言ったんですけどね。「かならず自分でやるから」とか何とか言って、宴会の翌日は、ウサギみたいに目を真赤にしちゃって、「やっといてくれ」(笑)。仕方なく義母《はは》がやるんですけど、うまく花がつかないと不機嫌になるんで、「もうサツキは勘弁して下さい」と頼んだら金魚に変っちゃったんです(笑)。

釣りにも凝りましたが、とにかく何かやり始めると、本職を負かすぐらいまでやりたい人でした。お魚屋さんに持ち込んで売ってもらうぐらいやるんです。

本職は保険で堅い商売ですけれど、もともとは文学青年だったんです。サラリーマンになりたての頃は「ホトトギス」に投稿してみたりしていました。だから本が好きで、漱石全集など、いろんな全集をとっていて、毎月の払いが十四円にもなりました。家賃が十六円のときですよ。結婚する前はそんなこと、おくびにも出さなかったから、それペテンだと言ったんですけど、全集だから途中で断わるわけにはいかないって言うんですから。

　邦子が書いたエッセイの中に、父親が麻の服を着ていたというのがあります。あの頃、麻の服を着るのはぜいたくな方でした。麻はシワになりやすいので、毎日アイロンをかけてないとダメなんです。麻の服に霧を吹いて、アイロンをかけるのですが、私がノロマだから、姑が手伝ってくれて、かばってくれるわけです。ハンカチも白麻で、ちゃんとイニシアルを付けてもらったり、あの人、ほんとにお洒落でした。麻の服は宇都宮へ行ったばかりの頃のことですから、邦子が五つぐらいのときです。それなのに、いろんなことを見て、よく覚えているものですね。

　宇都宮の支店長さんはとても和服がお好きで、東京に家がある方でしたから、仕事のかなめのときにいらっしゃる。だいたい夕方見えてましたが、主人なんかいったん家に帰って和服に着替えて、駅まで迎えに行っておりました。男もいったん家に帰ったら和服がいい、という主義の方のようでしたから、みんなそれに従わなきゃならなかったんじゃないんですか。宴会というと、家に帰って、絽《ろ》の袴《はかま》といういで立ちで行っておりました。今から考えるとおかしくなっちゃいますね。

　それにお昼はお弁当を支店にとどけるんです。主人は九時十五分に家を出ます。十一時半にお弁当を持って行くんです。一時頃にまた空《あ》いたお弁当箱を取りに行きました(笑)。殻《から》ぐらい持って帰ってくれてもいいと思うのに、空のおかず入れが中でカランコロン音がする、そんなものなんか街中を持って歩けないって言うんです(笑)。雨が降ったときなんか、たまに出前をとってくれたってよさそうなものなのに「女二人いるんだから、オレが少々わがまま言ったっていいだろう」(笑)。

いまの男の人は、娘婿なんかみても、ほんとにおとなしいですからね。もう二十数年も前ですが、次女のお産の世話をしに行ったとき、そのつれあいがとてももの静かでしてね、「おムコさんみたいね」って言ったら「いまみんなこんなものです」(笑)。娘が家に帰ってきて「ちょっと遅くなるけど」って電話すると、「泊ってきてもいいよ」って、ほんとにやさしい。私なんか家にいなかったら、怒鳴られちゃいますよ。玄関のベルが鳴って飛んで出ないと、頭から怒られた。番犬ですよ。ベルが鳴ったって、こっちだってトイレに入ってるときだってあるでしょう(笑)。こういう男は、これからもう出ないでしょうね。

でも、そういうことがあったので、邦子がいろんなものを書けたんでしょう。邦子に一度「なんでお母さん、もっとよくお父さんのことを調べて来なかったの?」と言われたことがあります。そのときはもう手遅れです(笑)。

でも、うちの主人は曲ったことはしなかったですよ。どんな宴会があっても、その日が月給日なら、絶対にサラリーの袋を切ってくるということはありませんでした。サラリーの日が宴会だというと、必ず毛糸の腹巻をしてその中に月給を堅くしまって帰ってきました。四十年間、月給袋の封を切って帰ったことは一度もないんです。

邦子が勤めはじめて、サラリーをいただくようになってから「お母さんね、みんなサラリーをもらうと、ピッと破って、自分の分をポケットに入れちゃうのよ。四十年間、サラリーの袋の封を切ってこなかったのは、やっぱり、お父さん偉かったのよ」と褒めていました。

両親をしっかり観察していた

どこへ出張するのでも、母親が心臓が弱かったせいもあって、何かあったときには困りますから、出張先の予定、旅館をキチンとメモして残して行きました。ですから、上司の方が奥さんに出張先を訊かれると「向田君に訊けば何でも分かるよ」って言われたそうです。そして出張するときは駅まで送っていかないと機嫌が悪い。年中、私を怒ってるくらいだから、自分でさっさと行ったらよさそうなものだけれど、「今日は来ないのか」って、おかしな人ですね。

私はいつでも家にいなければ、物置に行ってたって「どこへ行ってたッ」ですからね。家には年中、私がいると思い込んでるんですから、帰ったときに誰もいなかったら、いつまでも表に立ってたでしょうね（笑）。人のいない家に一人で入れないんです。だから私は何だか、呼ばれなくても返事しちゃうってぐらい、気を遣いました。私たち夫婦、両方ともドジなところがありますから、邦子はそれをしっかり観察してたのでしょうね。

主人はわがままなんですけど、みんなに騒がれたいというのか、庭の柿一つ落とすのでも、みんなでやらないと機嫌が悪い人でした。柿一つくらい、自分で勝手に落とせばいいのに、わざわざ日曜日、子ども四人そろっているときに、大きな風呂敷を四人に持たせて、自分一人で張切って「さあ、みんなしっかりひろげてろォー」と竿で柿を落とす。味はわるかないんだけど、小さい柿でしてね、邦子が「あんなことして、どこが嬉しいんでしょうね」と、小声で私に言ったことがあります。

同じように、麻雀《マージャン》にも子どもがかり出される。みんな早く終えて、自分の好きなことをしたいと思っていますから、何でもかんでも早く上がろうとする。麻雀のあとで、よそからいただいた高価な果物なんか持ち出して、「さあさあ、食べなさい」。でも誰も喜んで食べやしませんよ。明日、試験だろうと何だろうと、お構いなしですからね。主人は、学校でちゃんと勉強してくれれば、家に帰って勉強しなくてもいいだろう、と言うんです（笑）。息子なんか「明日、試験だというのに、麻雀の相手をしろなんて言う親がどこにある。お母さん聞いてくれよ」なんてよく怒っていました。なんか一人でいるのが淋しいみたいでしたね。

でも、お父さんは会社で疲れて帰ってくるんだから、私たちはお父さんの気持を汲んで麻雀をして、お父さんが寝てから勉強すればいいわ、なんていう子は、世の中にまずいないでしょう。「子どもはみんなしかめっ面してやってるのに、あんな麻雀でお父さんはどこが嬉しいんだろう」って、邦子は言ってました（笑）。

でも邦子は父親を尊敬してましたね。「お母さんはボオーッとして苦労しないで育ったわけだけど、お父さんは苦労して、子どもから見ても秀才だと思う」と、よく言っていました。手紙なんかも筆マメで、しかも毛筆でていねいに書くのを褒めていました。日記だってほんとうに細かくていねいに書いてました。

ところがこの点だけは邦子は反対で、日記もつけない、手紙もあまり書かない。メモなんか何もないんです。手帳にも住所と電話番号ぐらいのものです。字もグチャグチャです。ときどき、自分の書いた字も読めない（笑）。

父親の方はまことに几帳面なもので、財布の中のおカネがキチッとしていないと気持がわるい。会社から帰るとすぐ「おまえ、三十円貸せ。計算が合わない」（笑）。

邦子は財布に幾らあるかは知らないんですが、とにかくおカネは持っている、ポケットやハンドバッグにお札とともに小銭もジャラジャラ入っていました。亡くなったあと、いくつかハンドバッグが出てきましたが、全部から小銭がワンワン出てきました。

邦子はせっかちで、妹と出かけるとき、今日は車が混んでいるから地下鉄で行こう、と決めると、財布から小銭がパッと出なくちゃおもしろくないんですね。ご飯を食べるのも早い。歩くのも速い。切符を買うのも早い。おカネを払うのも早い。何でも早い。だから、百円玉や十円玉はポケットでもハンドバッグでも、どこにも入っていなければいけないんですね（笑）。

結婚はどうする気だ

邦子の結婚については、主人も「一体どうする気だ」とよく言っていました。二番目の娘が嫁に行ったのは昭和三十四年でしたが、邦子は「結婚だけが人生じゃないわ」とケロッとしてまして、自分で思う人がなかったのかどうか知らないんですけれど、大体あまりそういうことは言いませんでした。

でも、親にすれば、見合いの話なんかあると、中には履歴書を返すのが惜しいというような人もあります。主人にすれば、もったいないような話だ。断って、会社に履歴書をとりに来られるのは辛い、というようなものもありましたが、本人が「なぁに、あれ？」なんて言うもんですから、最後はもう諦め半分の気持でした。

（横から三女の和子さんが言い添える。和子さんも独身である。）

「毎年、正月には姉と二人、頭並べて父にそのことを言われました。姉は要領がいいから『はい、はい』と、とても気持のいい返事をするんです。私は返事が悪いんです。

『うーん』とかね。あとで姉から『あなた、何で返事が悪いの。返事だけよくしといて、それからおもむろに考えればいいのよ。その辺、あんたは要領悪いんだから』と、いつもそう言われておりました。私は声と気持が一致しちゃうんです。

姉はたしかに父によく似ていましたが、父よりも器用で、人間関係も上手だったと思います。父の社交下手、人間関係における激しさとか欠点を、姉は小さい頃からよく見ていて、姉も激しい人なんですけど、自分でいろいろ考えて激しさをかなり上手に包んでいたように思います。やっぱり女ですからね。あるとき『お姉ちゃんは男に生まれた方がよかったんじゃない？』と言ったら『いや、私は男に生まれていたら大変だ』って言いました。『私は遊び人でどうにもならないから、女でよかったのよ』と言ったのが、すごく印象に残っています。

女だから今の仕事ができる。たしかに男社会だから、男の人より何倍も努力しなければ認められない世の中だけれども、私は女でよかったと思う、と言ったのには、ちょっと意外な感じでした。男だったら何になった？　と訊いたら、政治記者かなあと言ったのを覚えています」）

「姉ちゃんみたいになれ」

父親の敏雄は昭和四十四年二月に、六十四歳で亡くなりました。急性心不全です。邦子の書いた『守ルモ攻メルモ』というテレビドラマを見た次の明け方、「ちょっと咳が出るからうがいをしてくるよ」と自分で洗面所へ行ったんですけど、やっぱり苦しかったらしくて医者に行くつもりで、寝巻じゃ失礼だからと全部自分で着かえて、かかりつけの医者に電話したのですが、建てかえ中で通じない。それではと救急車を頼んだのですが、救急車が来て酸素吸入をしたときはもう駄目でした。

主人は邦子のテレビドラマは、もうそれこそ食い入るようにして見ていました。感情の起伏のはげしい人でしたから、どのあたりで泣くかが分かるんですね。泣いているのを家族に見られたくないものだから、オシボリで顔を拭くようなふりをして、涙をふいてるんです。それでも涙があふれそうになると、悟られまいとして席を立って部屋を出たり入ったりするんです。やっぱり嬉しかったようです。テレビで取り上げられ、それから直木賞をいただいたり、もしお父さんが生きていたらどんなに喜んだかと思うんですけど、お父さんがいたら邦子も『父の詫び状』は書けないし、『寺内貫太郎一家』もできなかったねって、みんなで笑うんですよ。「ああ、よかった。邦子さんもこうなったのね、お父さんに見せてあげたかったわね」と、私も喜ぶんですけど、お父さんは兄弟も何もない人でしたから、私なんかよりずっと子ぼんのうだったと思います。だから邦子は特別で、もし邦子が『父の詫び状』だの『貫太郎』だの書かないでここまできたら、ほかの子供たちに「おまえも姉ちゃんみたいになれ」と言ったでしょうね。気性が似ているところがありましたから。

『父の詫び状』なんか、いいも悪いも、全部わが家の一代記、ここまで恥さらしたらもうどうでもいいですってぐらいのもので（笑）、だんだんにみんな慣れっこになってきましたが、はじめは大変でしたよ。嫁に行った娘なんか「あら、あなたのお父さん、あんな貫太郎みたいに威張ってたの。よくぶたれたの。あんなにお膳をひっくり返したりしたの」なんて、まわりの人から言われたと、よく電話をかけてきました。

「お姉ちゃんに文句を言えるのはお母さんだけなんだから。お母さんが黙ってるからいけないのよ」と、よく叱られました（笑）。

邦子は「ちゃんと読んでくれれば、決して貶《けな》してなんかいない」って言ってましたけど。でも、そこは書かれる身と書く方とはだいぶ差がありますからね。身内のことを書いて、では自分のことをあからさまに書いてるかっていうと、意外とそれほどでもないんです。そのあたり、邦子の要領のいいところかなあ、と話したりします（笑）。

私も病院の薬局で、『父の詫び状』が出たあとでしたけど、「向田さーん」と呼ばれると、読んでる人があるんですね、「あ、向田邦子さんのお母さんですか。お友だちになって下さい」って言われて「私、子どもが大勢なもんで、あっち行ったり、こっち行ったりで居場所が決まってないもので……」なんて逃げましたけどね。「お母さん、黙ってるようで、ずいぶんしっかりしてたんですねエ」と言われたり（笑）、いろいろ言われました。

向田邦子は最初のエッセイ集『父の詫び状』の「あとがき」で、次のように書いている。

「三年前に病気をした。病名は乳癌である。病巣は大豆粒ほどで早期発見の部類に入るそうだが、この病気に百パーセントの安全保障はない。退院してしばらくは、『癌』という字と『死』という字が、その字だけ特別な活字に見えた。

眠りの中でまで癌ということばに怯《おび》えながら、私は、気持の半分ではこの字に知らん顔をして暮すことにした。厄介な病気を背負い込んだ人間にとって、一番欲しいのは『普通』ということである。私は気が弱いのであろう、病気を話題にされ、いたわられたりした場合、気負わず感傷に溺れずにいる自信がなかった。

病名を言いたくないもうひとつの原因に老いた母のことがあった。母は心臓の持病があり、主治医からショックを与えないようにといわれていた。親にとって、子供はいくつになっても子供である。それでなくても嫁《ゆ》き遅れの長女のさきゆきを案じているのに、この病名を告げることは入院患者を二人にする恐れがあった。……

『銀座百点』から、隔月連載で短いものを書いてみませんか、という依頼があったのは、退院して一月目である。どうやら私の病気のことはご存知ない様子である。

その頃、私は、あまり長く生きられないのではないかと思っていた。病気の発見から手術までの経過に、多少心残りな点があったことと、輸血が原因で血清肝炎になり、寝たきりのところへもってきて、手を動かさなければ固まってしまう傷口の拘縮《こうしゅく》期が絶対安静の期間とぶつかり、右手が全く利かなくなったことが原因であろう。ひどい時は、水道の栓をひねることも文字を書くこともできなかった。

考えた末に、書かせて戴くことにした。

……誰に宛てるともつかない、のんきな遺言状を書いて置こうかな、という気持もどこかにあった」

かくて、珠玉のエッセイや短篇小説は、殆ど最悪といってもいい体調の時に書きはじめられることになった。

妹を板前修業に出す

妹の和子は今も「ままや」という小料理屋を赤坂でやってるんですが、はじめ、まわりから「和子さんがやるんじゃ、おカネをドブに捨てるみたいなものだ」といわれたりしたんです。でも邦子は、どうしても可愛がっていた和子にやらせたかったんですね。

「みんながそういうけど、何とかやらせたい！」と依怙地になるぐらいに思いつめていたようなんです。

（和子さんが「ままや」開店までのいきさつを話してくれた。

「私、短大を出てOLをしてたんですけど、カレー屋か喫茶店をやりたいと、ずっと思っていたんです。会社を辞めるとき、姉に相談すると『いつ、あなたが辞めるって言うか、待ってたのよ。いつか自分でやる方がいいと思ってたもの』と渡りに舟の感じで、こっちがちょっとびっくりしたんです。おカネも出してあげる、と言われたんですが、おカネには一線引いとかなきゃと思って、ま、自分で喫茶店をはじめちゃったんですね。半年くらいたったとき、姉が乳ガンになって入院したんです。

私はお店を一カ月ほど休んで、姉の看病をして、やっと退院したので、また再開したんです。母には姉の病気がガンだってことは黙ってたんですけど、手術したあとの私や兄の様子でこれは普通じゃないなって、感じていたらしいです。『邦子はそのとき、どんなに淋しい思いをして悩んだのかしら、親に言えば心配すると思って言わないんだろう。どんなに切なかったろうと思った』と、あとで母は気持を打ちあけたんですけど、とにかくそのときは、内緒だったんですね。

退院して四カ月ほど経ったとき、姉が一人で店に来たんです。体調が悪そうで、あまり仕事もしてないようでした。『あなた、今後どうするつもり？』と訊くんですね。私ものん気だったんですけど、貯金と借金で三年ぐらい後には、別のもっといい場所でやるつもりだ、と話したんです。すると姉は『私は三年待てない。すぐにでも和食の小料理屋をやってほしい。板前修業もどこに行けばいいか、ちゃんとメドはついてるから』と、こうなんです。姉は私には一度も言いませんでしたけど、自分は料亭をやってみたかったんです。料亭の女将《おかみ》になってたら、あの人、最高ですよ。そんなこともあって、私に和食のお店をやらせたかったんですね。

あれよ、あれよという間に姉の話にのせられて、結局、喫茶店は一年で止めて、姉が言ってる店に板前修業に行くことになりましてね、目茶苦茶働きました。そんなとき、姉と大喧嘩したんです。

何かおかしいんです。何か隠してるようなんです。ひどく素っ気ない。働いたあと、姉の所へ行ってもあまり私を立ち入らせないような感じがしましてね。私、生まれてはじめて姉に食ってかかった。泣きながら、『何か隠してんじゃない？』ってつっかかった。それで、姉は仕方なかったのでしょう、四谷三丁目の『こういう店だったら、あなたのような無愛想でもやっていけるわよ』っていう店に私をつれてって、そのあと喫茶店に入って、姉はボソボソ話しだしたんです。

『私、輸血で肝硬変になってるし、手が全然動かなくって、全体的にいい状態じゃないのよ。半年ぐらいかもって覚悟してる。だからあなたが嫌だといっても、私としてはあなたに店を開いてもらわないと、死にきれない。私が一方的に押しつけるようで、あなたが嫌だというのも分かるけど、私の気持としては出してほしいのよ』

店を出て、ちょうど交差点で、いっぱい人が立っていたんです。姉は『まあ、これだけいろんな人がここに立ってるけれど、あなた、嫌だというのにおカネを出したいっていう人は、そうはいないわよ』って、独り言みたいに言いました。別れたあとで、ほんとに悲しかったです。向こうもせっぱ詰ってたし、何ともいえない悲しさでした」

自分の弱みを見せたくなかったんでしょうね。きっとひとりでどんなに切なかったろうと私は思いました。手が動かないときなど、正月にわが家に帰ってきても、おハシがつかえないから何も食べないで帰っちゃう。「今日はお友だちと待ち合わせがあるから」なんて言いわけするんですけど、何となく分かっちゃうんです。

邦子はよくオレンジをサーッとむいて、チャッチャッと切って「ハイ、みんな食べなさい」って、出してくれたもんですけど、手が動かなくなってからあとは、メロンに変わった。オレンジは皮を薄く剝くのに包丁づかいがむずかしいですから、片手ではできない。メロンなら手を添えないで、片手でパッパッと切ればできる、というのでメロンになったんです。

和子が言うんですけど、邦子は手が動かなくなったことを身内に悟られたことが悔しくて悔しくてしようがなかったみたいなんですね。「あ、あの人も私の手が動かないのに気がつかない。へへへ」とそれはそれで楽しんでいて、お店の開店のときに「カン

パーイ!」とやったあと、実はね……ってやりたかったんだと思います。(「ままや」は昭和五十三年五月十一日に開店した)

邦子は子どもの頃から手のかからない、わりと聞き分けのいい子でした。成績もまあまあよかったですね。年中、リンゴのようなほっぺたをしていて、それでいて夜になると急に熱を出したりすることもありました。初めての子でしたから、こっちの扱い方もうまくなかったのでしょう。ちょっと食べ過ぎたかなと思うと、すぐ胃腸をこわしましたから、おやつは十時と三時、夜は主人がどんなおみやげを買って帰ってきても、食べない習慣になっておりました。

主人の勤めの関係で、邦子もよく転校しましたが、これもお父さんの会社の命令だと思っていますから、学校をかわるのを嫌だといったことはありません。鹿児島へ行ったときは邦子が三年生で、どっちかというとおませな方でしたから、すぐ友だちもできました。弟の保雄は一年生に上ったばかりで、男の子でもあり、これはなかなか友だちができませんでした。主人が家にいるときは姉と二人で素直に学校へ行くのですが、出張でいなくなると、グズグズ言うことがありました。そんなとき、邦子は弟をかばって「お母さん、ここは言葉がずいぶん違うし、保雄がグズグズ言うのも仕方ないわよ。わたしは少し図々しいのよ」なんて言いましたね。

寝ていても返事の良い子

高松にうつったのは邦子が六年生の一学期でした。ここでもすぐに慣れて友だちには不自由しませんでしたけど、丁度、女学校の受験になるんですね。いずれ東京に帰るだろうから、高松高女のほかに東京の私立も一つ受けさせておこうかと、話したこともあったのですが、転校してもわりと成績は悪くございませんでしたので、県立一本で大丈夫だろうということになったんです。唱歌をのぞいて、あとの学科は「優」でした。おくれて東京にいる私の妹から、こっちの女学校はどう？　と言ってきたりしたのですが、もう願書も間にあわなくなっていて、高松高女だけを受けることになったんです。

ふだんは絶対に弱音を吐かない邦子が、受験当日、「落ちたら恥しいなあ、表が会社だもの」と言いました。高松支店は私たちが住んでいた家と会社が簀《す》の子でつながっていたんですよ。私はドキンとしまして「大丈夫、大丈夫、ダメなら高等小学校でもいいじゃないの。でも、先生が大丈夫とおっしゃるんだから、自信をもって行きなさいよ」って送り出したんですけど、邦子は何度も私の方を振り返っていくんですね。ふだん、そんなことのない子ですから、私は茶の間に入って座ったきり、動悸がしちゃって動けないんです。あの振り返り振り返りした姿が忘れられませんね。私は今も心臓病があって医者通いをしてるんですけど、あんな大きな動悸はまだ起きないですよ（笑）。

長男が振り返るなら、「また、この甘えん坊」と思いますけど、邦子は何事にもものおじしない、気の強い方でしたから、いっそう忘れられません。

邦子はその後、東京の目黒高女に転校し、昭和二十二年に卒業したあと、実践女子専門学校に入りました。その頃、わが家は仙台に転勤して、邦子は東京の親戚の家に下宿し、休みのたびに仙台に来ていました。あの子は返事のいい子で、疲れて帰ってきているだろうに、家にお客があるというと、私が仕切ってやらなきゃお母さんがまた叱られる、なんて思うのでしょう、嫌な顔一つ見せずにやってくれるんです。物事が手早くて、私なんか負けちゃいます。わが子ながら感心してました。

「お母さんね、人間は生まれて四つから死ぬまで、ずっと働くようにできているんだって。楽しようと思っちゃダメよ」なんて。私は子どもに教えられていましたね。会社の人が邦子の働きぶりを見て「知らない人が見たら、継母だと思うでしょうね」と私におっしゃったぐらいに働きました。

邦子が帰ってくるのを、妹たちが楽しみにしてました。みんなの洋服をつくってやるんです。物が買えない頃ですから、主人のワイシャツを上手にリフォームしてつくるんですね。「今度の夏休み、何十枚も洋服を縫ったわ」なんて言ってました。

それもいろいろ工夫がしてありましてね。古くなったワイシャツでブラウスをつくるわけですから、布地が弱っているところがあります。そういう弱い部分は全部ピンタックにして飾りにしてしまうとか、そういう器用さは抜群でした。父親の古いオーバーでハンドバッグもつくる、着古したレインコートで子ども用のレインコートと帽子をつくったり。それもどこかにお洒落な感じをつけて、全体としてとてもモダンな仕上げでした。だから妹たちも喜んで着ましたね。ほんとによく工夫してましたね。

これは戦争中のことですけど、二番目の迪子が甲府に疎開したんです。私たちは目黒にいたんですけど、門のところの防空壕とは別に、縁側のミシン用に近くに小さな穴を一つ掘っておいて、空襲警報がでるたびに、邦子とミシンをその中へ運んでいたんです。

そのミシンで、一人疎開している迪子ちゃんが可哀想だと、物置きから残りぎれをいっぱい引張り出してきて、いくつもいくつも着せ替え人形の服をつくるんです。ミシンを踏んでいるうちにまた空襲警報、それってミシンを穴に戻す。解除になると又ひっぱり上げて灯火管制の暗い電灯の下で縫う。お手玉もつくったのですが、中に入れる小豆がなくて、キレイな小石を拾ってきてつくっていました。あとで迪子は、あのお手玉は送ってくれて嬉しかったけど、中が石だから手が痛くて人気がなかったって笑っていました。

編み物もよくしました。私の末の妹は十五違うんですが、わりと甘やかされてましたから、うちにくるたびによく言いました。「お姉さん、もう邦子に編み物をさせない方がいいわよ。横から見てると、まるで口がとんがっちゃって、天井向いてるもの」(笑)。

やり始めると何だって、とことんやってしまって、また凝りに凝るという性格だったんですね。あの人は五十一で死んでしまいましたが、よく働いて働いて、六十ぐらいまで働いたのと同じですよ。

妹の友だちまで「あなたのお姉さんの洋服はカッコいいから」って頼んでくるんです。ふつうの制服がズン胴みたいなところを、校則スレスレにウエストをちょっと絞ったりしてカッコいいんですね。それで頼まれると気軽に引受ける。これはもう仕事についたあとのことでしたが、会社から帰ってきて、ずっと朝までつくってるんで、ほんとにこの子はいつ寝るのかと心配したことがあります。一度、煉炭《れんたん》火鉢のそばでやっていて、一酸化炭素中毒でノビたこともあるんです（笑）。

あんなに夜寝ないで、昼間会社で大丈夫かしらん、と思いました。眠りが深かったんでしょうね。和子が「何時に起こして」と邦子に頼まれて、朝、声をかけるんです、すると邦子は「ハイ、分っております。和子さん、ありがとう。今起きますよ」なんて、ハッキリ返事するので、ほんとに起きたと思っているとそのまま寝ちゃってることもあって、「あんた、何で起こしてくれなかったのよ！」なんて、和子が怒られていたことがあります（笑）。いい返事をして、ごていねいにお礼まで言ってるんですから、まさかまた寝てるとは思いませんよね（笑）。

向田せいさんは今年八十四歳。心臓が少々悪いが、まだまだ元気で、住いの近く、氷川神社の散歩が日課である。赤坂のマンションで和子さんと暮らしている。部屋には向田邦子さんが好きだった中川一政書「僧ハ敲《たた》ク月下門」が額にかかっている。単行本『あ・うん』の装丁も中川さんで、その原画も額に入ってかかっている。

事故は雨の土曜日でした。午後一時半すぎ、歌番組の途中で航空機事故のテロップが流れ、「K・ムコウダ」と出ました。邦子は長い旅に出るときは、猫を飼ってましたから、妹の和子に行先のくわしいメモを渡して猫の世話を頼んでいくのがつねでしたが、そのときは、メモを渡さなかったそうです。そのかわり、旅行に出る前に、和子の店に三回も立寄ったといいます。事故のあった当日の朝八時すぎ、問題の飛行機に乗る前です。向こうのホテルから電話をかけてきました。和子が長々と喋ったあと、私に回ってきました。毎晩電話はかかってきていました。「お母さん、体、大丈夫?」「ええ大丈夫よ」「あ、そう」。この朝もそうでした。「電話料大変だから切るよ」「そんなこと構わないけど、体、大丈夫?」「ええ、大丈夫」。あとで考えれば、これが最後の声ですから、もっと喋っておけばよかったと思いました。

あとで和子に聞くと、いつもはせっかちな邦子の電話が、その日にかぎって、なんで今日はこんなにゆっくり喋るのだろう、と思うような喋り方だったそうです。和子が

「そんなに楽しい台湾旅行なら、こんどは私が招待するからね」といったら、邦子はほんとうに嬉しそうに「ありがとう、楽しみだわ」と言ったそうです。

「K・ムコウダ」とテレビのテロップが出たあとは、もう混乱状態。あんまりびっくりすると、もう涙も出ませんでした。（了）

（聞き手・岡崎満義）

「オール讀物」一九九二年五月号

姉・向田邦子の「遺書」

部屋に残されていた「和子さんへ」と書かれた封筒。
原稿用紙四枚に走り書きされた
姉の遺言を事故から二十年目に初めて明かした——。

向田和子

一通目　一九七九年五月二日

万一の場合、次のようにして下さい。
①預金は定期（三和）二千万
　　普通（〃）二千五百万
②三千万のうち、一千万は、お母さんの小遣い（月五万づつおろして使って下さい）として贈ります。
③一千万は、チュリス氷川坂のローンを拂って下さい。氷川坂は、和子さんにゆずります。
お母さんと住むことが條件です。

④第一マンションは、保雄さんに贈ります。
ただし、（これが問題ですが、）しかるべき人をみつけて、（女性に限る）一緒に暮し、猫の世話をしてくれることが條件です。

あとのお金は平等に分けて下さい。

　バカバカしいとお思いでしょうが、十六年も一緒に暮したのです。

生きものですから、あまりさびしい思いをさせないで、命を全うさせてやりたい。

それと、このマンションは、万一、水などもらしたりすると、下のフロアに対してバク大な補償をとられます。

　保雄さんひとりでは、とても無理でしょう。それでなくても、男一人、先のことも考えて、このへんで、人生設計を考えられてはいかがですか。
⑤氷川坂４５００万

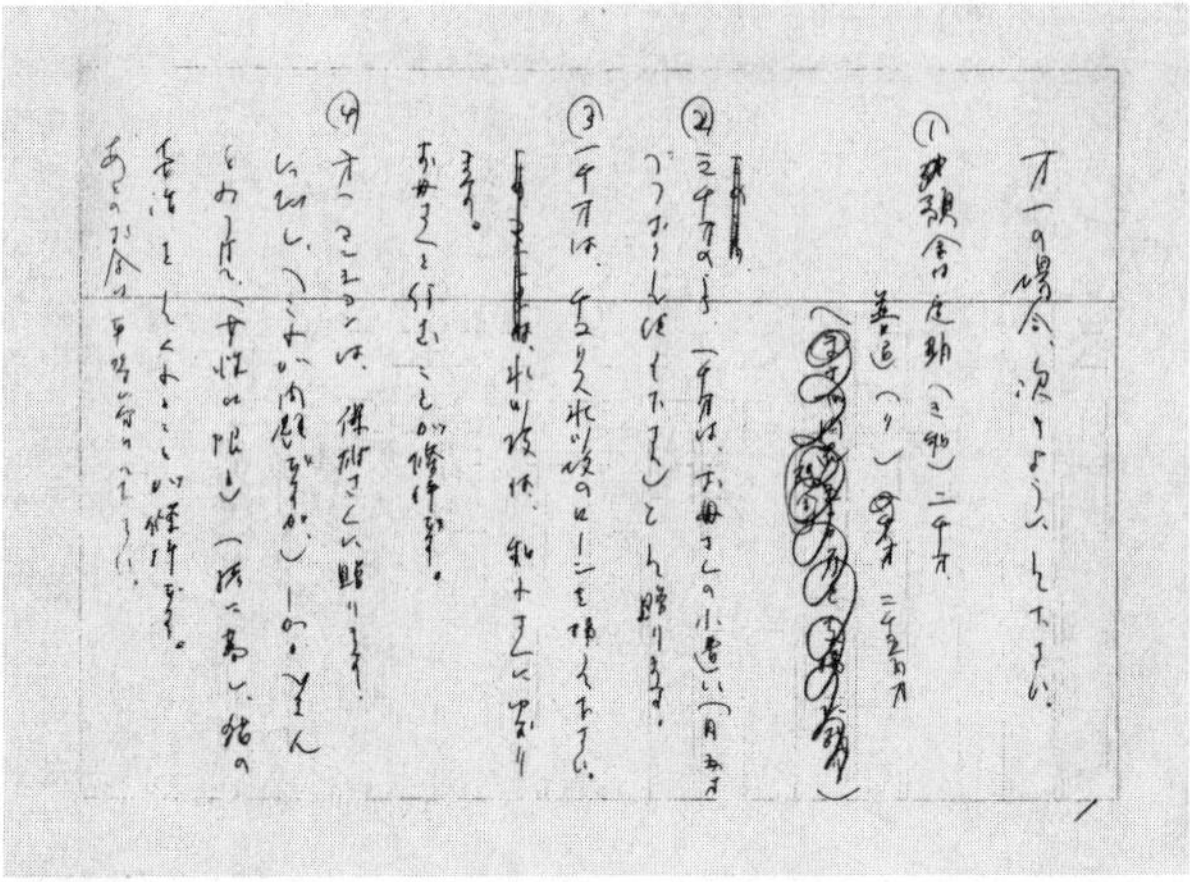

このマンション5〜6千万、
が時価ですので、予《ママ》金の残りに、私の死亡の補償金を足し、その中から四千万見当を
迪子《みちこ》さんに贈ります。

○土地が三カ所ありますが、これは、保雄さんに。売ってもいいから仕事のプラスにして下さい。

○絵と骨とう品は和子さんに上げます。とっておいてもよし、水谷大さんと相談して処分してもかまいません。

○洋服、宝石は、和子、迪子さんで、ジャンケンでひとつづつ、とっていって下さい。

○それでもお金が残ったら、四人（お母さんもいれて）わけて下さい。

○私の印税（ＴＶの再放送料を含む）の代理人を和子さんに指定します。ただし、本の印税は、みなさんのおかげで（モデルになってもらって）すから、四人でわけて下さい。

○どこで命を終るのも運です。体を無理したり、仕事を休んだりして、骨を拾いにくることはありません。

○申しわすれましたが、ひろ子叔母さん、栄一、三郎両叔父さんには、物資のない時代にお世話になりました。お金の中からそれぞれ百万円づつを贈って下さい。

○いろいろなことは、澤地さんに相談して下さい。
○借金はありませんが、
植田いつ子アトリエ
山陽堂本屋
などに、支払い分があるかと思います。
○仲よく暮して下さい。お母さんを大切にして。私の分も長生きすること。
5月2日
邦子

二通目 一九七一年十二月二十六日

万一の場合のため、次のことを記しておきます。
①借財
個人的にはありません。
ローンが600万ありますが、このマンションを処分すれば、問題ないでしょう。
未収の原稿料の件は、SHPが判っています。（税金がありますが、よろしく）
②保険金

旅行の分が２００万円あります。受取人はお母さんになっています。

③絵、せともの、などは、村山さんに話して、京都の水谷さんに処分してもらって下さい。

④一切を換金したものの割ふりを、私は次のように分けて頂けたら幸せです。

①お手伝いの水野フミさんに、退職金として10万円。

②豁子、栄一、操、御三方に五十万円づつ。

③のこりの10／20を、お母さん。

④５／20を保雄さん。

⑤２／20を迪子、和子さん。

⑥１／20を、私の死後の後仕末《ママ》料兼猫飼育料として和子さん。

保雄さんの５／20については「結婚して」お母さんの老後の面倒を見ていただける場合と――現金なようですが、ただし書きが入ります。これが、アウトの場合は、兄妹で３等分して下さい。

○ポアンの株２００万は、保雄さんと和子さんに１００万づつゆずります。

○宝石は、母、迪子、和子、の三人でわけて下さい。

○洋服は、和子、迪子の二人でどうぞ。

○猫は、獣医師の村山先生に相談して下さい。清水俊二夫人にも。カリカだけは、和子さんが飼って下さるとうれしい。
○お酒は、お通夜と葬儀用に盛大にのんで、余ったら、ＳＨＰに寄附して下さい。

邦子

１９７１年12月26日

向田せい
保雄　さん
迪子
和子

「和子さんへ」と書かれた封筒

姉・向田邦子が残した二通の遺書を、このたび公表することにしました。姉が亡くなってそろそろ二十年になります。「何か邦子さんの自筆のものは残っていませんか」と聞かれるたびに、「ああ、あれがあったな」と思い出しはしましたが、去年まで表沙汰にするつもりはまったくなかったんです。でも、あの遺書をどうしたらいいだろう、処分した方がいいのだろうか、それとも……と迷う気持ちは、頭の隅にいつもあったような気がします。

姉は多くの旅をしました。出発の前には、「どこそこへ行くからね」と必ず私に電話をかけてきて、一泊で戻る時は滞在先を言い、長い旅行の場合はスケジュール表を後で届けに来るんです。飼い猫のマミオの世話をする日も指定してあって、私は指示通りに姉の住む青山のマンションへ行き、マミオの飲み水を取り替えてやったりしました。部屋のテレビの上には黒い根来《ねごろ》の器があって、その中にはいつもメモ書きが入れてありました。それが、この遺書もどきです。「もしものときはテレビの上を見て下さい」と、旅行の度に言われていたんですが、私は呑気な質《たち》で、それを見る事態が起こりうるとは考えませんから、「分かりました」と答えるだけで、特にテレビの上を意識することもありませんでした。

一九八一年八月二十日。姉が出掛けたあの台湾旅行は、シルクロードへ行く予定を政情不安定との理由で変更し、たまたま空いたスケジュールを利用したものでした。その前年に直木賞を受賞し、メチャクチャに忙しくなっていた姉は、仕事の依頼電話がかかってこないところへ行きたい、と冗談まじりに話していました。二月と三月には仕事でニューヨークへ出掛け、五月にはベルギー旅行、六月はアマゾン旅行、八月は仕事で京都、そして四国旅行と例年以上にめまぐるしく動いていましたが、その都度きちんと私に連絡があったんです。

台湾旅行の時は、スケジュール表がないのか私のところへ持参せず、猫の世話も友人に頼んだと言いました。その割に、「宿泊先は留守番電話に入れてあるから、何か用事があれば電話するように」と何度も言うので、姉らしくないことだなあ、と思っていました。

八月二十二日。台湾で、姉の乗った飛行機が事故を起こしました。考えてみたくもなかった「もしものとき」が来てしまったんです。

姉のマンションへ行ったのは事故後何日目だったか、あの時は頭が混乱していて時間がどんな風に過ぎたかあまり定かではないんですが、おそらく三、四日後じゃなかったでしょうか。すぐ上の姉・迪子と、遺体確認のための髪の毛やかかりつけの歯科医を調べに行きました。迪子はメモについては何も聞かされていないんですが、すごく勘のいい人で、目ぼしいところをパッと見るとテレビの上の「和子さんへ」と書かれた封筒に気づいた。封筒には、この一通目のメモが入っていました。「和子、和子、これ入ってるよ」と言われて、「え、何だろう」と思いました。私はメモのことなどスコンと忘れていたんです（笑）。

その後、多少落ち着いてから姉の持ち物を整理し始めると、二通目のが出てきました。これには完全な日付が入っています。一九七一年十二月二十六日。姉が亡くなる年の、ちょうど十年前です。二十七日間に及ぶ、初めての世界一周旅行に出掛ける時に書いたものです。メモの話を姉から聞かされたのは、その時が初めてでした。その後十年の間に一通目のものに書き換えたわけですね。普通、こういう物を書き換えたら最初のものは捨てちゃうでしょう。姉は意外と物を捨てない人なんだな、と思いました。

何かあったら家の整理はあなたがして下さい、と言われていましたので、これは私が保管しました。以来、誰にも見せておりませんでした。

いざとなったら強かった母

一通目の方は、出てきた時に家族みんなで読んだんです。遺体確認に台湾へ行っていた兄の保雄には、帰国後に見せました。その時にはとにかく心の余裕もなくて、お葬式の準備やら遺産相続の手続きやらいろいろ現実が押し寄せてきて、特に感想もなかったように思います。三回忌、七回忌と時間が経つにつれて、「なるほど、姉はこう考えていたのか」といろんなことを思うようになりましたけどね。

実際に、お葬式の手配などは大変な騒ぎでした。その時に私たち兄妹が確認したのは、いざとなったら母・せいが一番強いということ。母を甘く見ていたわけではないんですが、父に対して従順に「はい、はい」と従う姿を見ていますから、家族の決めたことには逆らわない人だと思っていたんです。ところが、ここ一番の時は絶対に折れませんでしたね。

たとえば、お葬式の喪主は本来母がなるべきものを、長男の保雄が自分でさっさか決めてしまって、保雄になったんです。私たち妹が何か言うと収まらないので黙っていたんですが、まあ、そこまでは母も何も言わない。ところが、今だから言えるんですが、姉と一緒に旅行に行った方々にお香典を出す、と兄が言い始めたんです。それが、私が見てもケタはずれの金額だった。

一番の年長者で比較的名があったかもしれませんが、姉が主催した旅行ではないですし、そもそも趣旨が違いますね。兄はそこを混同して少しいい気になっちゃったのかも知れません。母は世間に出て勤めた経験もない人間ですが、「それは筋ではない」と頑として許さなかった。

今度は青山斎場でどなたに弔辞《ちょうじ》を読んで頂くかを決める段になって、兄が黙って東邦生命の社長に頼んでしまったんです。東邦生命は、もう亡くなっていた父の敏雄が勤めていた会社です。そうしたら、巻紙に筆で書かれた、秘書が代筆したらしき弔辞が送られてきたんです。その内容を読んだらもうびっくりしちゃった。ふんぞり返ったすさまじいヘンなものなんです。そんなのを読んだら、みんなあきれ返っちゃうだろうと思いました。

ところが母はそれを読みもしないのに、「これは邦子の葬儀であって、お父さんのじゃない。ここに出て頂くべき方ではない」と言って、後は兄が何を言っても受け付けず、結局、頂いた弔辞は葬儀では読みませんでした。

それまでの母は私たちの話を静かに聞く人で、父を立てて父に任せ、父が亡くなった後はどうしたかというと、今度は子供を立てたんです。

兄は男一人だし姉のすぐ下だから、全部仕切ろうと思ったのも当然かもしれません。でも、全体を見て決断することは少し苦手な人で、末の妹の私がそれに対して意見を言うのもナンだし、というところがありました。正直、母がもう少し早く言ってくれればいいのにとも思ったんですけど、悪い言い方をすれば、母は兄を泳がせておいて、兄から最後に「こうします」と報告されたところで、「ノー」と答えたら二度と変えなかった。その判断は本当に正しかった、と私は今でも思います。

保雄は、しっかりした長女であり長男でもあった邦子がいなくなって、家長のような振る舞いがしたかったんですね。台湾へ行って地獄絵を見た訳で、少しおかしくなったか、そんな事私どもに思いやれる余裕もなく心ない事で。兄は台湾のことは生涯、母や妹に一言も話しませんでした。それは長男としてすごい事。ありがたかったと思うんです。

この遺言もどきは完全な日付けも押印もなく、法的な効力はありません。法的には姉ののこしたものはすべて母のところへ行くわけです。しかし、やはり姉の意思が書かれてはいるんですね。これをどうするか。母は、細かい点は何も言わず、「邦子は和子にすべてを託したんだから、和子が決めなさい」と言いました。母はそう思い込んでいて、私としては重いところもありましたね。

日付けは、末尾に五月二日とだけ書かれています。でも中身を読むと、それが七九年の五月二日に書かれたとわかります。三枚目の末尾に、「本の印税は、みなさんのおかげで（モデルになってもらって）すから、四人でわけて下さい」となっているでしょう。これは、七八年十一月に本にした『父の詫び状』のことなんです。『父の詫び状』は家族の話で、姉が「読んで、読んで」とあんまり言うから家族みんなが読んだ。そうしたら、特に保雄と迪子がもう嵐のように怒り始めて、すったもんだの大騒ぎになってしまった。姉も頭にきたんだと思いますね。「この問題はちゃんとしておかなければ」と思ったんでしょう。だから、その翌年に書いたと思って間違いありません。

タダではくれない姉の「一ひねり」

最初に①とあって預金のことが書かれています。「預金は定期（三和）二千万、普通（三和）二千五百万」。この定期の二千万円は、姉がずっと持っていたものでした。私が七五年に勤めていた会社を辞め、喫茶店を開いた時に、「私、三和に二千万円あるの。それを担保にしてお金を出してあげる」と言ってくれたんです。その時は気持ちだけ頂きましたけれど、姉にとってそれは最後まで手を付けないお金だったんですね。ただ、普通預金二千五百万円の方がよくわからない。これ、よく見ると「一千万」と書いたのを消して「二千五百万」に直してあるんです。

私は通帳が入っている場所も知りませんから、SHP（所属事務所）の方がよく仕事などでマンションに来て下さっていたので、どの棚の何段目に通帳と判子が入っているか教えてもらったんです。本当にそこから通帳と判子が出てきたんですが、三和銀行の定期以外は、富士銀行の普通預金とパーソナルチェックしかない。この文面を読むとなんだかたくさんあるみたいだから、「あれー、これしかないの。おかしいね。どこかにあるはずだね」と言って、そのままになっていたんですね。でも、相続手続きなどで必要に迫られて、もう一度探すことになったんです。そうなると、うちの母もまた冷静になって、「郵便貯金もないの」とか、「マル優使ってないの」なんて言うんですよ（笑）。「だってお母さん、これしかないよ」「もう一回ちゃんと探してごらんよ」なんて言われて、また引き出しをゴソゴソやって。うちの父は生命保険会社に勤めていたのに、保険ひとつ入ってない。みんなが「おかしいよ」と言うから、しょうがなく私、貸し金庫にでも入れているのかしらと思って、恐る恐る富士銀行に問い合わせたんです。そうしたら、「少々お待ち下さい」と代わって出てきたのが、ものすごく丁重なおじさまで、「こちらのご取り引きは普通預金だけでございます」なんて言われて、本当に冷や汗をかきました（笑）。

結局、定期預金以外は普通預金が一千万くらいあったのかなあ。きっと、書いた時には一千万でも原稿料の振り込みがまだいろいろあるだろうし、再放送もあれば増えるから、見込額、という感じだったんじゃないでしょうか。その辺り姉は、ヘンなとこおおまかで、ヘンなとこセコイ(笑)。

しかも、これが②に進むと「三千万のうち、一千万は、お母さんの小遣い(月五万づつおろして使って下さい)として贈ります」と、合計三千万になっちゃってる。最初に消した一千万のままで合計を計算してるんです。いかにいい加減か分かる(笑)。普通だったら預金通帳を見ながら書くとか、見込みと言っても「何日現在」と書きますよね。そういうことはまったく考えない。

邦子さんという人は面倒くさがりで、一度書いたものを書き直したりはしない人なんです。「そんときは、そんときよぉ」というタイプですから、こんな物を書いたことが珍しい。母が月五万おろして一千万だということは、じゃあ十五年分かといえば、そんなことまでまったく考えてない。「大体このぐらいあればいいでしょ」という感じですよ。

面白かったのは、ずいぶん経ってから母がふざけて、「私にはお小遣いはあるけど、直接かたまりはくれないんだねえ」なんて言うんです(笑)。その辺がうちの母の可笑しいところなんですよ。

③には、三千万のうち、「一千万は、チュリス氷川坂のローンを払って下さい」と

なっています。これは『だいこんの花』が再放送された時に入ったお金で姉が買ったものです。姉に言われて私が見に行った物件で、そういうときは脅迫的な電話が掛かってくる。朝の六時に「あなた、必ず見に行ってよ」と言われました。当初から私と母が二人で住んでいて、このメモが書かれた時には一千万ぐらいローンが残っていたんじゃないですか。でも、この人、元本が一千万でも利子がつくってことは全然考えてないですから。

そういうところが姉の面白いところなんですよ。どこかちょっと計算がズレているんです。後から考えると、やられたな、姉はやっぱりタダで楽はさせてくれないんだ、と思うことがあるんですが、一ひねりあるところが可笑しい(笑)。ローンは別にして、結果的にはこの遺言の通りに私と母が今も一緒にこのマンションに住んでいます。

愛猫のマミオとの戦い

④の第一マンションも、結果的に保雄が住むことになりました。ただし、「しかるべき人をみつけて、(女性に限る)一緒に」暮らすという条件は、兄はクリアできなかった。そこがまた可笑しいんです。結婚、とは言ってなくて、「世話してくれる人を見つけてよ、お前さん」というぐらいのことです。その人と二人で猫のマミオの面倒を見る

ことが条件になっています。私にも、「あの人、何を考えているのか」とよく言ったので、姉は保雄を心配していたんでしょう。

母は、「邦子もそう言っているから、保雄が住むのがいいんじゃないかい」と思っていたし、母も私も青山に住むつもりはなかったのでそうしてもらいました。兄は結局亡くなるまでここに住みましたが、その後、この部屋は処分しました。母がそう望んだんです。

久我山の自宅で飼猫の〝ビル〟と一緒に。右から邦子、迪子、和子

マミオはなついてくれるか心配でしたが、私が氷川坂に連れて帰ると決めていました。タイからわざわざ運んできたコラット種の由緒正しい猫で、時々姉の旅行中に餌をやりに行っても、近寄ってこないんです。姉のマンションには猫の部屋が一部屋あって、本天沼に住んでいた頃の本箱を餌入れに使っていたんですが、その上に乗っかって、「こいつ、ど

んな奴だ」と私を眺めている（笑）。ご主人の姉とはよく遊ぶんですが、私が行っても知らん顔してる。すごい差別されてたんです（笑）。

マミオが姉がいなくなったことを諦めるまで大変でした。私と母は事故の後、氷川坂にあまり頻繁に人が来るので、荷物の整理もかねて青山の姉の部屋にしばらく泊まっていたんですよ。マミオは二カ月くらい、自分の部屋から一歩も出て来なかった。猫の部屋のドアは開けておくようにしていたんですが、ようやく夜中に出てくるようになったマミオが布団の周りをぐるんぐるん回るんです。手や足が出ているとのがさず、ガバリと本気で嚙む。マミオも辛かったんでしょう。怖かったけれど、ここでひるんでは駄目だと思って、私も最後はひるまなかったんです。動物ってすごいですね。それからは、私が帰ると玄関に走って迎えるようになりました。

青山に移って半年ほど経った頃だと思います。母が精神的にギリギリになってきて、「何が何でも氷川坂に帰りたい」と言い始めた。青山にいたくない、というのは、姉が住んでいた部屋には辛くていられなかったんだと思いますね。そこで、マミオを連れて氷川坂に戻ったんです。

⑤では、迪子に四千万見当を贈る、と書かれています。ここでわかるのが、姉がこれを書いた時、事故死を想定していたんだということです。なぜかというと、姉は旅行の時に必ずある程度の額の損害賠償保険に入ることを習慣づけていたからなんです。その

中から迪子に四千万払えば、だいたい兄妹みんな平等になる、と考えたんじゃないか。そうじゃないと辻褄が合わないんですね。先程も言いましたが、姉は生命保険には入った気配がないんです。生保会社を勤め上げた親の顔も立てずに、と思うんですが（笑）、そこがまたやってくれるじゃないか、とも思うところなんです。

事故の三年ほど前、私が赤坂で小料理屋「ままや」を始めた頃のことです。旅行前に姉から電話が掛かってくるといつも、「旅行保険入ったよ。受取人は和子にしといたから、私がここでなんかあると、あんた、バッチリ金持ちや」なんてふざけて言ってたんです。嫌なこと言うなあと聞いてましたが、今思うとすごく矛盾していますよね。その時には、迪子に贈る、というメモの中身は頭にないのかもしれません。

ところが、台湾旅行の時だけは旅行保険に入っていなかったんです。姉は断り上手だなんて言われていましたが、直木賞を貰って、昔の知人が絡んだ仕事などを無下にも断れず、精神的にも肉体的にも草臥《くたび》れちゃってたんですね。シルクロードが駄目になっても、せっかく休むと決めたから台湾へ行く、と私には言いました。だからバタバタしていたのか、スケジュール表もなければ、旅行保険も入らなかった。

後で分かったんですが、空港で自動で入る旅行保険には入っていたんです。東京海上の旅行保険だったと思います。受取人の名前はなかったようで、母のところへ東京海上の方から電話がありましたよ。その慎重な電話の応対はとても印象に残っています。詳しい話はまったくせずに、姉が保険に入っています、ということと、しかるべき人に会いたい、というだけの内容で、私は母と一緒に住んでいるこういう者です、と答えると初めて信用して下さって、担当の方がマンションにいらした。私、最初の喫茶店を開く前は保険会社に十六年近く勤めていたけれど、そういう部署ではなかったから、初めての体験で感心しました。

保険も書類に書く時とお金になる時では、まったく重さが違ってくるのが現実なんですね。こういう体験をしないと、なかなかわからないことです。

ここまで書かれたことについて、母の考えはとてもはっきりしていました。「親が残したものだったら、子供が平等に分けるのはいいけれど、兄弟姉妹の物を貰うのは、本来の姿ではない。邦子は結婚もしていないし子供もいないから、法的には私が預かるけれど、私が貰うものでもない。ただ、邦子の意思は尊重すべきだ。邦子は和子に託したのだから、私は和子に任せる」。姉の意思は尊重すべきだけれど、ここに書かれている通りに兄妹で分けて使ってしまうのはならない、ということですね。

マミオを連れて青山から氷川坂に戻る時に、姉の荷物を整理しなければならなかったんですが、これが大変でした。姉の遺書には、「絵と骨とう品は和子さんに上げます」と書いてあるんです。私はボーッとしてますから、どうせたいしたものはないんだし、荷物が減った方がいいから、姉の友人、仕事仲間に遺品として渡したら、なんて思っていたんですね。そこで母が言うには、「同じものが二つないから、これをどう分けるか今すぐには思いつかない。だから、一応全部持って帰ります」。

母に言われると私たち兄妹は、「ハハー」と平伏するより仕方がない。狭い家にどうやって入れようかと頭を悩ませつつ、氷川坂に持って帰ったんです。本だけはどうにもならないので、捨てようかどうしようか、ずいぶん迷いましたが、姉が卒業した実践（女子専門学校＝現・実践女子短期大学）から問い合わせがあったので、実践に寄付することにした。そこでまたうちの母が、「和子。これはという本は自分で持っておかなきゃ駄目です」。ああいう時になると、親は智恵が回る（笑）。

「洋服、宝石は、和子、迪子さんで、ジャンケンでひとつづつ、とっていって下さい」と書かれています。私、自分を欲がない人間とは決して思わないんですけど、争ってまで欲しい物は何もないんですよ。だから、「じゃあ、迪子さん、どうぞ」と言ったら、母は、「あなたに合うものは、ちゃんととっておきなさい」って言う（笑）。親が子でも一回手渡したら返してくれとは言えない。あげるときは、ゆっくり、よく考えて、最後でいいのよ。これが母の言葉。

邦子さんも、お土産や何かを「迪子と和子で分けなさい」となると、必ず私が残ったものを貰うと知っていましたから、「これはあなたに似合うから、仕舞っておきなさい。残りを二人で分けなさい」と言うんですよ。でも私、ボーッとしているようで猫をかぶってるところもある。本当はしっかり握っていたりして（笑）。私は寅年だから、姉も見破れなかったのかしらネ。

土地のことが書いてありますが、これがまた可笑しい。保雄の仕事の足しに、なんて書いてあるんですが、すごい場所にあるんです。確かに百五十坪だかなんだかの土地のうち、五十坪が私の名義になっていることは、印鑑証明が必要だからもってこい、と姉に言われて知っていたんです。姉がお金も払ってくれてたんですが、茨城の奥の方の、車がないととても辿り着けないような山奥らしい。

見に行った兄も、「俺にくれるってこんなとこかい」と大笑いしてました。結局、なんだかんだあって、草臥れ料にもならない額で手放したようです。メモを見ると、すごくいい土地があるみたいですよね（笑）。でも姉は、「あなた、私にずいぶん迷惑をかけたんだから、そのくらいやってくれてもいいでしょ」と今頃兄に言ってると思いますよ。

命あるものを優先すべし

終わりの方に、「ひろ子叔母さん、栄一、三郎両叔父さんには、百万円づつ」とありますね。これ、三人とも母のきょうだいです。父が仙台へ転勤になった時、姉と保雄だけが残って麻布市兵衛町の祖父宅へお世話になりました。祖父母はもう亡くなっていますので、残っている人たちに、という意味なんです。

それで私が、「こう書いてあるし、お金も残ったことだから、あげたら？」と母に言ったんですよ。母にしてみれば自分のきょうだいだし、言い出しづらいのかもしれないと思ったものですから。そしたら一言、「やる必要ない」。可笑しくてしょうがないの。自分の名義になったからといって、母は自分のものだという観念がないんです。生活費を下ろす時も、母に断って判子を貰って私が銀行に行く。自分ではまったく手をつけないんです。

最後に、「借金はありませんが、植田いつ子アトリエ、山陽堂本屋などに、支払い分があるかと思います」と書かれていたのは、すごく助かりました。アトリエと本屋に訊いたら、そんなに大金ではなかったけれど、確かに未払い分がありました。植田いつ子さんには、「和子さん、よくわかったわね」と言われました。だから、こう書いてくれて本当にその通りあったのは、定期預金とこの二つの未払い金だけ（笑）。

「私の印税の代理人を和子さんに指定します」と書かれていますが、これも母の名義になりました。氷川坂に持って帰った絵や骨董、私が貰った洋服は全て、鹿児島のかごしま文学館に贈りました。

「どこで命を終るのも運です。体を無理したり、仕事を休んだりして、骨を拾いにくることはありません」と姉は書いてるんですね。悲しいこと、つらいこと、それも生きていればこそ面白い。生きることがすべて。姉は父の墓参りにもほとんど行かなかったんです。お父さんの生きている時にやれることはやったから……。父の好物やめずらしい食べ物はよく届きました。お父さんにあげ（仏壇に供え）てから、生仏《いきぼとけ》（母）に。いつも話題にして心の中に生きつづけることでよしとしたのではないでしょうか。

命あるものを優先すべし。その人が命をかけたものを生かし続けることもステキ。この世にいる限り、今を生きる。姉の言葉や、言葉にならない体温みたいな共有した時の空気から、私は自分本位に感じ取っていました。

姉は私に、こう言っていました。「ままやはどんなことがあっても開けてほしい」。私、そう言われたなあと思って、事故の後もずっとお店を開けていたんです。それはもう、すごい顰蹙を買いました。こんな時にまでがめつい、って身内にも非難されましたよ。

でも私、店を閉めて家にいたら、きっとノイローゼになっていました。事故の補償金の裁判沙汰で、新聞にはいつも「向田邦子ほか」と書かれてしまうものですから、取材がすべてこちらに来てしまうんです。弁護士さんには「何も言えませんので、それで通させて下さい」とお願いしたんですが、それでも記者に待ち伏せされたり、断っても断っても取材の電話が掛かる。本当に気持ちが参りました。店にいれば、誰かが電話に出てくれる場合もあるし、何より仕事をしなくちゃなりませんから。姉はそれを見越していたのかなあ、と思います。

うちの姉は変なところですごく勘がいいんです。亡くなる六年ほど前に乳癌を発病して、手術の際の輸血が原因で肝臓もあまりよくなかった。そのとき、病気で死ぬのなら、心臓マヒ以外は死を覚悟するだけの時間的余裕がある、と思ったんでしょう。その間に、私にいろいろ話しておくこともできる。同時に、突然の死を迎える可能性も考えたと思います。

七九年のメモと七一年に書かれたメモの一番大きな違いは、母の面倒を誰が見るか、というところなんです。七一年の方では、預金の二十分の五は保雄さんに、ただし結婚してお母さんの老後の面倒を見て頂ける場合、としている。ところが、書き直したものになると、兄については「結婚」の文字すらないんです。後のメモに姉が辿り着いたのは、「ままや」を私に開かせてからなのかもしれません。姉は何も言わないけれど、全部青写真はできていたんだと思います。姉は何が言いたかったんだろう、何かメッセージがなかったか、と、亡くなって三年ぐらいはいつも考えていました。私にはそれしか答えが出せなかったんです。

小料理屋を開く話を姉が持ち出した時、私は喫茶店をあと三年くらい続けてから何か別の仕事を、と考えていました。ところが姉は、「あと三年は待てない。一年にして欲しい。お金は私が責任を持つ」と言い、それから、「場所だけは私の思い通りにさせてもらいたい」と言ったんです。青山、赤坂、六本木の辺りですね。「あなたがこの辺りを嫌いだと言うのも分かるけど、他の場所では私は死に切れない。どうしても人気のいいところでやってもらいたいのよ」と。私自身は、荻窪とか、自分の身の丈にあった場所でやりたかったし、姉からお金も借りたくなかった。でも、姉にそう言われると何も言えなかったんです。

なんでその場所だったのかは、姉が亡くなって歴然と分かりました。というのは、お店を始めて三年の間に、姉の仕事関係者はテレビ局の人でも編集者でも、すべて私の知り合いになっていたんです。

母は、最初からそのことに気づいていました。和子にまったく似合わないお酒を売るような商売をさせるとは、一体なんたることかと思ったんですよ。そこまで邦子は追い詰められてるのか、体の具合が悪くて将来に不安があるのか、と。母は姉が私を無理やり自分の仕事に巻き込んだ、と思っているから、「邦子の残したものは和子にすべてまかせる」と言ったんです。私自身、邦子さんのためにやらされているのかなあ、と思った時期がありました。でも、ある時から、姉はただ可能性を一つ示してくれただけなんだ、と思うようになったんです。

「お願い」を言わなかった姉

姉には姉の潔い人生があったんです。私の方は堅実な会社に勤めているとはいえ、歯車の一つとして年を取っていく自分を、「絵にならないなあ」と思って自分で喫茶店を始めたんですが、そんな私に「あなたもやってみなさい。あなたが楽しめる居場所が見つかるかもしれないよ」とボールをポンと投げてくれただけなんです。

そう思うようになったのは、姉が亡くなってだいぶ経ってからです。家族以外、誰にも見せていなかったこのメモを公表する気持ちになったのは、姉の没後二十年経ったから、という儀式のようなものではなくて、私も年を取って姉の考えていたことが、おぼろげながらわかってきたからです。

姉は私に対して、「お願い」とか「頼むよ」という言い方は決してしませんでした。「ままや」を始める時だって、「どう思う?」と聞くんです。だから、「私は結婚していないし、お店をやってお母さんと住むのが一番いいと思うよ。お姉ちゃんが仕事をするには一人で住んだ方がいい」と言ったら、「そう言ってもらえて嬉しいわ」と答えました。「お母さんをお願い」と言えば、私が変に責任を感じると知っているんですね。簡単に実現できる小さなお願いはたくさんされたけど、大きなお願いはされなかった。私、それが姉のすごさだと思います。

このメモには正式なサインや押印はされていません。姉は正式な文書にはサインや押印が必要だと、ちゃんと知っていましたよ。だから、それがないことが、このメモの一番素敵なところだと私は思うんです。ほとんど何もこのメモ通りにはならなかったからこそ、二十年経ってこうして、「こんな物語がありましたよ」とお話しできるんです。

姉に教わったことはもう一つあります。それは、お世話になった人には生きている間にきちんと感謝の気持ちを伝えなければならない、ということです。明日あると思っていても、どうなるかわからないのが人生でしょう。「あなたのために私は、こんなにいい思いをしましたよ」と、生きている間に言うべきなんです。

私は姉と突然の別れをしましたが、姉がこのメモに書いてくれたことは、お金の話ではまったくないと思うんです。実際に、ちっとも書かれた通りの額は残っていなかったし(笑)。欲のない人はいないけれど、お金ははかないものでもある。結局、残るのは別のものです。私は、姉が生きている間に別れを言ってくれたと思いたい。このメモや、私の心に残ったたくさんの言葉に、姉の思いがちりばめられているんです。

「文藝春秋」二〇〇一年六月号

向田邦子の空白を埋めて

――妹・和子の仕事をたどる

後藤正治

向田邦子の九歳下の妹、和子には姉にかかわる編著が何冊かあるが、文庫本になっているのは四冊である。向田ファンには馴染みあろう。拙宅の本棚にも、向田本とともに並んでいる。単行本の刊行順にいうと以下である。

▽『かけがえのない贈り物　ままやと姉・向田邦子』（文藝春秋・一九九四年、以下『贈り物』）

▽『向田邦子の青春　写真とエッセイで綴る姉の素顔』（文春ネスコ・一九九九年、以下『青春』）

▽『向田邦子の遺言』（文藝春秋・二〇〇一年、以下『遺言』）

▽『向田邦子の恋文』（新潮社・二〇〇二年、以下『恋文』）

主に放送界の仕事をしてきた向田邦子が、エッセイ・小説の活字世界へ本格的に踏み出すのは四十代後半である。直木賞受賞が一九八〇年、五十歳のとき。翌年、台湾旅行中に航空機事故で亡くなる。

エッセイ・小説の執筆期間は余りにも短いものだった。没後、著作が脚本までさかのぼって刊行されていくが、稀にみる才能がふいに消えたという欠落感がつきまとった。そのことと相まって、向田にはミステリアスな空白が付着して残った。その空白を埋めていってくれたのが妹・和子の著であったと思う。

故人となった作家の肉親が、追悼の、あるいは知られざる私生活を著すことはよくあるが、この四冊は趣を異にする。姉・邦子への敬愛の念は終始貫いてあるけれども、同じように、〈他者〉として姉を見詰める視線がある。向田を解きほぐす書であり、同時に作家・向田和子の著として私は読んできた。お目にかかる機会を得て、いくつか伺ってみたいこともあったのである。

＊

向田邦子のエッセイに、和子は幾度か登場している。「字のない葉書」はもっともよく知られるものだろう（『眠る盃』収録、講談社文庫）。戦時中で和子は小学一年生。学童疎開のさいの一コマを描いた、印象深い作品である。

当時の向田一家は、保険会社に勤める父・敏雄、母・せい、目黒高等女学校に通う長

和子さんの営む「ままや」にて（1980 年）

女・邦子、長男・保雄、次女・迪子《みちこ》、三女・和子の六人家族。都内・目黒の社宅に住んでいた。

終戦の年の春。空襲の被災こそ免れていたものの、このままでは一家全滅のおそれがある。せめて子供たちを助けたいと、両親は和子を山梨・甲府へ疎開させた。父は自分宛の宛名を書いたたくさんの葉書を用意した。

《「元気な日はマルを書いて、毎日一枚ずつポストに入れなさい」

と言ってきかせた。妹は、まだ字が書けなかった。

宛名だけ書かれた嵩高《かさだか》な葉書の束をリュックサックに入れ、雑炊用のドンブリを抱えて、妹は遠足にでもゆくようにはしゃいで出掛けて行った。

一週間ほどで、初めての葉書が着いた。紙いっぱいはみ出すほどの、威勢のいい赤鉛筆の大マルである。……

ところが、次の日からマルは急激に小さくなっていった。情ない黒鉛筆の小マルは遂にバツに変った。その頃、少し離れた所に疎開していた上の妹が、下の妹に逢いに行った。

下の妹は、校舎の壁に寄りかかって梅干の種子をしゃぶっていたが、姉の姿を見ると種子をペッと吐き出して泣いたそうな。……

あれから三十一年。父は亡くなり、妹も当時の父に近い年になった。だが、あの字のない葉書は、誰がどこに仕舞ったのかそれとも失くなったのか、私は一度も見ていない》

本エッセイは『家庭画報』（一九七六年七月号）に載ったが、邦子より和子のもとに、「和子ちゃんのこと書いているから本屋さんで立ち読みでもしてみて」という電話が入った。

学童疎開の日々はよく覚えているが、葉書にマル・バツを書いた記憶は曖昧だ。梅干の種子云々はまるで覚えていない。お姉ちゃん、どうして知っているのだろう……。『家庭画報』は立ち読みではなく、購入して帰宅してから読んだ。そうしてよかったと思った。ボロボロと涙が溢れてきたからである。

＊

父は転勤族で、向田一家は鹿児島、高松、東京などに転居し、戦後はしばらく仙台で暮している。向田は実践女子専門学校（現・実践女子大）の学生で、和子は小学生。そんなころの「ナンキンマメの一件」を姉は憶えていて、一件に触れつつ妹への思いを伝えられたことを『恋文』で書いている。

向田家三姉妹。右から次姉の迪子、長姉の邦子、和子

《邦子と和子の原点はナンキンマメである。終戦後、満足に食べ物がなくて、ナンキンマメは貴重品だった。姉の大好物でもあった。

夜遅く、姉がひとりで勉強している時、そっと、そっと襖《ふすま》を開けて、

「お姉ちゃん、これ、あげる」

ひとにぎりのナンキンマメを私が手渡したらしい。

「その時、あんたって、いい娘だな、って思った」

姉は照れくさそうにポロッと言った。私が日本橋の会社に勤めていた頃の話だ》
この日のことを和子はいまもよく憶えている。
「並んで道を歩いていて、赤信号で立ち止まって、青信号になって歩き出すときにふっとそういった。邦子さんはシャイな人で、大事なことは何かのついでのようにいう。そういう癖がありましたね」
社に戻ってしばらくすると、受付より「お姉さんからの預かりものが届いていますよ」という連絡が入った。口紅とサンダルで、その日、妹に手渡そうと思っていたようだ。思わぬことを口走ったので忘れてしまい、後で届けにきた。それもまた姉らしいと和子は思ったものだ。

＊

向田邦子にとって、また和子にとっても、大きな転機は一九七〇年代半ばから後半にかけて起きている。

この時期、向田は青山のマンションに一人暮しをし、「時間ですよ」「だいこんの花」「寺内貫太郎一家」など人気ドラマの脚本家として仕事に追われていたが、乳癌が見つかり、手術を受けている。自身のこと、とくに辛いことはいわない人で、家族にもほとんど口にしなかった。ただ、和子は手術に立ち会い、病室に姉の好物を届けたりもしていた。

退院して間もなく、向田は『銀座百点』にエッセイの連載をはじめている（『父の詫び状』文春文庫）。向田のエッセイは、往時の身近な日常を材に選びつつ、きりっと締まった文体が小気味いいのであるが、この連載はとりわけ緩みがない。

病が一応治癒した時期であったが、姉の様子がどことなくおかしい。和子はただ一度、姉と「大喧嘩」した。その様子を『遺言』でも記している。

《毎年、正月は（杉並区本）天沼の実家に帰ってくる習慣だったのに、（昭和）五十二年の正月は、元日遅くに来て、母に挨拶し、仏壇を拝むと、お茶を飲んだだけでそそくさと帰って行く。

「どうしたのかしら、お姉ちゃん」

そのうちに、とうとう私には堪えきれなくなった。今まで、どんなことがあっても姉に口答えしたりタテついたりしたことがなかった私が、ついに爆発した。

「お姉ちゃんは私に何か隠している！　ウソついている！」

と電話で泣きわめいたのだ。その日の夜、喫茶店で私と会った姉が言った》

手術時の輸血によって血清肝炎に罹患《りかん》し、肝硬変へと移行するかもしれない、そうなれば余命は限られている、と。手術の後遺症で右手が不自由となり、『銀座百点』の連載原稿も左手で書いているといった。

『父の詫び状』のあとがきで、向田は「誰に宛てるともつかない、のんきな遺言状を書いて置こうかな、という気持もどこかにあった」と記している。連載は、徳俵に立って書き綴られたものだった。

このころ、和子は喫茶店を営んでいたのだが、それに満足していないことを姉は見抜いていた。

《「あなたには小料理屋をやってほしいの。女同士でも気軽に入れて飲み食いできる店って、案外少ないから、いけると思う。あなたは料理が上手だから、あなたの手持ちの料理でとりあえず始めても、やれるんじゃないかしら。お金は私が出すから、場所もいい、人気《じんき》もいい所で、やりましょ。あなたが、そういう所で働いている姿を見るまでは、私、死にきれない」》（『遺言』）

それが「ままや」のはじまりであった。

＊

《おひろめ
蓮根《れんこん》のきんぴらや肉じゃがをおかずにいっぱい飲んで おしまいにひと口ライスカレーで仕上げをする――ついでにお惣菜のお土産を持って帰れる――そんな店をつくりました 赤坂日枝《ひえ》神社大鳥居の向い側通りひとつ入った角から二軒目です 店は小造り

ですが味は手造り　雰囲気とお値段は極くお手軽になっております　ぜひ一度おはこび下さいまし》

向田の筆になる「ままや」のおひろめ文である。体調不良であったはずなのに、向田は開店にさまざまに力を発揮し、「ポン引き兼黒幕」と称して知人たちを店に連れても来た。

向田の没後であるが、私は一度、「ままや」のカウンターに座ったことがある。惣菜類が美味で、小皿や小鉢の類がしゃれていたこと、雰囲気のいい店であったことを記憶する。調理場に立つ、胸からさがる長いエプロン姿の女性が向田の妹さんであることは耳にしていたが、むろん言葉をかわしてはいない。

私の専門職は皿洗いである──。『贈り物』の冒頭である。

本書で和子は、自身の生い立ち、両親やきょうだいのこと、長姉の邦子には作文を手伝ってもらったり服をつくってもらったこと、短大卒業後、美容家の秘書になったのも姉の助力があったこと、その後、火災保険会社の勤務を経て「水屋《みずや》」という喫茶店を営んだこと、母せいと赤坂氷川坂のマンションで暮しはじめたこと──など、「ままや」にいたる道程を記している。

水商売に向いているとは自身も周りも思っていない。三カ月でつぶれる──という声がもっぱらであったのだが、和子はがんばる。

さまざまな客がやって来た。酔っぱらい、クラブ勤めのお姉さん、怖そうなお兄さん、詐欺師……。『ままや』は、さまざまな人々が寸劇を演じる芝居小屋でもあるのだ」とも書いている。

向田は直木賞を受賞、一躍、売れっ子の作家になるが、和子の暮らしぶりは変わらなかった。

《私は自分の月給も無駄遣いしないで積立て始めた。お金に使われたくなかったが、店をつぶさないためにお金の大切さを痛感した。姉にはこれ以上、心配かけたくないと思った。

「赤坂のママ、オーナー」という言葉には無縁、「洗い場の主任」を原点に正直に働く。それしか思い当たらなかった。

そして、姉の直木賞の受賞パーティにも私は出席しなかった。店を抜ける余裕がなかったというのがその理由だった。慶び事は皆様が祝ってくださる。悪いことつらいことの場合には、身内や私の出番だと、姉の入院のときに気がついた。そして、いつもその日が来ないように祈っているのが、私の役目だとも思っていた》

店をはじめて三年三カ月、小料理屋を営む日々に馴れていったころ、唐突に、台湾の地から訃報が届いた。事故のニュースを知った報道陣が店におしかけてきたが、店は閉めなかった。閉めれば自宅にやって来られて母がまいってしまう。それに、「何があっても店は休まないでね」といっていた姉の言を思い出したからである。

二十年間、和子は「ままや」を営んだ。姉からの贈り物。それだけによけい「余裕や余韻をたっぷり残して、きれいさっぱり幕をおろしたい」。そう思い続けていた。この間に、人々の温もりが感じられた赤坂界隈もすっかり様変わりした。六十歳になる年の決断だった。

今回、和子と赤坂界隈の店で夕食をともにした。帰り道、「旧ままや」の前も通りかかった。もう遅い時間帯で灯を落とした店が多く、周りは薄暗かったが、遠い日の記憶が差し込んできた。

『贈り物』以前、和子は料理本を書いているが、作品としていえば本書が処女作である。文章からは、感受性豊かな、そして率直で正直な人となりが伝わってくる。お目にかかった印象もまたそうで、気持のいい話し手だった。

和子自身、モノを書くなど思ってもみなかったことだったが、いつか向田が次女の迪子にこういっていたと耳にしたこともある。

——和子を編集者にしたいと思う。彼女は書けるひとだから。

向田には末妹の宿すなにものかが視えていたのだろう。

加えていえば、和子の文章指導の先生は向田だった。『父の詫び状』を書き写した日があった。「なんとなく正座して書いた」とある。姉の思考の流れと息遣いが感じられる。そんな作業を重ねつつ湧いたのは、「どうして姉はこんなにも大人だったんだろう」という思いであった。

＊

《姉向田邦子とN氏の手紙、N氏の日記などのおさめられた茶封筒は昭和五十六年初秋、青山のマンションで姉の遺品を整理していたときに見つかった。内容については、ある程度の予想と見当はついていたけれど、実際に茶封筒を開けてみたのは、平成十三年の春になってからだった。

姉がこの世を去って、二十年近く経《た》っていた。

それだけの時間がやはり私には必要だったといまにして思う》

『恋文』の序文で、和子が記していることである。

向田とN氏の手紙のやりとりは、昭和三十八（一九六三）年秋から翌年にかけて交わされたものである。向田の年齢でいえば三十三歳から三十四歳、ラジオ・テレビの脚本執筆に追われていた時期である。

向田の最初の仕事先、財政文化社時代に二人は知り合ったらしい。N氏は記録映画のカメラマンで、向田より十三歳上で妻子ある人であった。和子の少女時代、ちらっとN氏の姿を垣間見ることがあったが、もとよりその関係を知る由もない。

N氏宛の手紙はしばしば「都市センターホテルの便箋、封筒」とある。ホテルにカンヅメになって執筆に追われていた様子がしのばれる。

ここで向田は、仕事の進捗状況や日々の出来事に触れつつ、末尾で「あんまりカンシャクを起さないで、のんびりとやって下さい」「手足を冷さないように」「みかん大いにたべるべし」「ムリして、電話なんかかけに出ないように。手袋を忘れないように」……など、N氏の体調を気遣う言葉を幾度も記している。

この時期、「N氏は脳卒中で倒れ、足が不自由になり、働けない状態にあった」とある。また、「母上のお宅の離れにひとりで暮らしていた」ともある。

N氏の日記には、「邦子来る」「邦子帰る」「邦子から手紙」「邦子から電報」……といった文字が見られ、向田のかかわる番組への感想もある。「連日の徹夜続きのせいか、やつれがひどい」「ふっと可愛想にもなったりする」と、N氏もまた向田を思いやる言葉を書き記している。

このような姉の「秘め事」を伝える私的な「手紙」と「日記」を公開することについて、和子はもとより、考え抜いて決断したことだった。

「すぐにはきちんと整理して受け止めることができなかったものが、ああそうなのか……と、だんだんと点と点が結びついて線になっていって……。邦子さんは私にとっては姉ですが、作家・向田邦子は公けの存在でもある。亡くなってから育てられるといいますか、故人となって大勢の読者を得てきた。作家の心の足跡を伝えておくことは必要なことではないのか……。彼女が作家として成長していく背後にはNさんもきっと大きな力を貸してくれた存在だったのだと……」

本書では、日記の日付から間もない日、N氏は「自ら死を選んだ」と記されている。《父の死に際して、姉が見せた姿。それと同じように、忘れられない、そして消すことの出来ない姉の姿がもうひとつある。……

姉は整理簞笥《だんす》の前にペタンと座り込んで、半分ほど引いた抽斗《ひきだし》に手を突っ込んでいた。放心状態だった。見てはいけないものを見てしまった、と咄嗟《とっさ》に思った。「どうしたの？」と声もかけられない。「どうしたの？」と声をかけられるのは、相手にほんのわずかでも余裕やスキがあるときだ。なにか大変なことがあったのだ。ここまで憔悴《しょうすい》しきった姉の姿を見るのは初めてだった。衝撃を受け、打ちのめされた。ただただ音を立ててまいと息を殺し、布団《ふとん》にもぐりこんだ。寒く、長い冬の夜であった。

この夜の姉の姿とN氏の死が結びついたのは、父の死に際して、垣間見《かいまみ》てしまった姉の姿があったからだ。二つの光景が重なり、あの寒く、長い冬の夜はもしかすると、と想像し、その想像は「間違いない」という思いになっている》

＊

向田の遺品のなかには大量の写真もあった。二十代のころの写真で、それまで向田が人に見せることがなかったものである。

向田の二番目の勤め先、雄鶏《おんどり》社は映画雑誌の制作会社であったが、「クロちゃん」が向田のニックネームだった。黒い生地の服を好んで着ていたからで、黒い服装の写真が何点かある。白いスーツ姿の、おすましの写真もある。帽子をかぶった横顔のアップもある。さらに、N氏との私的な旅先で撮ったと思われるもの、宿で籐椅子に腰かけた浴衣姿の写真も含まれている。

このような写真に、家族写真、また職場の同僚たちと出かけた海水浴場やスキー場での写真も加えて編まれたのが『向田邦子の青春』である。和子は『恋文』にこんな文を寄せている。

《思ってもみなかった『向田邦子の青春』という本をまとめるにあたり、若き日のポートレートと向き合うことになった。……

写真を撮られる時は、誰だって澄ました表情をするし、よそ行きの顔をする。でも、なにか違う。そこには私の知らない姉がいた。……

どこか遠くを見つめている。かと思うと、カメラに親しげな眼差《まなざ》しとあたたかい表情を送っている。二十代の輝きときらめき、可憐《かれん》さ。その一方で、憂《うれ》いと暗さのようなものも感じられる。それに、撮影者その人の眼差しを感じる……》

『青春』の刊行は『恋文』の三年前で、「N氏」という固有名詞は記されていないが、秘密の扉が半分開かれた感はあって、写真の一枚一枚が多くを語っている。

《きっと姉にはいろいろな気持ちの揺れがあったと思う。苦しみも悲しみも抱えていた人だ。だからこそ、物書きになれたのだと思う》

『青春』に記されている一行であるが、首肯するものがある。

＊

『遺言』は、『恋文』とほぼ同時期に刊行されている。

向田が亡くなって、青山のマンションに出向いたさい、テレビの上に「和子さんへ」と書かれた封筒があった。日付は「5月2日」。台湾旅行の前ではなく、およそ二年前に書かれたものと推測された。

遺産の配分方法がストレートに記されているもので、当初和子は、内容を表沙汰にする気はなかった。ただ、遺言状と呼ぶには奇妙な文で、印鑑も押されておらず、内容も不正確、「遺言状もどき」というものだった。

台本用の原稿用紙四枚に、万年筆で走り書きのように、①預金は定期（三和）二千万普通（〃）二千五百万　②三千万のうち、一千万は、お母さんの小遣い（月五万づつおろして使って下さい）として贈ります。③一千万は、チュリス氷川坂のローンを拂《ママ》って下さい。氷川坂は、和子さんにゆずります。お母さんと住むことが條《ママ》件です……などと書かれ、以下、マンション、土地、絵と骨董、洋服、印税……などの処分の指示が書かれている。要は「何でもみんなで分けて」という内容の文面だった。

遺言のラストは、「どこで命を終るのも運です」「体を無理したり、仕事を休んだりして、骨を拾いにくることはありません」……「仲よく暮して下さい。お母さんを大切にして。私の分も長生きすること　邦子」と締められている。

この時期、向田は頻繁に海外に出ている。病は一応鎮まってくれているようではあったが、生き急ぐごとく、大量の仕事をこなし、旅を重ねていた。向田らしいというべきか、文面からは、死ねば死に切り、それでよし、という気配が漂っている。

本書では、和子や家族たちが「遺言もどき」をどう受け止め、どう処理をしていったかが綴られている。

貯金は定期二千万、普通二千五百万とある。足せば四千五百万であるのに、「三千万のうち」云々となっている。勘定が合わない。

《実は、この「普通」のところの金額は「一千万」と一度書いた数字をグシャグシャと万年筆で消して、「二千五百万」と直しているのだ。

筆先一本で千五百万も増やしてしまったのである。きっと、書いたときには一千万だったけど、原稿料の振込みがまだいろいろあるし、再放送もあればふえるから、見込み額、という感じだったのだろう。……いかにも姉らしい、いい加減さだと思う》

通帳を見てわかったのは、向田は残金チェックなどほとんどしておらず、金銭にかかわることは万事「アバウト」であり、財テクなど無縁、生命保険にも入っていなかった。往時、父の仕事であったにもかかわらず――。

＊

本書には、「母は強かった」という一章がある。

母せいは職人の娘で、縁あって向田敏雄と所帯をもった。「嫁いでからは横暴な父に四十年も仕えてきたのだから、芯の強い人なのだ」とある。遺言状にかかわっても、「邦子は和子にすべてを託したのだから」といって、一切口を挟むことはなかった。黙って忖度して見守る、「明治の人」であった。

娘は著名な作家となり、作品が売れたという意味ではむしろ故人となってから売れっ子となった。ただ、和子にこう口にしたことがある。

「邦子は子供を残さなかったけれど、あなたという最高の理解者を残した。邦子の遺したものはみんなあなたが好きなようにしたらいい。私は邦子の母としては生きない。これからも生命保険会社に勤務した向田敏雄の妻として生きますから」

「娘の詫び状」（『眠る盃』収録）で向田は、母を騙しおおせたと思っていたところ、逆に騙されていたと書いている。

乳癌になったとき、母には別の病名をいってごまかしていた。ただ『父の詫び状』のあとがきには、乳癌という文字があり、遺言状のつもりで、とも書いている。本の発売日の前日、母と喫茶店に待ち合わせた。

《「三年前のあれね、実は癌だったのよ」

『向田邦子の青春』の表紙にも使われた
20代後半の写真

一呼吸置いて、母はいつもの顔といつもの声でこう言った。

「そうだろうと思ってたよ」

また一呼吸置いて、少しいたずらっぽい口調で、お前がいつ言い出すかと思っていた、とつけ加えた。

私は古いタイヤから空気が洩れるような溜息をついてしまった。……母の方が役者が上であった。騙したと思っていた私が、実はみごとに騙されていたのである》

せいは百歳まで生きた。和子はいつか母に訊きたいと思っていたことがあった。母にとって向田邦子というのはなんであったのか、と。九十代の後半になった日、こんな風に話したことがあった。

「……そうね、私にとって邦子は子供であって子供でないような存在だった。私はあの人がいてくれたおかげでとても助かったし、とても楽しかったわよ」

娘の訃報が伝えられたときも、母はひと前で涙することはなかった。

——会いたい？　という問いへの答えは、いかにも母らしいものであった。

「いつも会ってるからね。大事な人はいつもここにいて会っているから」

そういって、軽く胸を押さえた。

＊

向田邦子が亡くなって随分と月日が流れた。向田の作品を愛する若い世代の読者を知るが、時代を超え、胸底に届く言葉の力を有するが故であろう。

向田邦子は突然あらわれてほとんど名人である——と評したのはコラムニストの山本夏彦であったが、この言に接すると思い浮かぶ作品がある。「マスク」という表題のエッセイである（『無名仮名人名簿』収録、文春文庫）。

舗道にマスクが落ちていた——という書き出しからはじまって、ラジオのディスク・

ジョッキーの脚本を書いていたころの思い出へと飛ぶ。遅筆で、クリスマス・イブも仕事をしていた。ようやく書き上げた原稿を、しもたや風の民家に持ち込んだ。ヤスリ屋で、タイプ打ちの内職もしているのだった。マスクをしたおばさんがいた。

《「あんたねえ、帰ったら先生に言って頂戴よ。あんたのとこの先生の字は、すごく読みにくいのよ。打つほうの身になって、もう少し判りやすい字、書いて下さいって、そう言ってよ」》

苦情をいわれる。頭を下げていると、おばさんの語調が弱まっていく。どうやらGパンにサンダル姿の小娘が、使いの者ではなく「先生」だと気がついたらしい。

土間のガス・ストーブの上でヤカンが湯気を上げている。おばさんは黒く汚れたマスクをはずして手にし、熱い把手を握ってヤカンを下ろし、お茶を入れてくれた。

《タイプを打つとき、カーボンを使うせいか、マスクは黒く汚れていた。布巾代りにマスク、というのは、考えようによっては無精ったらしいしぐさである。だが、私は嫌だと思わなかった。ここでは、そのほうが似合うような気がした。

黒いザラザラした、三方から突き刺さりそうなヤスリの山に囲まれ、機械油の匂いの中で一字一字、人の書いた字を拾って打つ人の気持を考えた。

その人は黙って、うすいお茶をすすっていた。私も黙ってお茶を頂いた。二人とも、白粉気のない顔をしていた。イブには不似合な身なりであった。お茶をのみ終ると、その人は、また黒いマスクをかけた。私は、もう一度、深くおじぎをしておもてへ出た。気障《きざ》な言い方だが、「聖夜」ということばを感じたクリスマスは、このときだけである》

世に〈聖なる夜〉というものがもしあるとするなら、こういうひとときなのだろうと思えた。このような文章を書く人はいかなる人であるのか——。ぼんやり思うことがあって、やがて向田和子の仕事が現われた。

もし和子の仕事がなければ、向田に付着するミステリアスな空白はそのままに残り続けただろう。空白は随分と埋まったように思える。もちろん、埋まり切ったわけではないし、和子もそうしたとは思っていない。

向田が「茶封筒」を保持し続けたということも謎の一つ。『恋文』にこんな一文が見える。

《〝秘め事〟の茶封筒はN氏が亡くなった後、彼の母親が姉のもとへ託したものだということも後で知った。

姉は十五年あまりの間、ずっと茶封筒を持ちつづけた。どうしても捨てられなかったのか。そこに在るものは単純に在るものとして、そのままにしておいたのか。いずれ、捨てるつもりが、そのままになってしまったのか。答えはわからない。永遠の謎だ。

姉は本当になにも言わなかった。おくびにも出さなかった。みごととしか言いようの

ない〝秘め事〟にして、封じ込めてしまった》

向田の残した遺言状に、「いろいろなことは、澤地さんに相談して下さい」という一文が見える。ノンフィクション作家の澤地久枝である。二人は心を通わせ合う間柄だった。三年前、ＮＨＫの番組『33年目の向田邦子　なぜ惹かれるのか』に登場した澤地は、向田作品の特徴は「かげり」にあると語っているが、その通りだと思う。陰影とも精神の深さと言い換えてもいい。

「かげり」は、どこに由来するのか。それも謎の一つ。おそらくそれは、彼女の私事に、〈死〉を汲み込んで生きたことに、さらに源をたどれば彼女の宿す〈原質〉に由来するのであって、それが〈文学〉たらしめる作品としたと解していいか──。

『恋文』のラストを、和子はこう締め括っている。

《謎はいくつも残る。

しかし、謎というのも、いかにも姉らしく私には思えるのだ》

そう、そのことがまた、向田作品に長い命を付与しているものなのだろう。

姉が不在となって三十五年。和子にとっては姉との対話を続けてきた歳月でもあった。涸れない泉のごとく、新しい発見があって、ああそうか、そんな風に思っていたんだ、そんなことを考えていたんだ……と思うことがある。

もろもろを引き受け、背負って歩んでいく。嫌とはいわず、黙って、潔く。つくづく思う。お姉ちゃんは昭和の女だったのだ、と。

新たな発見を、姉が亡くなってから姉を育ててくれた読者に伝えていきたいと思う。

万事、見通しのきいた姉のこと。ひょっとして、そのことも併せて末妹に託して去ったのかも、と思う日もある。

「オール讀物」二〇一六年八月号

傑作エッセイ再録④

魚の目は泪

向田邦子

子供の頃、目刺《めざし》が嫌いだった。

魚が嫌い、鰯《いわし》が嫌いというのではない。魚の目を藁で突き通すことが恐ろしかった。見ていると目の奥がジーンと痛くなって、とても食べる気持になれなかったのだ。

あれは幾つの時だったのか、七輪で目刺を焼く祖母のそばで、四匹ずつ束ねてある目刺が、兄弟なのだろうか、それとも友達なのだろうかと尋ねたことがある。

祖母は、半分焦げた団扇《うちわ》をぱたつかせ、これも先の方が黒く焼け焦げた菜箸《さいばし》を使いながら、

「魚は卵から生れるから、親も兄弟もないんだよ」

という。

だが私は、自分が四人姉弟のせいか、四人姉弟の鰯が一緒に捕まって、枕を並べて死んでいるような気がして仕方がない。小さな声でそういったら、

「本の読み過ぎで、神経衰弱じゃないのかい」

けむそうな目をしばつかせながら、私の顔をのぞき込んでそういった。まだノイローゼなどという言葉はなかった頃である。

神経衰弱とは思わなかったが、どうもこのあたりから、「目」というものが気になり出したような気がする。

祖母は能登の人で、親戚に網元がいたせいか、魚のことにくわしく、聞くとよく教えてくれた。胸がつぶれる思いをしたのは、煮干である。

煮干はカタクチイワシの子で、網にかかったのをそのまま浜で炎天干しにするという。陽ざしの強い日に一気に干し上げるとカラリと乾いた上物になるというのだが、生きながらじりじりと陽に灼《や》かれて死んでゆくカタクチイワシが可哀そうでたまらない。そう思ってよく見ると一匹一匹が苦しそうに、体をよじり、目を虚空《こくう》に向けた無念の形相に見えてくる。断末魔の苦しみか、口を開いてこと切れたのもいる。

「魚でも死ぬ時は水を飲みたいと思うものかしら」

と聞いてみようかと思ったが、また神経衰弱といわれるのがオチだから黙っていた。

そうなると、たたみいわしも駄目であった。

たたみいわしは父が酒の肴に好み、母がサッとあぶったのを食べよい大きさに割って父の皿にのせるのは私の役目と決っていたのだが、目が気になり出してからは、この沢山の黒いポチポチはみんな目なのだ、と思うと切なくなってくる。なるべくたたみいわしと目が合わないように、そっぽを向きながらやって、

「どこを見てやっているんだ」

と父に叱られていた。

シラス干も嫌いで、私ひとりだけ大根おろしにかつお節をかけて食べていた。鰹にだって目はあるのだが、見ぬこと清し、目の前に目玉がなければいいのである。

目が気になり出すと、尾頭つきを食べるのが苦痛になってきた。お刺身や切身の時はいいのだが、鰺《あじ》や秋刀魚《さんま》の一匹づけがいけない。母や祖母にくっついて魚屋へゆく。見まいと思っても、つい目が魚の目に行ってしまう。どの魚も瞼《まぶた》もまつ毛もない。まん丸い黒目勝ちの目をしている。とれたては澄んだ水色をしているが、時間がたつにつれて、近所の中風病みのおじいさんの目のような、濁った色になる。焼いたり煮たりするとこれがまっ白になるんだ、と思うと悲しくて、なるべくお刺身や切身にしてもらうように、それとな

く頼んだり駄々をこねたりした。

二つ切りなら尻尾のほうをもらう。鰈《かれい》やひらめのような底魚は、黒い方に目玉が二つ寄っているので、頭のほうがきたら、さっとひっくり返して皮の白いほうを出すと、少し気が休まった。

「魚は眼肉《がんにく》がおいしいんだ」

と、目のまわりをせせって食べる父や祖母を、何と残酷なことをするのかと思っていた。そのくせ私も人一倍の魚好きで、目玉は恐《こわ》い魚は食べたいわなのだから困ってしまう。

嫌なのは「骨湯《こつゆ》」である。

煮魚を食べ終ると、残った骨や頭に熱湯をさし、汁を吸うのである。私の体が弱かったせいもあって、滋養になるからと祖母は必ず私に飲ませた。私は目をつぶって飲んでいた。今はこんなことをする年寄りも少ないと思うが、昔の人間は塩気を捨てることを勿体ながり、祖母は小皿に残った醬油まで湯をさして飲んでいた。

行く春や鳥啼き魚の目は泪《なみだ》
芭蕉大先生には申し訳ないが、私は今でもこの句を純粋に鑑賞することが出来ない。

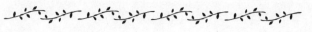

白い木綿糸を通した針で、黒くしめった地面を突くようにして桜の花びらを集め、腕輪や首飾りを作る。うす紅色の、ひんやりと冷たいこの花飾りも乾いて茶色に色が変り、もう春もおしまいである。

藤色のうすいショールをした母が買物から帰ってくる。うぐいす色の塩壺からたっぷりと粗塩《あらしお》をとって、流しの盆ざるにならべた魚に塩をふっている。ならんだ魚の目が泣いたようにうるんでいる。

祖母の飼っている十姉妹《じゅうしまつ》のさえずるのが聞える。陽あたりのいい縁側の四角い鳥かごのまわりは、粟《あわ》の実がいっぱいこぼれている――こうなってしまうのである。

「そろそろ白麻の季節ですねえ、おばあちゃん」

父はお洒落で、夏になると毎日白麻の服で会社へ通っていた。

「また手入れが大変だ……」

「お父さんにそういって、今年こそ数を作ってもらいよ」

という母と祖母のやりとりが聞えてくるのである。縁側で白麻の服にプウッと頬をふくらませて霧を吹いている若かった母の姿が見えてくる。

そのうしろに、白麻の服を着て、カンカン帽やパナマの帽子をかぶり、籐《とう》のステッキをつき、夏目漱石の出来損いのような口ひげを生やして威張っている父の

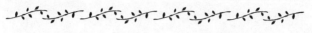

姿が浮かんでくるのである。

猿の肉を食べたことがある。

四国の高松に住んでいた時分だから、小学校の六年の時だった。高知へ出張した父が、おみやげにもらってきた。

尻込みする母や祖母を叱りつけるようにして、父はすき焼の支度をさせた。曲々《まがまが》しいほど真赤な美しい肉だった。恐る恐る口に入れたら、牛肉や豚肉より甘味が強く、やわらかでおいしいような気がした。

ところが、嚙んでいるうちに、何か口の中に残る。小皿に出したら、黒い小豆《あずき》粒ぐらいのバラ弾《だま》丸であった。

「猿に弾丸が当ると、赤い顔からスーと血の気が引いて、見る見る白い色になる。それでも、猿はしっかりと指で枝につかまっている。遂に耐え切れなくなってバタンと下に落ちてくる。それからゆっくりと目をつぶるんだそうだ。相当年季の入った猟師でも猿を撃つのは嫌なもんだといっていたよ」

父は話し上手な人であった。

ビールの酔いで赤くなった父の顔が猿に見えた。祖母が嫌な顔をして箸を置いた。母は用ありげに台所へ立って行った。誰も箸を出さない猿なべが、こんろの上で煮つまっていた。

私は眠り人形を持っていた。

なかなか精巧なつくりの、大きな日本人形で、おなかのところに和紙を貼った笛のようなものがあり、押すと赤子のような声を立てて泣き、横にすると、キロンと音を立てて目をつぶった。

白い表情のない美しい顔も何やら恐ろしかったが、このキロンという音と目をつぶる瞬間が嫌で、私はなるべく見ないようにしていたが、猿のはなしを聞いてからは、祖母からもらった籐製の大きなバスケットの中に押しこめた。押しこめたくせに、どんな顔をしているか気になって時々のぞいていた。

鳥の目も苦手だった。

これも眠り人形と同じように、下瞼がキロッと上へ上る。それが恐くて、私はカナリヤや十姉妹をどうしても好きになれなかった。指にとまらせると、うす冷たい細い肢《あし》が、ギュウと獅嚙《しが》むようにする。

好きな人にはそれがいいのだろうが、私は痛々しくて辛かった。

猫を飼っていて一番楽しいのは、仔猫の目があくときである。

仔猫は生れてから一週間ほどは目が見えない。二、三日でまぶたは開くのだが、中は葛桜で物の形はさだかに見えないらしい。体の割に大きな頭を持ち上げ、一丁前に鼻をピクつかせて風の匂いを嗅《か》いだりしている。

ところが、一週間から十日の間に、朝起きて見ると、四匹だか五匹の兄弟のうち一匹の片目が開いているのである。といっても、いきなりパッチリではなく、彫刻刀でスーと切れ目を入れたように葛桜のかげから黒い瞳がほんの少しのぞいているだけだが。

「お前が一番乗りかい」

開きかけの片目が気になるのか、前肢で掻いたりしているのをからかって遊んでいるうちにもう一匹の片目があいてくる。これも体の大きい順というわけでもないし、すばしこいのからというわけでもない。不思議なことに夕方までには全部の仔猫の目がパッチリと開く。中には、朝は一番乗りだったのに、残る片目が最後まで開かないのもいたりして、それがまた面白いのである。

不思議なのは、こうして目の開いたばかりの仔猫が、私の目を見て啼くことである。ちょっと大き目のおハギの大きさの仔猫である。彼等の目から見たら、人間はガリバーどころか、巨大な怪獣であろう。それなのに、教えられもしないのに、自分の目と、私の目が対応する器官であることを本能的に知っている。これは一体、どういうことなのだろう。

更に一カ月もたつと、寝そべっている私の体によじのぼって、大騒ぎをして遊ぶようになる。こういう時でも、踵《かかと》などには実に邪険に噛みついたりするのに、顔には多少手加減している節がある。親猫になると、それはもっとハッキリしていて、目のまわりをさわる時は絶対に爪を立てない。このことを私はいつも不思議に思っている。

動物園へ行って、動物の目だけを見てくることがある。

ライオンは人のいい目をしている。虎の方が、目つきは冷酷で腹黒そうだ。熊は図体にくらべて目が引っこんで小さいせいか、陰険に見える。パンダから目のまわりの愛嬌のあるアイシャドーを差し引くと、ただの白熊になってしまう。

ラクダはずるそうだし、象は、気のせいかインドのガンジー首相そっくりの思慮深そうな、しかし気の許せない老婦人といった目をしていた。

キリンはほっそりした思春期の、はにかんだ少女の目、牛は妙に諦めた目の色で口を動かしていたし、馬は人間の男そっくりの哀しい目であった。競馬場でただ走ることが宿命の馬と、はずれ馬券を細かく千切る男達は、もしかしたら、同じ目をしているのかも知れない。

少し前のことだが、ある雑誌で絵入り随筆というのを書いたことがあった。

絵は、なんでしたらお子さんのでもお孫さんのでもよろしい、ということだったが、甲斐性なしで亭主もいないので、子供や孫の持ち合せがあろう筈もない。

仕方がないので、銀座へ出たついでに文房具店に寄ってスケッチ・ブックとペンテル・カーボンを買った。三十何年ぶりに絵を描いてみようと思ったのである。魚屋で鰺のいいのをみかけたので、それを一匹と、おこぜの顔をチラチラ眺めながら、目刺を買って帰った。

子供の頃、魚の目を恐がったことがあったのを思い出した。あのまま大きくなっていたら、吉行理恵さんのような繊細な詩や文章が書けたのかも知れないのに、戦争と食糧不足にぶつかったおかげで、目が恐いどころではなく、口に入るものなら、カボチャのつるでもご馳走様という始末で、人間が鍛えられたのか年のせいなのか、いまは鯛の眼肉など他人様の分まで頂戴してしまう。

変れば変るものだと思いながら、鰺の写生を始めたのだが、どうもヘンなのである。形はどうにか鰺なのだが、目がいけない。

愛嬌があり過ぎる。

目に表情があり過ぎる。

笑っているのもある。

鰺はあきらめておこぜにしてみた。目刺を描いてみた。どう描いても、女の目である。女の鰺であり女のおこぜであり女の目刺なのである。そして、どの魚も私に似ているようであった。

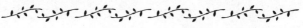

魚はやめにして、カボチャの絵を描きながら、魚の顔とは何とむつかしいものだろうと思った。

中川一政先生の水墨と岩彩を集めた画集『門前小僧』をめくってみた。

かさご、鰯、鰈にかさご。

見事に魚の面構えであり魚の目であった。

ところで、先ほどの「行く春や」の句には、もうひとつ蛇足がつく。

私の友人で、魚の目（この場合、サカナと読まず、ウオと読んで戴きたい）の出来易い人物がいる。

魚《うお》の目とは、踵や足の裏の角質層の一部が肥厚増殖して真皮内に深く嵌入《かんにゅう》したもので、これを圧迫すると乳頭内の神経が刺激され劇痛を覚える、と辞書にものっている。

私は経験がないのだが、ひどく痛いらしい。この人物によると、冬場はまだいいという。桜も終って、厚いウールのソックスもおしまいだなという頃になると、うすい靴下で魚の目の痛みをこらえる辛さを思ってぞっとしてしまう。あれは一度出来ると癖になって、取っても取っても根絶やしにならない。その痛みは大の男でも涙が出ることがある。しかも、それがこの人物の季語なのである。

魚の目は小刀で用心しいしい掘り出すと、ポロリと取れる。真珠にしては小汚い、それこそ小鯵の目玉位のものですよ、ということであった。

行く春や鳥啼きウオの目は泪

この人にとって、俳聖芭蕉のもののあわれは、わが足許なのである。

『父の詫び状』（文春文庫）より転載

文庫版特別付録

私が愛する向田邦子

part2

没後四十年になる今も、私たちは向田さんに魅了され続けている。

前田エマ（モデル）

黒い水着

向田さんのエッセイのなかで、いちばん多く読み返しているのが「手袋をさがす」（『夜中の薔薇』所収）です。

手頃な手袋で我慢をしたところで、結局は気に入らなければはめないのです。気に入ったフリをしてみたところで、それは自分自身への安っぽい迎合の芝居に過ぎません。本心の不満に変りはないのです。

欲しいものを手に入れるためには、我慢や苦痛がともなう。しかし、自分の我がままを矯めないでやっているのだから、不平不満も言いわけもなく、精神衛生上大変にいいことを発見したといえます。

向田さんのもの選びに対する姿勢だけでなく、生き方そのものへの信念までもが素直に伝わってきます。ファッションや振る舞いなども含め、彼女の存在自体が多くの人を魅了したにも関わらず、自分のことを〝いい人〟として描かない強さにも、私は焦がれます。読むたびに心震える一節が増え、この作品からは多くのことを学びますが、なかでも私が感動し忘れたくないと感じるのは、気持ちと値段の釣り合いです。

三ヵ月間のサラリーをたった一枚のアメリカ製の水着に替えたのもこの頃です。……アメリカの雑誌でみた黒い、何の飾りもない競泳用のエラスチック製のワンピースの水着で、真っ青な海で泳ぎたい。……人からみればバカバカしい三ヵ月間の貧乏暮しは、少しも苦にならず、むしろ、爽やかだったことを覚えています。

向田さんは高価なものや有名なものを手当たり次第に欲する人ではなく、たとえそれが安いものや無名なものであっても、自分がいいと思ったものを愛を持って選ぶことのできる人なのでしょう。だからこそ、身の丈に合わないものであったとしても、自分の気持ちに似合うことをいちばんに大切にして、どうにかして手に入れようと奮闘します。いさぎよい貪欲さを持ち合わせた稀有な人のように思います。

やっとのおもいで手に入れた黒い水着を着た向田さんが写る写真があります。赤い口紅をひき、髪をかきあげる腕には細い黒革ベルトの華奢な腕時計がひかり、正々堂々とした格好いい色気が漂う一枚。二十代のはじめの頃、私はこの写真を眺めては、写真のなかの向田さんに憧れました。終いには、誰もいない青いプールで黒い水着を着て、ひゅーんと泳ぎ回る自分の姿が何度も頭の中を行ったりきたりするようになり、寝ても覚めても黒い水着のことを考えるようになっていました。そうして私は、よし！　と思い立ち、スイミングスクールへ通いはじめました。泳げるようになったら、黒い水着を着る資格が私にもあるような気がしたのです。

料金の安い午前の部に入会したので、生徒はお年寄りばかりでした。私は近所の量販店で練習用の安価な水着を買い、週に二回ほど通いました。半年ほどすると平泳ぎ、クロール、背泳ぎをどうにかそれらしく泳げるようになりました。通うなかで、いくつかたのしい出会いもありました。このスイミングスクールが開校した当初から通い続ける八十八歳の女性の卒業セレモニーに参加したり、夏休みだけ通っていた小学生の男の子とも仲良くなりました。私が泳げるようになってしばらく経った頃、秋が終わろうとしていました。スイミングスクールまでの寒い川辺の道を自転車で走って風邪をひいてしまったら嫌なので、スパッと辞めました。

満を持して黒い水着をはじめて着たのは、スイミングスクールを辞めてから半年ほど経った頃、祖母の傘寿のお祝いで箱根の富士屋ホテルへ泊まったときでした。私の黒い水着はそこまで高価なものではありませんでしたが、私にとってはとびきりの一着となりました。ホテルには小さなプールがありました。家族でひとしきり泳ぎ遊んだあと私はひとり残り、プールに浮かんで、ぼーっと天井をみていました。そうしていると、天井から自分が自分の姿を見下ろしているような不思議な気分になっていきました。黒い水着姿の私が、青いプールにたゆたっています。一年前、何度も頭のなかで思い描いた風景のなかに、私は存在していました。それは想像以上に気持ちがいいことでした。

とてつもなく広い宇宙

橋部敦子（脚本家・第三十九回向田邦子賞受賞）

人によって、見ている世界、見えている世界は違う。自分が大切だと認識している世界を宇宙と言い換えるなら、向田さんの宇宙は、とてつもなく広い。

エッセイの「水羊羹」（『眠る盃』所収）で語られているように、水羊羹一つをあれだけ多くの言葉で語れる向田さんの視力は高く、水羊羹に対する愛で溢れている。

日常の中で、多くの人が見過ごしてしまうような小さなモノ、コト、ヒトを向田さんは丁寧に捉え、拡大したり細かく分解したり、時には視座を高くして眺め、より深く認識する。その瞬間、それらのモノ、コト、ヒトは、向田さんにとって重要で大切なモノへと変換される。この、はたから見ると地道とも思える作業によって、向田さんの宇宙は広がっていったのだと思う。

私は子供の頃、ドラマが特別好きだったわけではない。中には気に入って見ていたドラマもあったのだが、ほとんど覚えていない。が、シーンの断片をいくつも鮮烈に記憶しているドラマが一つだけある。『阿修羅のごとく』（ＮＨＫ）である。

小学生だった私は、針仕事をしながらドラマを見ていた母とたまたま一緒に見、そのまま画面に釘付けになった。男と女の得体のしれない生々しさに触れ、見てはいけないものを見ているゾワゾワとした体感とともに、私の中に記憶として残った。

ドラマの中では、割れた卵だったり、投げつけられたミニカーだったり、そのモノにのっかった感情が鮮やかに描かれていた。複雑な感情を、少しも削り落とすことなく複雑なままシャープに描くことは容易ではない。

おそらく向田さん自身が、見たモノ、体験したコト、関わったヒトに対して、自分が何をどう感じているのか、とことん感じることを疎《おろそ》かにしなかったのだと思う。些細な出来事であろうと、重い出来事であろうと、複雑な感情は複雑なまま味わいつくし、それについて考え抜く。それは、モノを書くための作業ではなく、そうせずにはいられなかったことであり、向田さんにとっては、あたりまえの日常だったように思う。そして、間違いなくこの作業も、向田さんの宇宙を拡大させたに違いない。

向田さんが描く日常は、視聴者や読者に自分の話だと共感させるだけでは終わらない。私達の中でモヤモヤしていた得体のしれない曖昧な感情に、くっきりと輪郭を与えてくれるのだ。ただそれは、本当は見たくなかった感情だったりする。それでも容赦なく抉《えぐ》ってくるのだが、そこに包容力も滲ませるのが向田さんだ。

このように、向田さんの作品では、相反するものが同時に描かれる。明るさと暗さ、激しさとやわらかさ、ユーモアと毒。湿気と乾燥。それらは向田さん自身とも重なる。もっとも相反することの一つは、向田さんが、言葉の意味の深さを熟知していると同時に、言葉そのものには絶対的な意味など何もないことも熟知していることである。だから、向田さんの紡ぐ言葉は特別で、日常のその辺に転がっている話なのに、私達は深く魅了され続けるのである。

向田さんの意識の領域の広さを思わせるエッセイが「幻のソース」（同右）である。その冒頭は、こうある。

「ようでおいしいものを頂いて、『うむ、この味は絶対に真似して見せるぞ』という時、私は必ず決った姿勢を取ることにしています。

全身の力を抜き、右手を右のこめかみに軽く当てて目を閉じます。レストランのざわめきも音楽も、同席している友人達の会話もみな消えて、私は闇の中にひとり坐って、無念無想でそのものを味わっているというつもりになるのです。

どういうわけか、この時、全神経がビー玉ほどの大きさになって、右目の奥にスウッと集まるような気がすると、『この味は覚えたぞ』ということになります」

この後の文章に、時々白目を出すとも書かれていることから、この時、向田さんはトランス状態だったと考えられる。この方法で味を記憶し、再現できるなんて、意識の深い領域までもうまく使いこなしていたに違いない。それはもちろん、創作する上でも大きな鍵となったはずだ。

やはり、向田さんの宇宙はとてつもなく広いのである。

愛とは、なんだ

岸田奈美（作家）

愛とは、なんだ。

壮大なようで、実は、わりと身近なテーマでもある。少なくとも、小学校、中学校、高校、そのすべてで事あるごとに、愛とはなにかを大人から問われ続けてきた。一度も満足に、そして正直に、答えられた覚えはない。

「家族で夕飯を囲んでいるときが、いちばん幸せ」

「大好きなものは、お母さんからもらったブルーのクマのぬいぐるみ」

「争いがなく、平和な世の中になりますように」

褒められたがりのわたしは、まわりの様子をうかがいながら、そういう愛を数えきれないほど言葉にしてきた気がする。

それらはすべて、ウソじゃない。でも、本当でもない。わたしが心の底から感じている愛は、きっともっと、周りを見ても見つからない、予想もつかない、まったく別のところにある。

つい二年前。まったく向いてなかった会社員を九年越しに辞めようかな、幸運に幸運が重なって、文章を書いてしばらくやっていけそうだなと思ったとき、とどめの幸運で向田邦子さんのエッセイと出会った。

「ゆでたまご」(『男どき女どき』所収)だ。

向田邦子さんはそこで、愛を連想する思い出を綴っている。小学校四年の時、彼女と同じクラスには片足の悪いIという子どもがいた。遠足で、Iの母親が「これみんなで」と彼女に押し付けたのが、なぜか大量のゆで卵。向田邦子さんにとっての愛の記憶とは、ねずみ色の汚れた風呂敷、ポカポカしたゆで卵のぬく味、そしていつまでも見送っていた母親の姿。

平凡で短く、些細な日常のたった一欠片。

だけど、向田邦子さんのまなざしにかかれば、どうしようもない愛しさがこみ上げてくる。まさに愛だ。愛を、優しく突きつけられている。

わたしが本当に書きたかった愛に、ずっと言葉にできなくてもどかしかった愛に、その時たどりついてしまった。

ダウン症の弟のことだ。

わたしは、弟を旅行に連れ出して、ホテルに泊まるのが好きだ。正確に言うと、朝食バイキングのあるホテルに泊まるのが。最初、彼は皿を持って、戸惑いながらうろうろする。わたしが「好きなの取りなよ」と言うと、鼻の穴をぐっと広げて、意気揚々と皿に料理を取る。唐揚げ、焼きそば、ミートボール。茶色いおかずだけが、皿の上にエベレストを築く。こんもりした山がもう限界と落石しはじめた頃、名残惜《なごりお》しそうに、弟はすごすごと席に戻る。

この光景を目にする度、わたしは幸せでたまらなくなる。朝っぱらから出来上がるこの茶色い山は、弟が食べたいと願った証なのだ。うまく話せない、うまく動けない、そんな頭と体で生まれてきた弟が、食べたいと思えるものがある世界でよかった。生きていてよかったという彼の思いの一欠片が、おかずの一欠片のように見えて、わたしは救われた。

だけどそんなこと、誰にも話してこなかった。いや、話すべきではないと考えていた。

学生の頃、一度友人に、

「これ、見て。めっちゃよくない?」

弟とバイキングに行った写真を見せたら、

「野菜もとりなよ。二人とも病気になっちゃうよ」

と呆れられてしまった。正しすぎるがゆえに、なんも言えんかった。

その時からわたしは、他人に胸を張れる言葉を長らく持っていなかったのだ。茶色い山から連想する漠然とした愛しさを、説明できるだけの言葉を。

だけども、向田邦子さんの作品に、人を見つめる愛のまなざしに出会い、ようやく今、言葉が積み上がっていく。ふとすると見逃してしまいそうな、弱く、醜く、そして何より愛しくてたまらない瞬間を。

わたしなりの『ゆでたまご』が、これからいくつ、見つかるだろうか。向田邦子さんから、愛のまなざしを何度でも教わりながら、わたしは書いていく。

初めての向田さん

石橋静河（女優・ダンサー）

〈向田邦子没後40年特別イベント「いま、風が吹いている」〉（二〇二一年一月開催）に向けて製作されたドキュメンタリー「向田邦子の贈り物」で、ナビゲーターの〝旅人〟として、エッセイの一部分を朗読しながら、向田さんが少女時代を過ごした〝故郷〟鹿児島のゆかりの場所を巡る旅を経験しました。

私の中では、向田さんは〝かっこいい女の人〟という印象。詳しいわけではなかったので、このお話があったとき、私でいいのだろうか……とまず思いました。でも、向田さんのことをこれから知ってこういうところが素敵だな、とその良さを広めてほしい、今感じることを大事にして、ということだったので、私自身も新しい発見があるのではないか、と楽しみでお受けすることにしました。

初めて訪れた鹿児島は、穏やかな空気が流れていて静かな海辺と桜島の力強い山の風景があって……時代も人も変わったけれど、きっと土地としては変わってないんだろうな、と思わされる素敵な場所でした。向田家の思い出の味でもあった〝じゃんぼ〟。甘辛い醤油味のたれをからめた餅に串が二本差してあるんですが、磯浜で桜島を正面に海を眺めながら、畳で食べたのは贅沢な時間でした。

向田さんのエッセイの随所に出てくる思い出の場所に、突然私がふらっと現れて、急に人生の一部をパッと見せてもらい、ありのままを受け取った——。お会いしたこともなければ生きていた時代も違う方なのに、こうして知る機会をいただいたのは貴重な体験でした。

向田さんは、言葉のふしぶしに「私はこうしか感じないし、こうしか書けません」という〝正直さ〟が表れている。それは自分の根っこから出ている言葉なのだろうと思います。

誰かに対して、ではなく自分自身が自分にうそをつかない、そういうところに魅かれる人が多いのではないでしょうか。エッセイに書かれていることはすごくリアルで共感できて、亡くなってから四十年も経っているのに、そんなことを感じさせない。いまもすぐ会いにいける近い人なんです。

読んだエッセイのなかで一番好きな「手袋をさがす」では、結婚することが女性の幸せ、と思われていた時代に働いていた二十二歳の向田さんに、男性の上司が良かれと思って「そんなことでは女の幸せを取り逃がすよ」と言う。それに対して、はいともいいえとも言えずに悶々と一人歩く、そのもやもやがものすごく分かる。そしてそのことを何年もたって四十七歳になってやっと振り返ってエッセイに書くことができた。それが向田さんという人の基盤になっていると思います。

今こんなに自由になんでも出来る時代になっても、ここまで孤独に自分のやりたいことを突き詰めている人はいない、皆どこか妥協している。ああこういう風に私もなりたい、生きたい、そういう存在なのかもしれません。

私自身のことを思うと、今こうしてお芝居ができているのは人との出会いがあるから。それがないと行きたいところにも行けない。目標やゴールを作ってそこを目指すよりは、いろいろな人の影響を受けながら、いい意味でゆだねていますね。今一緒に過ごしている人との時間を大切にすることで、次に進めたらと思っています。

今回、「向田邦子」という人に出会えて、これからもエッセイを読んでその時々にどんな影響を自分が受けるか、考えると楽しいですね。そして、いつか向田さんが書かれた脚本のセリフを言ってみたい。脚本でもエッセイでも、言葉の端々に、表現するにあたって自分の人生を総動員してやろう、というのがひしひしと感じられたんです。そんなセリフを言う機会があったら、すごくうれしいでしょうね。

まだわからない。だから、また読む

平松洋子（エッセイスト）

作品と読者とのあいだには、星の数ほどたくさんの関係があると思う。おなじ小説でも、文庫本も揃えて繰り返し読みたいときもあれば、一度きり読んだ余韻の深さに耽溺《たんでき》したいときもある。あるいは、十年二十年の歳月をまたいでページを繰ると、まったく別の世界が現れることもあるから気が抜けない。

著者との関係も似ているところがある。私に限っていえば、著者の素顔や私生活の背景を知り過ぎることに対してどうも用心深く、雑多な情報によって作品との関係が遮られることに抵抗がある。臆病なのかもしれない。とはいえ、表現に携わる人間への興味や関心はおおいにあるわけで、作家によっては座談や発言にもおおいに惹きつけられたりもする。読むという行為は、作品、著者、読者をめぐる多様で複雑な回路を生み出すものなのだ。

さて、私は、向田邦子をまず脚本家として知った。高校時代、TVドラマ「寺内貫太郎一家」「時間ですよ」（TBS）を毎週欠かさず観ながら、画面に現れる脚本家のひとりが女性の名前であることを知った。二十代に入ってすぐ「阿修羅のごとく」（NHK）

に戦慄したが、まだ年若い小娘にとって、「寺内貫太郎一家」や「時間ですよ」のドライブ感に充ちた科白《せりふ》や場面展開と、心の襞を照らしだす「阿修羅のごとく」の陰翳を結びつけるのは至難の業で、この脚本家が手掛けるドラマはなぜこうも忘れられないのだろうと不思議に思うばかりだった。そうこうするうち、週刊誌の連載「無名仮名人名簿」を読み、初のエッセイ集『父の詫び状』を読んで、あらたな輪郭をもつ人物として向田邦子は現れた。しかし、そのひとは捕まえたくても捕まえられない金魚すくいの金魚さながら、行間に漂う緊迫感にも気圧され、しだいに大きくなってゆく向田邦子という四文字に一幅の書のような風情《ふぜい》を感じるようになった。どこか古風な情緒を漂わせて律儀で無口そうなのに、抑えても滲みでる華と闊達。角張った字画の「向田」を柔らかに崩す「邦」の字にも、そこはかとない情を覚えるようになっていた。小説家としての向田邦子に出会ったのは、没後しばらく経ってからのことだ。

作家としての向田邦子を「突然あらわれてほとんど名人である」と評したのは山本夏彦だったが、一視聴者、一読者として私が折々に出会ってきたそのひとはつねに眩しく、幻惑されてばかりの人物であった。ところが、一九八一年、突然の不在。私は宙吊り状態に置かれたまま、脚本、エッセイ、小説、いきなり封印されてしまった文章を繰り返し読むことで不在の空白を埋めようとしてきた。向田邦子という作家に対して、やはり私は臆病であり続けたと思う。

長い宙吊りから解かれたのは、急逝から二十年目、妹の和子さんによって公にされた「遺書」を読んだときである。一九七一年、一九七九年にしたためられた二通。脚本家と演出家として盟友でもあった久世光彦は、「和子さんへ」と書かれた封筒のなかから現れた原稿用紙を目にして、こう書いている。

「私もその覚え書きを見せてもらったが、昔、私たちが見慣れたドラマの脚本とおなじ、書き殴りの、訂正だらけの文章だった。判じ物みたいな文字が飛び跳ね、旧漢字と新漢字が入り乱れ、たった四枚の原稿用紙に、一目でわかる矛盾がいくつもあった。こんなそそっかしい〈遺書〉は見たことがない」(「独楽ふたつ――向田邦子の恋と死」『「女」のはなし』久世光彦・河出書房新社)

原稿用紙の上を削りたての鉛筆が縦に走る動き、乾いた擦過音が聞こえてくる生々しさと温かみを伝える素っぴんの言葉。身につけた衣服、好んだ料理や皿、身辺に置いて大切にした絵画や骨董などをいくら知ったところで、結局はひらひらと尾を揺らして泳ぎ去ってゆくばかりだった人物が、初めて動きを止め、視線をこちらに投げかけている、そんな確からしさを渡されたと思った。この「遺書」については、ごく身内、しかも妹の和子さんにしか表し得ない言葉が本書に収録(三一六頁〜)されているから、ここではくわしく触れない。

箇条書きのメモの連なりから立ち上がってくるのは、息を詰めて鉛筆の黒い芯の先に集中する向田邦子の体温だった。思い違いのまま記す財産分与の額面。金銭や権利についてのこまかい差配。弟にマンションを贈ると書きながら、同居者を「女性に限る」と指定したりもする。家族への気遣いや思いやりに溢れていながら、前のめりでそそっかしく、愛嬌があって微妙に可笑しいのだが、意志の糸がぴんと張り巡らされてひと筋縄ではいかない——原稿用紙のマス目を埋めながら、自身の生と死を入り口にして体温を滾《たぎ》らせている向田邦子の姿が浮かび、ふと、この走り書きのメモに登場する内輪のひとびとは、脚本やエッセイや小説の登場人物にも見えていたのではないかと思えてくるのだった。

十代のとき向田邦子に出会い、「遺書」に遭遇したとき私は四十代になっていた。ようやく、本当にようやくのことで向田邦子という作家に対して臆病にならなくてもいいのかもしれないと思ったけれど、でも、それは人物を理解したとかわかったということではない。まだわからない。だから、また読むのである。

協力　向田和子

本書は、文春ムック「向田邦子を読む」(二〇一八年一月・文藝春秋刊)を文庫化したものです。文庫化にあたり構成を一部変更しました。

本書の写真は特に表記のない場合、文藝春秋写真部の撮影によるものです。プライベート写真については向田家よりご提供いただきました。

著作権継承者につきまして、極力調査いたしましたが、一部に不明の方がいました。お心当たりの方はご連絡下さいますようお願いいたします。

DTP組版・加藤愛子(オフィスキントン)

文春文庫

向《むこう》田《だ》邦子《くにこ》を読《よ》む

定価はカバーに
表示してあります

2021年8月10日　第1刷

編　者　文《ぶん》藝《げい》春《しゆん》秋《じゆう》
発行者　花田朋子
発行所　株式会社　文藝春秋

東京都千代田区紀尾井町3-23　〒102-8008
TEL 03・3265・1211(代)
文藝春秋ホームページ　http://www.bunshun.co.jp

落丁、乱丁本は、お手数ですが小社製作部宛お送り下さい。送料小社負担でお取替致します。

印刷製本・凸版印刷

Printed in Japan
ISBN978-4-16-791742-5